短歌
合わせる
村遠き星

たんかあわせるむらとおきほし

新潮社

北村 薫

# 本と幸せ

本と幸せ

目次

エッセイ

★今年の本と出来事――「活字倶楽部」作家大アンケート 8 ★マイベスト3 25 ★「考える人」作家アンケート 28（海外の長篇小説 ベスト10・老年をめぐる私のおすすめ本3冊・眠れぬ夜の本 マイ・ベスト3・漱石 私のベスト3）★北村薫の読まずにはいられない 32 ★光と闇を行き来する語りの妙 白石加代子の『雨月物語』 77 ★菓子を読む 79 ★旅する目 82 ★『真田風雲録』 89 ★ものの名前――私の山田風太郎 90 ★駅前の本屋さん 94 ★タブーは世に連れ 97 ★身をもって知る、湿布とビールと猫（?）との関係。――なんだかんだの病気自慢 100 ★紙は想いを載せるもの 102 ★蘆江の鞭 104 ★時を経ても色褪せない周五郎の大きさ 108 ★行けないところへの旅 111 ★この人・この3冊 フジモトマサル 115 ★半歩遅れの読書術 117 ★甘くない蜜の味 二冊を読む 122 ★人間往来 有間皇子 125 ★「母の物語」を支える紫の上の生涯 135 ★書棚の果実 138 ★『舞踏会の手帖』 142 ★交遊録 ゆず 144 ★畑の中のホール 152 ★ながすぎる・長すぎる 155 ★北村薫の口福 159 ★こころの玉手箱 166 ★書かずにはいられない 174 ★アンソロジストの楽しみ 177 ★走者を生む本 179 ★遠い日の「かき氷」 182 ★唯一無二のエラリー・クイーン 183 ★醬油味でも甘い煎餅 185 ★懐かしのメロディ 187 ★表現する人 189 ★秋の夜長のミステリ小説のすすめ 191 ★百万塔の誘惑 193 ★あすへの話題（春原さん・木の名前・模範解答・びっくり、ピー・乱歩の論理・四十にして惑はず・ごぶ ゆるね・円錐の頂点・ハエを取る三船・お好み焼きと投手・庭に一本・隠密剣士・買い戻された手紙・グレーの秋・葉書の値段・会っている・隠れんぼ・東京大歌舞伎大一座・星を作る人・それぞれの形・俳優楽屋話・愛すべき強引さ・花の名・ねねよ、かえれ・昭和は遠く）195 ★三つの箱 224 ★谷崎を戦前に読む 227 ★懐かしくなんかないぞ 230 ★闇と光明 235 ★歌舞伎はギリシャ神話 242 ★頭で書いた「カルメン」 246 ★随想 249（揚げ餅の雑煮・不思議な瞬間・忍者如月・ミリさんと明治天皇・一茶はどこへ行った・仕事中・君恋し・鳶に油揚げ）★宝の箱 259 ★父に連れられ、国立へ——かぶき随想 263 ★春風は吹いていたか 266 ★回復期には新聞漫画 272 ★松本清張を読む小学生 274 ★『春の盗賊』——ロマンスの地獄に 277 ★教科書が言葉を支える 281 ★「二廃人」のはなし——わたしと有栖川有栖さん 286

自選短篇ベスト12＋朗読CDのこと——293

高校生のショートショート——295

☆宇宙の会見 296
☆世もすえ 298
☆概念マシン 300
☆密航者 302
☆完璧 304
☆忠実 306
☆ストップマシン 309

北村薫 全著作リスト（1989〜2019）——311

あとがき——315

本文写真（102頁）／新潮社写真部

# 本と幸せ

# エッセイ

# 今年の本と出来事（2000〜2018年）——「活字倶楽部」作家大アンケート

Q1…今年読んで印象に残っている本は？
Q2…今年の出来事で印象に残っている事は？
Q3…翌年のお仕事の予定を教えてください

## 2000年冬号

1　今年（1999年）の本についてのアンケートは、色々なところから来ます。一度どこかで触れた本は、あげないようにしています。出来るだけ多くの本を紹介したいからです。そういう中で、この二冊については、まだ、どこにも書いていません。
☆『花のうた』おーなり由子（角川書店）
☆『へいきじゃないけどへいきだよ』大野隆司（主婦の友社）
　理由は簡単です。お二人とも、私の本の挿絵を描いてくださった方だからです。身内をほめるのは気がひける——という、あの心理からです。でも、二冊とも紛れもなく今年の、特別に素晴らしい本です。このまま、一九九九年が終わってしまうのも残念なので、あげることにします。まだ、見ていない方は、ぜひ手にとってみて下さい。
2　プライベートなことなのですが、何といっても、夏の入院。高校時代に盲腸を切った時以来、入院したことはありませんでした。親の看護で、病院生活には慣れきっていましたが、自分が二十四時間点滴を受ける身になるとは思いませんでした。退院の時、先生から、「実は、危なかった」といわれ、びっくり。まだ、読んでいない、たくさんの本のことが頭に浮かびました。そして、「読みたい、読まなくっちゃ。――書いてる場合じゃないぞ！」と、思いました。

3　――とはいうものの、やっぱり書かないといけないので、いよいよ『リセット』の準備に取り掛かっています。「思いは、時を越えて飛ぶ」という物語です。プロットは、最初から出来ていますので、肉をつけて行くのですが、これが大変。今年中には、何とか書き上げたいと思っています。

## 2001年冬号

1　筑摩書房の本をあげます。まず、

◎『明治の文学』坪内祐三編集・全二十五巻

この刊行が始まりました。文学全集の出しにくい世の中で、しかも「明治」というのですから、心配しました。しかし、手に取ってみると、予想を越えた仕上がりでした。若い人にとって「明治」というワンダーランドに導くウサギさんのようなシリーズになるのではないかと空想して、喜んでいます。

◎『アメリカ短編小説興亡史』青山南

カーヴァーの作品のほとんど、――特にカーヴァー的とされ、評価の高いものは、編集者ゴードン・リッシュが、思うがままに手を入れ、結末までごっそり削ったものだった、というのが衝撃的でした。もはや添削の範囲を越えていたといいます。カーヴァーが、いくら不満をいっても許されなかったのですね。しかし、リッシュがいなければ、評価される作家カーヴァーはいなかった。うーん。
☆一昨年の本ですし、他にも書いたのですが、『ザ・マン盆栽』パラダイス山元（芸文社）という本が面白かった。盆栽にミニ人形を配置し、小世界を作るという試みです。何とも不思議な味がありました。
2　有栖川有栖さんが、近寄って来て「新庄（阪神）は、◇◇◇◇◇ですよ」といいました。これが最近の衝撃のニュースです。（▼新庄は二〇〇〇年十二月に大リーグのメッツに移籍）
3　今年は（も）、書くより読みたいと思います。

## ２００２年冬号

1　昨年の春、ポプラ社から、赤木かん子さんの編集する『あなたのための小さな物語』という八冊のシリーズが出ました。①戦争、②安楽椅子の探偵たち、③ロマンティック・ストーリーズ、④暗号と名探偵、⑤マザー、⑥おいしい話、⑦花のお江戸のミステリー、⑧解放、というのが各巻のテーマです。本好きの子供たちのための水先案内という姿勢が嬉しく、また、行き届いた本作りです。大人が読んでも、勿論、満足出来ます。『暗号』の巻のために書き下ろされた戸川安宣氏の「暗号とミステリ」という一文など、読んでいて、実にわくわくします。
戸川氏のこの文章は、載っていると知らずに、開いてびっくりしたわけですが、東京創元社から、大阪圭吉とM・R・ジェイムズの短篇集が文庫で出たのにも驚きました。いずれもハードカバー、一冊二千円以上で出て不思議のない本です。凄いぞ、東京創元社。（▼『銀座幽霊』『M・R・ジェイムズ怪談全集』）
2　いうまでもありません。神様が、人を不幸にする、大義と国家のエゴを消し去ってくれたらと思います。
3　『わたしのベッキー』という連作シリーズを書き始めました。第一回は「別冊文藝春秋」に発表しましたが、さて、年内にどこまで進みますことやら。

## 2003年冬号

1　他であげた本は除きます。――という方針で、この種類のアンケートには答えているのです。そういう中で『活字倶楽部』のために、残しておいたようなのが、
◎『木の実の宝石箱』絵・文　群馬直美（世界文化社／二〇〇二年）
わたしが、たまたま神田の三省堂で出会って、群馬さんを知ることになった『木の葉の美術館』（世界文化社／九八年）の姉妹篇ということになります。余談ですが、群馬さんは、わたしの『詩歌の待ち伏せ　上巻』（文藝春秋／二〇〇二年）の表紙を美しい緑の葉で飾ってくださいました。それを御覧になって謡口《うたぐち》早苗《さなえ》さん（やはり、わたしの挿絵を担当してくださっています）が、即座に「下巻は紅葉ですね」とおっしゃいました。装丁の方の意図はそうだと聞いていました。正解なのです。「絵を描く方の思考は、瞬時にそういう方向に動くのか」――と、感心しました。

本ではありませんが、落語のCDが色々出て嬉しい一年でした。今は亡き桂春蝶（期待の星は、小米・春蝶といわれた頃もありました。あの頃、皆、若かった）の『ピカソ』を、初めて聞きました。全体としては、よいものとは思いませんが、「ピカソ、居てるかえ？」「何や、ゴッホやないか」には笑いました。
2　鮎川哲也先生の訃報です。

3　『詩歌の待ち伏せ』の下巻をまとめることと、懸案だった『エラリー・クイーン最後の事件―五十円玉二十枚の謎―』を、書くことになりそうです。ＥＱの後期作品を、また読み返してから（それは嫌ではないけれど）、かからないといけないので大変です。……近頃は読み返しても二日ぐらい経つと、もう忘れているもので。

## ２００４年冬号

1　ラーメンズの片桐仁さんの、造形作品集『粘土道』（講談社）を見ていて、彼の姿に怪人二十面相が重なりました。地底に王国を作ったり、美術品を集めるのが大好きだった二十面相。それを、例えば舞台で片桐さんが演じてくれたら、どんなに面白いでしょう。勿論、明智小五郎は、小林賢太郎さんです。真面目そうで実は怪しいキャラから、独特の明智が生まれるでしょう。出来たら、小林さんには半ズボンの小林（！）少年と、二役を演《や》ってほしい。天才小林賢太郎なら、そういう舞台を作れると思います。もっとも、彼に少年探偵団シリーズへの、思い入れがなかったら無理ですけれど。――仮に舞台が不可能なら、ＮＨＫの夕方の帯ドラマ辺りで、小林対片桐の、『名探偵明智対怪人二十面相』を実現してくれないでしょうか。これは近来稀にみる、魅力的なキャスティングだと確信します。
2　日本シリーズ第五戦の現場、甲子園球場にいられたこと。あの場の空気を吸えたこと。
3　連作、『語り女たち』が本になると思います。謡口さんの素敵な挿絵も、お楽しみ下さい。また、読売夕刊に連載していた、ミステリー案内を、一冊にまとめたいと思っています。さらに、東京創元社の『ミステリーズ！』に連載中の長編も、完成させたいものです。そして、『詩歌の待ち伏せ』は、まだしばらく続いていると思います。

## 2005年冬号

1　この前の本誌（2004年秋号）巻頭特集が『絵本の国へ　ようこそ』でした。そこで、絵本――もしくはそれに類するものをあげてみます。

まず『チャールズ・アダムスのマザー・グース』チャールズ・アダムス　山口雅也訳（国書刊行会）。アダムスの本が日本で出るのは初めて。これは、嘘のような本当の話です。刊行に際して、神田三省堂で行われた山口さんのトークショーならびにサイン会には、飛んで行きました。山口さんも、まず文春の『漫画読本』で見たと話していました。わたしも親戚のうちに置いてあった『漫画読本』を中学生の頃開き、アダムスの独特の魅力に驚きました。出版社の方は、「本を出すには商売になるかが問題なので、まずある程度、人気のありそうな『マザー・グース』で様子を見る」といいます。うーむ、何とかしてもっと読みたい。この本が売れないと、本格的なアダムスの続刊は見込めません。皆さん、よかったら買って下さい。

今年、発見してびっくりしたのは、ウィリアム・スタイグの『きいろとピンク』おがわえつこ訳（セーラー出版）。凄い――と思いました。スタイグが絵本の世界ではすでに定評のある人だということも、映画『シュレック』の原作者だということも知りませんでした。

――というわけで、スタイグの絵本を何冊か読んでいるうちに、「アルエゴはどうしているのかな？」と思いました。二十年ほど前は、ホセ・アルエゴが絵を描いている本を見つけると、無条件で買っていたものです。はずれはありませんでした。しばらくぶりで探してみると、『すえっこ　おおかみ』ラリー・デーン・ブリマー文　ホセ・アルエゴとアリアンヌ・デューイ絵　まさきるりこ訳（あすなろ書房）がありました。文を誰が書いても、見事にアルエゴの本になります。『Look what I can do』以来の大ファンとしては、その健在を確認できて実に嬉しい。
2　鮎川哲也先生の遺されたレコードコレクションが、岩手県紫波《しわ》町の、野村胡堂・あらえびす記念館に寄贈されました。それを記念する音楽会に行けたことが、印象に残っています。
3　まず、『ニッポン硬貨の謎』の完成、刊行を目指します。その他、色々なことのある年になりそうです。

## 2006年冬号

1　以前にも、山口雅也さんの本のことを書いたが、今年も『ミステリー映画を観よう』（光文社文庫）について一言。この中に、エドマンド・クリスピンが本名の（本名で出すのは当たり前だが）ブルース・モンゴメリー名義で作った曲のCDについて触れられている。中に、日本でも簡単に手に入るものがあった（同書二六八ページ）。わざわざ、そんなものまで買う必要もないと思いながら、銀座ヤマノでクラシックの棚を探した。この辺が、ミステリファンである。ところが、何とその『イギリス弦楽小曲集』四枚のうち、モンゴメリーの収録されている第三集だけがない。絶対に同じことをやったヤツがいるのだと思う。数は少ないだろうが、そういう人間は間違いなくいる。何とも楽しくなった。それから、全く価値はないが、おかしな（どうおかしいか説明している余裕はないが）創元推理文庫本なら、わたしも持っている——とだけいっておこう。
2　五百円DVDというのが書店に溢れている。これは面白いですよ、と人にいわれて『ヒズ・ガール・フライデー』というのを買った。法月綸太郎さんに、「それは、ビリー・ワイルダーの『フロント・ページ』の元になった作です」といわれ、「へえー」と思った。比べて観ると面白い。その後、『ユー・ガット・メール』という、まさにコンピュータ時代だからこそ生まれたような作が、ルビッチの『街角 桃色の店』のリメイク、また文春文庫の玄人受けする名画ベスト1になっていた『マダムと泥棒』が、後に『レディ・キラーズ』になったと知った。――『マイ・フェア・レディ』の「原作」である『ピグマリオン』などと共に、こういった古い映画が、今は簡単に手に入る。有り難い時代だと思うと同時に、あちらには、これほどリメイク物があるのだなあと思った。『七人の侍』や『Shall we ダンス？』などを原作にするのも、そういう流れのひとつなのだろう。

3 今年は、新年から『詩歌の待ち伏せ』の文庫化が始まります。講談社からは、短編集（▼『紙魚家崩壊』）が出ます。そして朝日新聞に連載中の『ひとがた流し』も、三月頃に終了、年内に本になる予定です。

## 2007年冬号

1 東京に行き、『小沢昭一的新宿末廣亭十夜』（講談社）を買い、帰りの電車で読んで来た。面白い。帯の言葉は、《これぞ話芸！ 寄席を満員札止めにした「奇跡の10日間」》だ。

正蔵襲名もあって一昨年は（でしたよね？ 近頃、時間の感覚がなくなってしまって……）寄席が多くの客を集めた。その年、末広亭六月下席で、小沢昭一が随談を語り、何と開業以来最多という観客を集めた。その記録である。

《語り》であるから、これを読むとDVDあたりも出してほしくなる（▼のちにCDになった）。だが、間違ってはいけない。その場合は、小沢昭一の後に、間を繫ぐ芸人が出て、そして下席の主任たる小三治がトリを取るのだ。そこまでが収録されていなければならない。

この「10日間」を「奇跡」と呼ぶなら、その時、小沢昭一の後を受けて、小三治はどのような芸を見せたのか。ここにスリルがある。ある意味では、小沢昭一の語り以上に興味がある。そういった場――そういったシステムそのものが、寄席なのだ。

2　大事な方が、次々と逝ってしまわれることです。

3　ベッキーさんシリーズの、二冊目が出ます。

## 2008年冬号

1　『ココロミくん』『ココロミくん2』（アスペクト）
この本の存在を全く知らなかった。手にとって、びっくり、一時は人と会うと書店に連れて行き買わせていた。べつやくれいには『しろねこくん』という著書があると書かれていたので、子供にそういうと、「おとうさん、それ買って来て、わたしにくれたよ」という。出して来たのを、見るとまさにそれ。忘れていた。要するに、そちらはちょっと面白い、しかし、他にもありそうな本だった。こちらは、形式こそ、いかにもありそうでも、実は個性そのもの。微妙にして大きな差がある。テレビ等で似たような企画をやる時、制作者は別にいて演技者が動く。ここにあるのは、全体が、紛れもないこの人だ。被写体となって撮られている場面ではスタッフの存在を意識させられる。その点は、まさに演劇だ。つまり、本が、べつやくれいの劇場となっている。この人は、自分の金脈を掘り当てたと思う。ここから、形を変えても（どう変えるか、ちょっと見当もつかないが）、ここで開花したものは必ず、別の作品の中に生きるだろう。

2　本格ミステリ大賞受賞式の翌日、書店、出版社の協力を得て行った、受賞者を囲む座談会＋即売＋サイン会が大成功したこと。当日、おみやげとして企画した、大賞受賞式出席者の寄せ書きサイン（五十名ほどが記入）が大好評だったこと。とにかく、本が売れないと関係者が嘆く昨今、ぜひ、この催しを毎年、続けて行きたい。ふるってご参加を！

## ２００９年冬号

1　優れたアンソロジーの多かった年だが、中でも『綾辻行人と有栖川有栖のミステリ・ジョッキー①』（講談社）には感嘆した。――企画が優れていても、そこにこの二人がいなければ、――この二人が話しても、これらの作品が素材でなければ、といった課題を全てクリアした本。本格についてのあれこれが、実に的確に、よく見えるように語られている。

そして、小鷹信光の『〈新パパイラスの舟〉と21の短篇』（論創社）も逸することの出来ない大収穫。『ミステリマガジン』誌上の好企画、架空アンソロジーエッセイに、短篇をつけての分厚い一冊。これさえあれば、どんな長旅でも退屈はしない。――いや、語られているものを読みたくなって、ストレスが溜まるかも知れないなあ。

2　テープの劣化をおそれ、数年前、大事なものをＭＤにダビングした。ほぼひと夏かかった。最近、電器店に行ったら、テープ用の機器はまだまだ作られているのに、ＭＤの方は心細い状況らしい。パソコンをやっていない者（この原稿は、シャープの書院で書いてます）の無力さを感じる。限りなく哀しい。

3　二月頃、ベッキーさんシリーズ最終巻『鷺と雪』（▼四月刊）が出ます。それから、一人で話すことは、今までもこれからも原則お断りしているのですが、事情がありまして、朝日カルチャーで三回ばかりしゃべります。一人で――とはいっても、見物に来るというあの方この方に話しかけ、しゃべらせてしまうつもりもあります。その意味では、結果的に部分対談になるかも。一月下旬から二月にかけてで、テーマは「アンソロジーの楽しみ」です。

## 2010年冬号

1　最近、びっくりしたのが『イッセー尾形とステキな先生たち「毎日がライブ」』（教育出版）。国語教育研究会の講師に来てくれないかといわれたイッセー尾形。彼が、講演なんて当たり前だから何をしたか。その成果がここにあります。百十分のDVDが付いて――というかDVDが本体ですね――千九百円。これがお買い得。先生たちが実にいい味を出している。教育出版の本だから、と敬遠したら損。こんな面白いもの、めったにありません。

2　神奈川県恩田にある徳恩寺に行きました。父の日記に出て来るのです。時を越えて、曾祖父の建てた碑の前に立ちました。

3　本年一月に、新潮新書から、アンソロジーについてお話ししたことをまとめた本が出ます（▼『自分だけの一冊』）。『小説新潮』隔月連載の「飲めば都」は年内に完結の予定。『オール讀物』連載中の史伝『いとま申して』は、さて、どこまで進むことでしょうか。

## 2011年冬号

1　『現代短歌朗読集成』同朋舎メディアプラン
平成二十年に出ていたCDブック（CD四枚付き……というか、書籍付きというか）です。

——実は、これの前身として大修館から出たカセットテープブックがあります。そちらは以前、『詩歌の待ち伏せ』の中で話題にさせていただきました。この形でなければ見えないものが見えて来る素晴らしい企画だったと思います。刊行が昭和五十二年だから、かなり昔のことです。

——で、そのバージョンアップ版が出ていた。テープに比べ、CDというのが検索上、圧倒的に有利。しかも現代の歌人まで、新たに二十名を加えています。具体的にいえば、穂村さんや俵さんもいるわけですよ。次々に人を加え、短歌史を音で残して行こうという姿勢に共感。しかしながら、わたしがこれに気づいたのが、何と昨年十一月でした。わっと声をあげて、買いに走りました。

売り切れてなくて、よかった、よかった！

3　新年早々、ちくま文庫から、宮部さんと一緒に編んだアンソロジーが出ます。二冊本です。いい本になったと、ちょっと自慢。手に取ってみて下さい（▼『とっておき名短篇』『名短篇ほりだしもの』）。

## ２０１２年冬号

1　本を読み分かったつもりになっていたことの、さらに奥を後年に知ることは多い。

今、芸艸堂から二〇〇五年に出た『浮世絵「名所江戸百景」復刻物語』のページをめくっている。現代の職人たちが広重の「江戸百景」を復刻する作業を見せてくれる。《当てなしぼかし》《布目摺》といったように、様々な技法が使われる。

中学生の頃、保育社の文庫、カラーブックスというシリーズで、浮世絵の本をよく読んでいた。「江戸百景」は『東京　昔と今』という二冊本になっていた。だから、《絵》は頭に入っていた。しかし、例えば「高田の馬場」の図の、弓矢の的がどのように刷られ、どのような肌触りになっているか——など、分かるわけがなかった。半世紀近く経ち、それを知り得た。

実はこの本は、発行当時に買ったものだ。無論、その時読んで感銘を受けた。それを今また出して来て、開いているのは、高見澤たか子の『ある浮世絵師の遺産』（東京書籍）を読んだからだ。ではなぜ、『ある浮世絵師の遺産』を読むことになったか。それはどういう内容のものか、——ここには書き切れない。

本はこうして、それからそれへと繋がり、人生そのものになる。
3 『いとま申して』を、着実に進めたい。わたしの著作の中では、地味なものだろう。信頼出来る読み手の方から、かなり強い支持をいただけているのが励みである。これを書くのは、自分の責務と思っている。

## 2013年冬号

1 泡坂妻夫先生について、トークの相手をするようにというお話がきました。そこで、未読だった『春のとなり』と、先生が編者になっている『日本の名随筆 別巻7 奇術』を読み終えたところです。どちらも面白かった。特に後者は、アンソロジーにおいては、何を採るかと同時に、何を採らないかが、見事に編者を語るものだと再認識しました。こういうところで心を慄わせるのが《読むこと》の喜びです。
3 新潮社から、エッセイ集のシリーズの続き（▼『書かずにはいられない』）を刊行する予定です。他に、書くことになっているものが幾つかあります。

## ２０１４年冬号

1　こういったアンケートで、まだあの本をあげていませんでした。昨年出た、ちくま文庫の『増補版　誤植読本』（高橋輝次編著）です。四十名以上の文章がおさめられています。

　中村真一郎は、謹厳をもって聞こえた恩師の翻訳書の「あとがき」を開き、茫然としたことを語ります。そこには、出版の遅れた理由が「或る情事」のためとなっていたのです。また、林真理子の書く金子兜太の言動など、まさに魔物のそれです。

　くわしくは書きません。『かつくら』の読者なら、一ページごとにうなるでしょう。肝心なのは、これが揚げ足取りの嫌な本ではない――ということです。

3　新年早々に出る筈だった新潮社のエッセイ集は事情（情事ではない）により、三月刊行となりました。角川書店の『八月の六日間』は五月刊。秋には新潮社から、連作短篇集が出ます。『小説新潮』の「うた合わせ」は連載継続中。『オール讀物』では、不定期ですが「中野のお父さんシリーズ」を書き続けます。

## ２０１５年冬号

1　『コック・ロビンの死と埋葬』

（ウィリアム・ダートン出版……の復刻本、ほるぷ出版）

最近は、古書店巡りをしていて復刻本に出会うことが多い。ミステリファンには何の説明もいらないこの本も、単品で買えた。もともとはセット販売の一冊なのである。『僧正殺人事件』

や『私が見たと蠅は云う』などでおなじみのこれ――『コック・ロビンの死と埋葬』に初めて出会ったのは、テレビの『ディズニーランド』の次週予告だった。

本は、全ページ色刷り挿絵付きの小さなもの。今でも英語はよく分からないが、全く分からない頃にこれを手にしたかった。摩訶不思議な世界をのぞく思いがしたことだろう。
2 この原稿依頼のファックスが来たのが、平成二十六年十月三十日五時四十五分。ソフトバンクに王手をかけられての、日本シリーズ第五戦直前。始まる前にここまで書いた。書き終えて、観戦する。で、これから始まるのが、阪神にとって《衝撃の》試合になるかどうかは、神様がご存じ。
3 前半に新潮社から連作短篇集が出ます(▼『太宰治の辞書』)。『オール讀物』不定期連載の「中野のお父さん」シリーズが、今年中には一冊分になります。

## 2016年冬号

1 アンケートご依頼の電話をいただいたのが、日本シリーズ第五戦開始の一時間ほど前。確か、この前もそんな感じだったと思う。今回は、タイガースは関係ないので穏やかな気持ちでいられる。そこで、ヤクルト・スワローズといえば、宮沢章夫の『考えない人』。中のある一篇を読んでうなった。
ＯＬが、ヤクルト対広島戦の消化試合のチケットをもらう。興味はないが、捨てるのも勿体ない。ヤフーオークションに出してみた。すると――。という展開が実にスリリング。この先は、ネタばれになるのでいえない。

正面から書いてしまえば、当たり前のエッセーなのだ。こうすることによって、普通の人と、ファンという運命的な立場にある人間の違いがくっきりと見えて来る。
何事も、書き方ひとつですね。
2　日々、心身のおとろえを、痛感しております。
3　ずっと先送りになっていた短篇集を、今年こそ出したいです。春になったら『いとま申して』第三巻の執筆に取り掛かり、専念したい。

２０１７年冬号

1　ハトポポコ『けんもほろろ』の連載が終わってしまった。独特のボケとツッコミ。奇妙絶妙な間。得難い個性だった。終わると知って、神保町で単行本を探した。『1』〜『3』を入手。世界が確立する（分かりやすい指標として、男子が出て来ない）『2』からが良く、その『2』がおすすめ。
ハトさんが（というのも、シュール）、他に何を描いているか全く知らなかった。帯を見て情報を得られたのが、ありがたい。今度、神保町に行ったら、買って来よう。
3　春頃までに、新潮社から、エッセー集の三冊目（▼『愛さずにいられない』）が出ます。本年は『いとま申して』三部作最終巻の執筆に集中したいところですが、さて、どうなりますか。

２０１８年冬号

1　『枕詞はサッちゃん　照れやな詩人、父・阪田寛夫の人生』（新潮社）

魔法使いがいるように（いるのだろうか）、言葉使いがいる（これは確か）。阪田寛夫は、その一人。多くの人は使い手よりも、まず魔法を見、それを脳裡に刻む。「サッちゃん」は知っていても、その作者が誰か知らない人も多いだろう。

わたしは、昭和四十年代初めのテレビドラマ、『ケンチとすみれ』『あひるの学校』に心を奪われた。ことに後者の、愛の哀しみを描いたある場面は生涯忘れ難いものになった。後年、阪田がその脚本作りにかかわっていたと知った。阪田の幅広い仕事は、どれもその人らしい繊細な感受性と、自在な文章の魅力を伝えるものだ。

この本は、阪田の長女、内藤啓子氏による一冊。

筆は、阪田の小説やエッセーでは知り得なかったところまで及ぶ。玄関先だけでなく、阪田家の、いわば居間、台所からさらに奥の奥まで我々を導く。そこから阪田寛夫という《存在》の哀しみ、また夫と妻、親と子が《家族であること》の痛みまでが伝わる。読む者の深いところに響く本だ。

これを読み、さまざまなことの果てに《オジサン、ダメじゃなかったよ、よく頑張ったね》といってくれる著者に、ありがとうと頭を下げたくなった。また、この本の読者が一人でも多く、阪田の著書に手を伸ばしてくれたらとも願った。

3 『いとま申して』シリーズ第二巻『慶應本科と折口信夫』が文庫化、年の初めに出ます。文春文庫。春には、シリーズ最終巻（▼『小萩のかんざし』）が刊行されます。

（「活字倶楽部」「かつくら」「Katsukura」二〇〇〇年冬号〜二〇一一年冬号、二〇一二年冬号〜二〇一三年冬号、二〇一四年冬号〜二〇一八年冬号）

# マイベスト3

## 好きな短篇ミステリ三作

「鳴く密室」濱田健一
「エジプト人がやってきた」大倉崇裕
「五つのバーコード」新麻聡

〝クラシックのミステリ短篇特集〟のアンケートということでした。それを律義に守ると、ポーの「黄金虫」から始めることになり、今まで何度も答えて来たものと同じになってしまいます。そこで、時も現代にし、国内に限り、それから物差しも少し変えてみます。

光文社文庫の『本格推理』シリーズが出始めた時（といっても全作、読んでいるわけではないのですが）、第四巻の「鳴く密室」に大喜びしてしまいました。作者は、濱田健一さん。読んだ人にしか分からないいい方になりますが〝三年もの間〟——というところが嬉しい。某誌から〝本格ミステリ、書いて下さい〟といわれたわたしが、〝わたしの好きな本格って、こういうものですけど——〟と、嬉々としてこの粗筋を話したら、編集者の方はしばらく絶句。やがて、〝そういうのは……困ります〟といわれました。もっとも、仮に〝いいですよ〟といわれたところで、これを書くのは難しい。

同じ『本格推理』の第十巻に入っているのが、大倉崇裕さんの「エジプト人がやってきた」。これほど不可解な謎も珍しいでしょう。現場に残された血のアラビア文字。書かれていたのは〝われわれはここに罰をくだす。エジプトからの呪いをこめて〟。落語家の柳家喬太郎さんが客を沸かす決め言葉のひとつに、〝怒ってませんか？〟――というのがあります。その高座を思い出します。

新麻聡さんは、『本格推理』に何度か顔を見せている方ですが、創元推理短編賞にも応募してくださいました。その中の「五つのバーコード」が忘れ難い。大技を使った快作です。雑誌《創元推理16》に載りました。

好きな短篇ミステリといった時、これら三作が今、さっと浮かんで来ました。一方からの光を当てた時、〝古典〟となり得る作だと思います。

好きなポケミス三冊

『ジェゼベルの死』クリスチアナ・ブランド
『暗闇へのワルツ』ウイリアム・アイリッシュ
『すばらしき罠』ウイリアム・ピアスン

初めて読んだポケミスは、E・クイーンの『緋文字』だった。中学生の時である。これは、友達から借りた。出るのを心待ちにして買ったのは、同じくクイーンの『盤面の敵』。《ミステリマガジン》で、「六年ぶりのクイーン！」という、ファンの心をくすぐる紹介記事を読み、翻訳はまだかまだかとじりじりさせられた。プロの手になる作品群と舌を巻いたのが、H・スレッサーの短篇集『うまい犯罪、しゃれた殺人』。

大学でミステリクラブに入ると、群青色の表紙のポケミス目録を、いつも携帯した。購入したものをチェックし、かぶらないようにするためだ。ポケミスだけでも年間百冊は読んでいただろう。

先輩からいわれた入手困難の本は、D・ハメットの『デイン家の呪』。見つけられたら自慢しようと思いつつ古書店を回ったが、四年の間、ついに一冊も見ることはなかった。クイーンの『帝王死す』、J・D・カーの『死人を起す』なども当時の代表的な《探求書》だったが、これは先輩から譲ってもらうことが出来た。

夏の夜、寝ながら読んでいて、途中で起き上がったI・レヴィンの『死の接吻』、伊丹十三主演で連続テレビドラマになった、何とも洒落た話、W・ピアスンの『すばらしき罠』。ミステリクラブで「『ウォルドー』、面白ーっ！」といったL・カウフマンの作など、次から次へと浮かんで来る。


（「ハヤカワ・ミステリマガジン」二〇一一年三月号、二〇一三年十一月号）

「考える人」作家アンケート

海外の長篇小説　ベスト10

（順位なし）
『三国志物語』羅貫中（園城寺健著・講談社名作物語文庫）
『モンテ・クリスト伯』A・デュマ
『虚栄の市』W・M・サッカレー
『従妹ベット』バルザック
『アンナ・カレーニナ』トルストイ
『恋愛対位法』A・L・ハックスリー
『オーランドー』V・ウルフ
『百年の孤独』ガルシア＝マルケス
『交換教授』D・ロッジ
『新編水滸画伝』施耐庵（曲亭馬琴、高井蘭山訳編・有朋堂文庫）

世界の長篇小説の中で、一番最初に愛読したものといえば『三国志物語』。当時一冊百円だった名作物語文庫の一冊。以後、様々な『三国志』を読んで来たが、自分にとってのベストは小学校低学年で読んだ、これ。十作あげて順位を――というのは、さすがに無理なので、『三国志』に対して『水滸伝』ならこれだな、という『新編水滸画伝』を最後に置き、印象の強い本を間に並べた。《長篇小説》という聞かれ方からすると、バルザックを三冊ぐらいあげてもよかったろう。となると……、まあ『ゴリオ爺さん』『幻滅』となるだろうか。

〈二〇〇八年春号〉

## 老年をめぐる私のおすすめ本3冊

① コナン・ドイル「五十年後」（『ドイル傑作集（Ⅰ）』所収、新潮文庫）
② 森鷗外「じいさんばあさん」（『阿部一族・舞姫』所収、新潮文庫）
③ 『伊藤若冲「池辺群虫図」より　生きてる』（文・構成　小泉吉宏／解説　太田彩、小学館）

①は中学生の時、他の作品目当てで買った文庫本短篇集で出会ったもの。一番印象深いのは、これだった。続けて②を読み、通じるものを感じた。③は最近出た本。若冲の絵と、小泉氏の文章の――今風にいえばコラボということになるのだろうか。毛虫や百足《むかで》、蛇などの大写しが出て来る。中にはパラパラとめくっただけで拒否反応を示す方もいるかも知れない。しかし、《人は今に生きてる／人は今を生きてる》というところが、今回のアンケートの趣旨に沿うと思う。終わりに全体図が出たとき、それが楽器紹介の後のフルオーケストラの演奏のごとく胸に響く。

〈二〇一〇年冬号〉

## 眠れぬ夜の本　マイ・ベスト3

①　フジモトマサル『夢みごこち』平凡社
②　ロバート・クラウス『はやおきミルトン』ホセ・アルエゴ／エアリアン・デュウェイ絵、長谷川四郎訳、ほるぷ出版
③　長谷川集平『トリゴラス』文研出版

コミックや絵本の形で、夢の世界を視覚化したものから三冊を選んだ。①は、夢そのもののあり方を見せられる。読んでいると、自分の存在が揺れ出す。②全て傑作なのが、アルエゴの絵本。この絵と色の魅力は、ひと通りではない。誰も目覚めぬ早朝のミルトンの体験が描かれる。それこそ、まさに幼い者のみが見られる夢だろう。③は、昔、名作絵本のアンケート集計で一位になっていた。推している人たちの熱の入れ方に驚いた。どういう本かと手に取り、また、びっくり。少年の抱く《夢》が描かれている。絵本的ではない一冊。

〈二〇一三年冬号〉

## 漱石　私のベスト3

①　漱石作品のうち、「私のベスト3」を決めるとしたらどれですか？
その理由も教えてください。
②　若い読者に一点薦めるならどれですか？
③　個人的なエピソードがあれば教えてください。

① 『硝子戸の中』。晩年の漱石の声が、ここにある。『永日小品』。『硝子戸の中』もそうだが、こういった作を見逃してなるまい。『吾輩は猫である』。年と共に、重みを増す。

② 『硝子戸の中』。若い人にも手に取りやすい。長大ではないが深い。

③ 小学生の頃、児童向けの文学全集で『二百十日』を読んだ。これが、無性に面白かった。後から思えば意外だが、同じことを語っている方がいた。子供をひきつけるものがあるのだろう。

〈二〇一六年夏号〉
（「考える人」）

## 北村薫の読まずにはいられない

### 『琵琶法師　〈異界〉を語る人びと』（兵藤裕己著　岩波新書　二〇〇九年四月刊）

《おまけ付き》という本に弱い。

昔の少年雑誌の次号予告には、あっと驚くようなものが載っていた。映写機やレコードプレーヤーなどの豪華な絵が、購買意欲をそそる。

――本当にこれが？

と思うと、実物は厚紙を組み立てて作る安っぽい玩具である。しかし、間違いなくわくわくさせられた。

そういう刷り込みのせいかも知れない。ＣＤ付き、あるいはＤＶＤ付きの本があると、つい手に取ってしまう。

こういうわたしだから、新聞の広告で、

――演唱の実像を伝える稀少な映像ＤＶＤ付き。

という言葉を読むと、もうそれだけで抵抗出来なかった。

この付録のイメージが強く、また、《〈異界〉を語る人びと》という副題から、勝手に「消え行く最後の琵琶法師達の列伝」といった内容を想像していた。しかし、実際には琵琶法師という存在とその歴史について述べた書だった。

となれば当然のことながら、『平家物語』との関係についても多く語られている。驚いたのは、平忠盛についての有名な、

「伊勢平氏はすが目なりけり」

という一節についての考察だ。わたしなどは、ただもう実際にそうだったのだと思っていた。そして、清盛の父について、こういうリアルなひと筆の加えられていることが、この物語の強さだと信じていた。しかし、兵藤氏は言う。


目に欠損があることは、祭儀の主役となるヨリシロ（憑代）に負わされる聖なるしるしである。それは善悪や浄穢《じょうえ》の二項対立的な価値観を反転させ、原初の創造的混沌を世界へみちびきいれる力の可視的な徴表《ちょうひょう》だった。「伊勢平氏はすが目」の一句には、以下に語られる祝祭的動乱の物語の全体をおおうほどの隠喩《いんゆ》がこめられている。


凄い。そこで思えば、なるほどこれを語るのは盲目の琵琶法師なのだ。

わたしは『平家物語』を深く読んだことがない。これが新しい説なのか、従来からいわれていることなのか分からない。しかし、それは一読者にとって、どうでもいいことだ。肝心なのは、自分が今、この文章に行き当たった——ということである。こういう時、本を読む喜びを感じる。

本を閉じた後、付録のＤＶＤを見る。演じているのは、熊本にいた山鹿良之《やましか》。弾き語りのみで生計をたてたという意味では、最後の琵琶法師。八十歳を越えてなお、膨大な中・長篇を記憶していたという。その貴重な記録である。乱雑な自宅で演じる姿に、いわゆる文化会館など

で語られるものとは違う、古い伝承の形をかいま見た気になった。

**『肥後の琵琶弾き　山鹿良之の世界　語りと神事』**（日本伝統文化振興財団　ビクター　二〇〇七年四月刊）

今回は本ではない。三枚組のＣＤである。前回、最後の琵琶法師といわれる山鹿良之に触れた。その代表的演奏を収めたＣＤが出ていると知り、早速、買って来たわけだ。平成十九年度文化庁芸術祭優秀賞受賞作品――という金色のラベルが貼ってある。

山鹿良之は海外にも紹介され、彼の日常を記録した青池憲司監督の映画は、毎日映画コンクールで賞を取っている。そういう人なのだが、全く気づかなかった。そこにあるものも、見ようと思う人にしか見えないものである。

木村理郎氏の解説によれば、山鹿良之は熊本の人。平成八年、九十五歳で生涯を閉じる晩年まで、《芸能者、宗教者として地理的にも職業的にも広範囲で活動していた（中略）肥後琵琶を知ってもらうために、自宅でも多くの人に琵琶を語り聞かせた》という。

昔は、このような語り芸が、文化遺産としてではなく娯楽として受け入れられていた。民衆が、集中して耳を傾け楽しんでいたのだ。――ところが、現代のお笑い芸人など、三分で客を沸かせられなければやっていけない。観る側が変わった。強い刺激を間断なく与えられないと、満足しないようになっている。

一方、山鹿の芸の形は素朴である。それだけに、人間の根源的なところに届く強さがある。ＣＤの例でいえば「菊池くずれ」など、まさに肌に粟を生じさせる。

——竜造寺隆信が肥前、肥後に権勢を奮っていた頃のことである。肥後菊池の赤星家から、嫡男三郎丸が人質として差し出された。三郎丸は容貌能力全てにおいて優れていた。そのため、寵愛を受けていた息子が無視されるのを恨んだ隈部但馬守は、讒言《ざんげん》をして彼を罪に落とす。さらに、その妹ヤソ姫を人質に迎える算段をする。途中で、竜造寺の家の掟として、目通りの際、女は旅の姿のまま尻からげし土足で駆け込んで行くのが決まりだ——という。

実に馬鹿馬鹿しい設定だ。しかし、山鹿が語ると、これがぞっとするほど恐ろしい。野村眞智子の採録を引く。

教えられたそのまんま、さるの尻からげて土足のままに、ただ一散に門前よりも君の御殿と、どっーとばかりに駆け込んでいく。（中略）十手、早縄、つき棒、いら棒、六尺棒、三十五人の役人ども、声大音声、「やあやあそこなる狼藉者。女の者どもしばらく待て」

兄妹にもお付きの女達の前にも、逆磔《さかばりつけ》、獄門という過酷な運命が口を開いている。この駆け込みには、破滅に向かってひた走る恐怖がある。

他にも新築の家でのお祓いの言葉など、このCDの中だけでも、山鹿の芸の幅は広い。いずれも、古い絵具で描かれた絵のような調べの魅力に満ちている。

**『整形前夜』**（穂村弘著　講談社　二〇〇九年四月刊）

帯に《『世界音痴』『にょっ記』の著者による最新エッセイ集》とある。一瞬、――『シンジケート』の著者、じゃないのか？

と、思ってしまう。つまり、これはエッセイスト穂村弘のファンに向けての帯なのだ。いうまでもないが、『シンジケート』は穂村弘の名を世に知らしめた歌集である。

それだけ歌人穂村弘の《散文》を愛する人が多いということなのだろう。「別冊文春」を指さして、

「『にょっ記』だけは、読むんですよ！」

と、明るくおっしゃった女性もいた。無論、にっこり笑って、

「わたしも、最後のページに書いてます」

と、お答えした。

『整形前夜』も氏の魅力が、ページから溢れている。例えば、女性誌に書いた「一発逆転への挑戦」。

穂村さんは――この話を引くのに《氏》は似合わない――小学三年の時、《毎日が苦しく、みじめに思えた私は、次の年の元旦から新しい自分に生まれ変わろうと決意した》。そして大晦日から元旦に切り替わろうという時、ある儀式をしようと決意する。風呂に入り浴槽の中に《あたまのてっぺんまで》沈めた。新年になったら、水から浮かび出て新生を果たそうというのである。ところが、溺れていると思った父が飛び込んで来て失敗。

さて穂村さんは、生まれ変わりたい女性読者が集まり、《私の模範演技のもとに大きなお風

呂で一斉に潜るところを想像する。もちろん水着着用可だ》。

この後に、《もうちょっと水でうめよう、と私はきっぱり云う。お風呂ならちょうどいい湯加減だが、潜るとなるとこれでは熱すぎる。女性のフェイスは繊細だから》と続く。

こういうところが微妙に面白い。妄想の中だから《きっぱり》発言出来る自分であり、《フェイスは繊細だから》と気を配るのは、つまり自分が《繊細》だということである。

現実にそうかどうかは別問題だが、こう演出されている《私》の像が実に面白い。


そして元日の到来とともに、ざばあっと浮かび上がる顔、顔、顔、顔。

みんなとっても嬉しそうだ。

ほむらさんのおかげで生まれ変われました。

もう昨日までの私とは違います。

凄い方法を教えてくれてありがとう。

いや、僕はほんのちょっと手を貸しただけさ、と私は首を振る。

一発逆転に懸けるきみ自身の心が本物だったんだよ。

おめでとう。

ここまで来ると、妄想力が虹をつかむ力と化している。いいなあ、穂村弘。

ほむらさんのおかげで、素敵な数時間が過ごせました。ありがとう、ありがとう。

## 『ひみつの植物』（藤田雅矢著　WAVE出版　二〇〇五年五月刊）

表紙になっているのが、ガラス玉を積んだようでもあり、皮を剝きかけたマスカットを盛ったようでもある不思議な物。題名を見て、

——植物なんだろうな？

と思い、手に取ってしまう。

序文を読むと、こう書いてある。


子どもの頃によく眺めていた図鑑には、世界の珍しい植物を紹介したページがあり（中略）一度はこの手に取って本物を見てみたいと夢見たものです。（中略）ありがたいことに、子どもの頃にはとても珍しかった海外の植物なども、いまでは近くの園芸店で見かけるようになりました。それも、意外と安い値段で手に入れることができるのです。


インターネットのクリックひとつで品物が届き、《「あれほど欲しかった植物が、わが手元に！」と梱包を解いて、思わず頰をすり寄せたくなるくらいです》という。

この本の内容は、これで分かる。そうやって育てた植物を、豊富なカラー写真と共に紹介してくれる。

わたしはといえば、小学生の時、桔梗の種を買って庭に蒔いたぐらいである。ひと袋、五円だったのを覚えている。どうして桔梗だったのか。うちの庭にない花で、袋に描いてあった姿が気に入ったからだ。秋になって、紫の花が咲くと、妙に誇らしかったものだ。

珍奇な植物に手を出したことはないが、この本を読んでいると、やはり小学生の頃に読んだ「世界の不思議」――といった本を思い出す。驚くことは楽しい。例えば、「奇想天外」という名の奇想天外な植物があると聞いたら、《どういうの、それは？》と声をあげたくなる筈だ。答は、この本の中にある。

目次から、幾つか拾ってみる。

コレは植物なのか、緑のガラス細工／空飛ぶパイナップルをアレンジする／根も葉も、土も水も無しで、花咲く植物／砂漠の宝石、もしくは石ころ／こんな色のタンポポ知ってますか／幾何学模様のカリフラワーは美味い！／脱皮する不思議な植物／仮面ライダーの怪人はここから生まれる／翡翠色の花を咲かせる／天使のイヤリング

カラー写真を見ているだけでも、たちまち時間が過ぎてしまう。簡単に取り寄せて育てられます――といわれても、おっくうがりのわたしには、なかなか踏み切れないが、読んでいると、自分がそうしている気分になれる。これも本の有り難さだ。

最後に、同じ著者、出版社で《今日のおかずに使ったカボチャのタネ、デザートのリンゴのタネ、なんでもいいからとにかく今すぐまいてみてください》という本も出ている――と書き添えておこう。『捨てるな、うまいタネ』である。

## 『書痴半代記』（岩佐《いわさ》東一郎《とういちろう》著　ウェッジ文庫　二〇〇九年四月刊）

よくぞ出してくれた――と快哉を叫びたくなる本が並んでいるのがウェッジ文庫。どれを取り上げてもいいのだが『書痴半代記』にした。これに実に魅力的な一節がある。

著者の岩佐東一郎は、明治三十八年、日本橋で生まれた。家の二、三軒先に大出版社、博文館があり、幼い頃から版元に出掛けて本を買った。

東京の子がうらやましい。わたしは埼玉の田舎町で育った。小学校低学年の頃、駅通りの書店の棚に七、八冊の、光文社版『少年探偵江戸川乱歩全集』があるのを見つけた。一冊百二十円。十二日分の小遣いをためては買いに行った。だが巻末の案内を見ると、棚にない本も、たまらなく面白そうだった。子供だから、まだ取り寄せてもらうことなど出来ない。残念だった。

岩佐は買えただけではない。ただでさえ割引きの上に、ご近所ということから「本の好きな坊ちゃんですね」などと、お愛想をいわれ、さらに値引きしてもらったという。……こう書いているうちに、本当に口惜しくなってきた。

それはさておき、岩佐のうちは染料商だった。買った本や雑誌は、染料を包む色紙でカバーをかけ、大切にした。そのまま、順調に――というべきか――書痴への道を一直線に進む。その彼の、本と人とについてのエッセイ集である。

中学生の頃、友人が岩佐の書いた詩を、遠いブラジルの堀口大學に送ってくれた。それから師と仰ぐようになった。しかし、郵便が届くのにひと月はかかる。そこで、大學曰く、――《君の家のそばに日本最高の詩人日夏耿之介《ひなつこうのすけ》が住んでいますから、遊びにでも行ってやって下さい》。

まことに贅沢な話である。日夏宅に通うようになり、矢野目源一《やのめげんいち》、正岡容《まさおかいるる》、城左門《じょうさもん》、青柳瑞穂《あおやぎみずほ》などと知り合う。

やがて大學が帰国する。そして——、

大正十二年の関東大震災のころには、大森望翠楼ホテルにご一家で泊っておられた。九月の震災の時には、ホテルの芝生に避難しておられ、見舞いに来られた佐藤春夫先生や日夏先生とビールの肴に何かつまんでおられるのを、傍でみていたぼくが「先生、それはなんなのですか」というと、「またたびの塩漬けだよ、おいしいよ」とのこと。マタタビなんて、猫しか食わないと思っていたぼくはびっくりして、三先生のお顔を見直した。折しも夕月に照らされた先生方のお顔は一瞬にして猫的に見えた。

これです。

近過ぎる災害だと客観的に見られない。しかし、時を隔てた今なら、深刻な現実を離れてビールのやり取りをする彼らを、素直に眺められる。役者が揃っている。何しろ、佐藤春夫、日夏耿之介、堀口大學なのだ。三詩人が猫と化した夕べの図がここにある。

**『文豪てのひら怪談』**（東雅夫《ひがしまさお》編　ポプラ文庫　二〇〇九年八月刊）

アンソロジーとは、選ばれた作品と同時に、選んだ人を読むものである。そういう意味で、まことに東氏らしい一冊である。氏は書く。

「てのひら怪談」とは、怖い話、不思議な話、奇妙な話をテーマに、上限が八〇〇字＝原稿用紙で二枚以内というルールにもとづいて書き綴られた、世にも小さな物語の愛称です。
(中略)
さて、いま貴方が手にしていらっしゃる『文豪てのひら怪談』は、これまでの「てのひら怪談」シリーズとは大きく趣を異にしています。
ここに蒐められた全一〇〇篇の物語は、いずれも「てのひら怪談」誕生以前に、古今和漢の小説家、詩人、エッセイストたちによって書かれた作品だからです。

おいしい仕事だったろう——と思う。舌なめずりしている氏の顔が見えるようだ。

八百字以内という枠を作ったため、三十篇ほどは部分を抜く形になっている。どこが採られているかを見るところに、また味がある。

佐藤春夫の「魔のもの」のように、結びの部分を持って来てはいけないものは、きちんと自制されている。未読の人には、後で全体を読む楽しみが残されているわけだ。

ところで、宮部みゆきさんと『半七捕物帳』(岡本綺堂《きどう》)の話をする機会があった。その時、宮部さんが、

「『一つ目小僧』の話は、江戸の怪談が元になっているんですよ」

と、おっしゃった。それが、平秩東作《へべつとうさく》の「一つ目小僧」として、ここに採られている。四谷の小嶋屋喜右衛門の話を、綺堂は野島屋にして短篇に仕立てているわけだ。驚いたのは出典が柴田宵曲《しばたしょうきょく》の『妖異博物館』になっていることだ。——それなら読んでいる。開いてみると、こ

れは「半七」に《使われているから、知っている人が多いかも知れぬ》と、ちゃんと書いてある。自分の忘却力に呆れた。

さらに、個人的なことをいえば、夏目漱石の『硝子戸の中』のここに採られた部分、また志賀直哉の「イヅク川」については、エッセイに書いたことがある。印象深いものだ。

初めて読むものも、当然多いわけだが、中で最も怖ろしかったのは、宮沢賢治の「鬼言(幻聴)」。

三十六号!
左の眼は三!
右の眼は六!
斑《ぶち》石をつかってやれ

判然としないが、これだけでも凄い。東氏は、ここに、その最初の形も併載した。それによって賢治の持つ異様な暗さが、よりはっきりと浮かんでくる。そちらは、あえて引かない。本書か、あるいは『宮沢賢治全集』で読んでいただきたい。

**『中央モノローグ線』**(小坂俊史著　竹書房　バンブー・コミックス　二〇〇九年十月刊)

驚いたことに今では、テレビ番組表もテレビそのもので見られるようになり、ニュースもパソコンで読めるようになった。結果として、新聞をとる若者が減ったという。わたしが子供の頃、家に新聞が来るのは当たり前だった。そして、子供がまず目をやったのが、四コマ漫画だった。我々はそれを見て育った——といってもいい。

毎日出る新聞にとって、その短さ、一回の完結性は必然だった。そして四コマの集積が描くのは、果てしない日常だった。『サザエさん』の昔から、多くの天才達が、このジャンルの名作を残して来た。

ところが、コミック雑誌が読まれるようになっても四コマは健在である。この形態自体に捨て難い魅力があるのだ。

『中央モノローグ線』もまた、四コマの集積によって日常を描く。しかし、新聞のように毎回、同じ家族を出す必要はなかった。その利点が生かされている。

帯には、こう書かれている。《中央線女子物語。中野、高円寺、阿佐ヶ谷、荻窪、西荻窪、吉祥寺、三鷹、武蔵境。JR中央線沿いの街に住む8人の等身大な「今」を描く青春群像劇!!》。

まあその通りだが、編集者が「これで行っちゃいましょうか」と案を出し、作者が多少照れつつ了解したのではないか——と思う。《青春群像劇》という言葉、ことに洒落で付けられたのだろう《!!》が、心配させるような剛球一直線ではない。見事にコントロールされた一球一球が投げられて、素敵な試合を見せてくれる。

中野に住むイラストレーター、なのか二十九歳。高円寺に住む古着屋店主、マドカ二十六歳、武蔵境に住む中学生キョウコなどの送る日々が描かれる。東京の中央線沿線についての知識があれば、すんなりと世界に入って行けるだろう。しかし、知らなくても問題はない。限られた読者だけの本ではない。こういう街があり、こういう人々がいるのが見えて来る。彼女たちの、ためらい、とまどい、不安、小さな喜びが、決して狭い地域に限られたものではないからだ。

これが、四コマ日常ものにありがちな、《果てしない物語》になっていないところもいい。メインキャラクターなのかは、実はこの後、東北の遠野に引っ越す。そこでの話が、今も雑誌連載中ではある。だが、それはまた別の話だ。『中央モノローグ線』は終わっている。彼女達の日々はこれからも続くであろう。しかし、物語としては一冊で閉じられる。

こういう話を、どのように終わらせるか。それはコミックという表現手段をとる以上、どう見せるか——ということに他ならない。

さて、——肝心のそこを説明するわけにはいかない。実際、手に取っていただきたい。くれぐれも、最後の回を先に読まないように。そこまでの流れを受けてこその結びなのである。


**『お父さんが教える読書感想文の書きかた』**（赤木かん子著　自由国民社　二〇〇九年九月刊）

読書感想文——といわれて、いい思い出のある方は少ないのではないか。そのせいか、何と、現代ではインターネットに《自分で書かずにこれをうつして、出しなさい》というサイトまであるそうだ。

この本も、《「あんなもの書かせるから本が嫌いになるんだ！」という御意見をはじめ、〝読書感想文？〟ときいただけで眉間にしわをよせ、本気で怒り出す人も結構いて、その拒絶反応の強さにときどきこちらのほうが驚かされるくらいです》と始まる。

我々の頃の小学校では、皮肉ないい方になるが、例えば《つまらない話でも、ずっと静かに聞いていなければいけない時もある》ということも、教えてくれた。犬になれということではない。それこそ、獣ではない《人間》にとって、大切な心得のひとつだろう。

《嫌な思いなら、しない》というのは、決していいことではない筈だ。宿題というのは、その《嫌》の代表のようなものだ。だが、逃げずにこなすことによって、身につく力がある。うっすより先に、《こういう風に書いてみたら、どう?》という声に耳を傾けてみてはどうだろうか。


この本は去年の九月に出た。小学生の子を持つ父親のための本——という形をとっている。しかし、あの赤木かん子の本だ、いうまでもなく小学生自身が、すらすらと——そして何よりも、面白く読めるようになっている。ただ、惜しくも夏休みに間にあわなかった。今年の夏、多くの人の手に渡るといいと思う。小学生でなくても、ものの見方、考え方について学べる本だ。


赤木かん子さんは、児童文学の書評や紹介をしている。

子供の時に読んだ本の、ある部分だけが印象に残り、懐かしい。だが、題名も作者名も忘れてしまった——という人が意外に多い。そういう、幻の本との再会を願う人のため、《本の探偵》ということを始め、評判になった。たくさんの著書のある方だ。その文章を読んだ人は、《本当のこと》が書いてあるのに驚くだろう。いわれてみれば——と思いながら、それが赤木さんでないといえないことに気づく。そういう人だ。

この本でいえば、読書感想文は何のために書くのかというところ。《自分の考えを、〝筋の通った、論理的な日本語の文章で書けるようになること〟それが目的です》。この明確さこそ、よい先生の持つものだ。

そして、こういう指摘もある。

本のえらびかたの注意点その2は、
感動した本は使わない
ということです。

赤木さんにとって、これらは、当たり前の本当のことである。しっかりと、足が地に着いているから、この本は強い。

**『変愛小説集Ⅱ』**（岸本佐知子編訳　講談社　二〇一〇年五月刊）

誤植ではない。『変愛小説集』である。

現代英米文学の中から、岸本さん好みの《グロテスクだったり変てこだったりする》愛の物語を集めたアンソロジーの、しかも、二冊目だ。一冊目の『変愛小説集』は、二〇〇八年に出ている。十一作を収録。よくも、これだけ集めたものだと感嘆したが、岸本さん曰く《世に変愛の種は尽きない》。というわけで本年、十一作を収めた続編の刊行となった。

短篇を、ただ集めて来るわけではない、それを岸本さんならではの見事さで訳している。冒頭の《ギャルが漂着した孤島にはイケメン男子だけが住んでいた》という話の原題は、《アン・アイランド・オブ・ボーイフレンズ》という。これが『彼氏島』となっている。何でもないようだが、これが『彼氏の島』となっていたら、もうアウトだろう。『カレシジマ』キシモトサチコ――という繋がりを見ただけで、「荒海や佐渡に横たう天の河」芭蕉――といった絶対性を感じてしまう。

これらの物語を、もし原語で読もうとしていたら、自分の英語力を疑うに違いない。あまりに破天荒な展開や言語選択に、ついていける筈がない。冬のモンタナの山奥に生息するチアリーダーたち――動物ではない、アメリカにおけるスポーツ応援の花、あのチアリーダーである！――を追い求める話もある。横文字で見ていたら、味わう以前に皿の上にある料理の実在を信じられないだろう。ここに岸本さんがいて、こういった魅力的な物語をすくい上げ、訳して差し出してくれる。

英米人は原語が読める。しかし、岸本さんの文章で、これらの物語を読むことは出来ない。そう考えれば、《ザ マ ア ミ ロ》である。何とも、ありがたく贅沢な本だ。

ところで、これらの物語の風変わりさを述べるのは、紹介として楽ではある。だが同時に、危うさもある。趣向の提示となり、そこにあるのが色物に見られかねない。例えば、『マネキン』という話について説明してしまうと、《それは、抽象に逃げているのではないか。それを具象の形で語るのが、小説の道である》といった、横町のご隠居風の批判が出るかもしれない。そういう人には、いいたい。例えば『春琴抄』だって、かなり《変》でしょう？

――というわけで、ここにあるのは紛れもなく、小説以外の形に置き換えることの出来ない作品ばかりである。

アンソロジーとは、編者――岸本さん流にいうと変者になるのだろうか――そのものを見せる作品である。凡庸な寄せ集めは、その名に値しない。他の人には絶対作れない本でなければならない。その意味で、《これぞアンソロジー》ともいうべき本が、この『変愛小説集』だ。

これは小説を愛するものが書き、小説を愛する者が訳し編集し、小説を愛するものに読まれることを待っている本である。

**『上司《かみつかさ》小剣《しようけん》コラム集』**（荒井真理亜編　龜鳴屋《かめなくや》　二〇〇八年十月刊）

龜鳴屋――というのは個人出版社である。ネットで探して、直接、注文するというシステムだ。現代なればこその形態だろう。夢かと思うような本が出ている。

もともとは伊《い》藤《とう》人誉《ひとよ》の著作を探していて、ここに行き着いた。出版リストを見ると、『上司小剣コラム集』という文字が目に入り、これは珍しいと購入リストに加えた。

小剣といえば、「鱧《はも》の皮」などの短篇を幾つか読んだだけだ。その記憶は朧《おぼろ》である。この本で明治末から大正初めにコラムニストとして活躍していたことを知った。

戦前のコラムといえば、向井敏《むかいさとし》氏によれば、「茶話」の薄田泣菫《すすきだきゅうきん》、「湖畔吟」の杉村楚人冠《すぎむらそじんかん》が《かたや毎日、かたや朝日を代表》していた――ということになる。これらは、わたしも読んでいる。だが一方、読売に小剣がいたわけだ。

明治三十七年七月のところに、こうある。

　旅順が落ちたら、軒にかけるんだといふて、強制的に提灯を賣り付けに來たので、要らないといふて拒絶しやうとしたら、そんなことをすると、石を投げられると、家の者がいふので、餘儀無く、四十四錢を生活費の中から割いて、赤い提灯を買うた。

その時代にいる人でなければ書けない、時代の一齣《ひとこま》だ。世相を切り取り、挿話や人物を語り、箴言《しんげん》を述べる。中には、そのまま江戸小咄《こばなし》になりそうなものもある。

小劍は小さい頃、岩見重太郎や荒木又右衛門の《武者修行の話に感心しながらも、「一體旅費を何うしてるんだらう」》と考えたという。こういう頭の構造は、コラムを書くのに向いている。

気になるのは、《人形芝居といふものは、藝術として幾許《いくばく》の價値のあるものであらうか。人形つかひの名人は、獨樂《こま》まはしの名人と、ドレダケの相違があるであらうか》というところだ。《落ちついて滞在してゐられる場所は、矢張り京阪附近の外にない》という小劍だ。これは、ひねったいい方で、芸術などを蹴飛ばしたところに、むしろ、価値を見いだしているのだろうか。それとも否定しているのか。寸言として置かれているだけなので、わたしには分からない。

その他、三百十一ページ、「金と銀と」のエピソードは、薄田泣菫も書いている。『完本茶話下』谷沢永一・浦西和彦編（冨山房百科文庫39）八百十九ページにある。泣菫の方が後だが、こちらを見ると、小劍の時計は《英国のベネット製》とまで書かれている。してみると、小劍の文章から材を得たわけではない。二人の間で、この一件が話題になったことがある——と分かる。

戦前を代表するコラムニスト二人が、同じ材料をどう書いたか。読み比べてみるのも面白い。それが出来るようになったのも、編者荒井氏と龜鳴屋さんのおかげである。

**『半七捕物帳事典』**（今内孜《つとむ》編著　国書刊行会　二〇一〇年一月刊）

百科事典がベストセラーになった頃がある。平凡社の七巻本、『国民百科事典』がそれだ。昔は皆が、知識というものに信仰を持っていた。豊かではない我が家でも買った。わたしが小学生の頃だ。毎月届くのが楽しみだった。疑問が出る度に開いたが、ただ、ぱらぱらと読むのも面白かった。ハイアライという球技があることや、先代松本幸四郎邸の間取りなどを、これで知った。

つまり事典は読み物である。そういうことを強く感じさせる本に、例えば『世界ミステリ作家事典』（森英俊編著・国書刊行会）があった。そして、同じ出版社から今年、『半七捕物帳事典』が出た。千ページもある。これは楽しめる。

『半七捕物帳』は、捕物帳小説の嚆矢《こうし》であり、最高峰である。この地位が揺らぐことはないだろう。そこに歴然と、江戸の空気があるからだ。江戸物を書く時には、まず『半七』を何編か読み返すという作家もいる。そうやって、江戸に入って行くわけだ。かといって古臭くも読みにくくもない。

帯にはこう書かれている。《岡本綺堂《きどう》の『半七捕物帳』の登場人物・事件・地名をすべて網羅、江戸言葉や風俗も収録した、半七親分の世界と江戸情緒をより深く味わうための決定版事典!!》

項目は、《藍》から《椀盛》まで、ずらりと並んでいる。江戸言葉というなら、最後のひとつ前は《悪い足》で、「張子の虎」の《そのお浪という女には悪い足でもあるのかえ》という用例が引かれる。《悪足《わるあし》》、あるいは《悪い足》の意味は《たちの悪い情夫》だという。

事典を読む楽しさとは、散歩の楽しさだ。火事は江戸の花というが、ふと見ると《火事沙汰が少い》という項目が目に入る。「歩兵の髪切り」に慶応元年春は火事が少なかったと書かれている——とあり、隣の《火事沙汰の多い》によれば、「河豚太鼓《ふぐだいこ》」に文久二年の正月に火事が多かった——と書かれている。それぞれ『武江年表《ぶこう》』が引用され、解説が加えられる。

こんな調子だから、中心となる半七物語についての考察は綿密を極めている。

付録の充実ぶりも見事であり、ところどころに置かれたコラムも嬉しい。それを見ると、半七物の愛読者、山田風太郎や松本清張のことも書かれている。前者は「吉良《きら》の脇差《わきざし》」事件と「お化師匠」事件の犯人逮捕の日が嘉永六年七月十一日午後と十二日早朝であることに気づき、《知能的に体力的に》無理ではないかと語るマニアぶりを見せる。今内氏は、どうしてこんな事態が生じたかを説明してくれる。また清張は、敬意をこめた贋作《がんさく》として「穴の中の護符《ごふ》」を執筆しているなどと分かる。

冒頭の写真ページから、最後の半七の足跡を示す古地図に至るまで、まことに盛りだくさん。これでもか——といわんばかりに、満足させてくれる大冊である。

**『装丁道場　28人がデザインする「吾輩は猫である」』**（グラフィック社編集部編　グラフィック社　二〇一〇年七月刊）

本好き——は、無論、内容を読むことも好きだろうが、同時に《本》という形態そのものに、理屈を越えた愛着を抱く。

そういう人の多くは、子供の頃、紙を折って綴じ、自分なりの一冊を作ったことがあるだろう。大人になっても、これが止められないと、以前、この欄で紹介した金沢の個人出版社《龜《かめ》鳴屋《なくや》》のご主人のようになる――、と、いっては失礼だが（申し訳ありません）、本の持つ魔性の魅力を思う時、ふと、こんな書き方になってしまう。これは、強い共感の言葉なのだ。

さて、『装丁道場』は、副題が全てを語っている。現在、第一線で活躍しているデザイナーの方々の、ブックデザインが並んでいる。誰もが知っている、イメージしやすいもの――ということで、お題は漱石の『猫』。

目を見張るのは、単なるアイデアスケッチではなく、それぞれ実際に《本》を作っていることだ。着想段階から、出来上がるまでが豊富なカラー写真を使って語られる。これはカラーでなければならない。要するに、完成した形を眺めるのではなく、創造の過程を読むものなのだ。普段は知ることの出来ない、本作りのあれこれが分かり、まことに興味深い。

使用された用紙なども、《カバー：コットンライフスノー／表紙：NTほそおりGA　黒／遊び紙：まんだら　じゅんぱく　薄口／本文用紙：オペラクリームラフ／花ぎれ：伊藤信男商店》というようにデータが出される。業界の方は、《なるほど》と頷くだろうし、よく分からないわたしでも、この綿密さが嬉しい。

つまり、これは専門誌がプロに頼んで《カバーから表紙、扉、本文と、すべてをデザイン》してもらった、真剣勝負の作品群なのだ。定価千四百円で売れる本――という、プロなら、はずすことの出来ない現実的条件も課せられる。決して、甘い、夢の本作りではない。

とはいえ、こういうことに遊び心は大切だ。それも発揮されている。だが、真剣に発揮されている。単なるお遊びにはならない。

例えば、帆足英里子さんの作品では、スピンの先が猫の尻尾になっている。本から尻尾が出ている――素人は、そう聞いて、ただ《へぇー》と驚いていればいい。だが、デザイナーは

《面白そう》だけでは、仕事にならない。どんな材料で作ればいいかを考え、どういう形にするのが最適か——を製本会社ともはかる。

完成した本を、自分ならどれを買うか、出版社の方なら、我が社の出版物としてどれを採用するか、そういう目で見ることも、無論、出来る。だが、《『猫』をこれで読む気は……》と個人的に思うようなものでも、そこに輝く創造の火花が実に魅力的だ。

リアルな《商品としての条件》がきびしく守られているからこそ納得出来る企画だが、一方で、それを越え、人間の頭の働きがいかに素晴しいものかも見せてくれる本だ。

**『四つの犯罪』**（つげ義春著　小学館クリエイティブ　二〇〇八年九月刊）

前回は、装丁に関する本だった。それに繋がることを書く。

《本格ミステリ作家クラブ》十周年記念イベントが大阪の書店で行われた。企画のひとつが、作家達の薦める本の販売だった。

芦辺拓さん推薦の棚に、つげ義春の『四つの犯罪』があった。昭和三十年代初頭の貸本漫画を、大きさもカラーページの印刷もそのままに復刻したものだ。

つげ義春については、今更、何の説明もいらないだろう。我々が大学生の頃、「ねじ式」などの作品で世に衝撃を与えた。先輩に熱烈なつげファンがいて、下宿に行って読ませてもらった。

その初期作品が、今、こういう形で復刻されているとは知らなかった。

買って、ホテルで開いて読むと、実に面白い。昔の漫画では、いわゆるパクリは当たり前だ。そういうおおらかさがある。ミステリ好きには周知のネタが、巧みに取り込まれ、魅力的な物語になっている。しかし、そんな生意気なことを考えない子供の頃にページをめくれたら幸せだった。どんなに引き込まれたことだろう。過去に帰って自分に渡したくなる。短篇連作集だが、背景となる温泉宿の雰囲気もいい。ひとこまひとこまから流れて来る時代の空気が懐かしい。

付録として、作者へのインタヴューがついている。読むと驚く。作中に、若い漫画家の創作上の悩みが赤裸々に語られている。どうしても主人公即作者と思えてしまう。「つげ義春論」を書こうとする人は、つい引用したくなるだろう。ところが《作中で芸術論争しているのは、あくまでもミステリの構成上の問題で、主人公のマンガ家が相手を殺す動機をつくるために、マンガ仲間の一人を敵役にするという、それだけのためなんです》と、あっさりいわれてしまう。

創作者の言葉だから、百パーセント信じるのは危ない。そう思いつつ、うなってしまう。満足して読み終え、ふとカバーの裏を見るとそちらにも絵が印刷してあった。

――！

という感じだ。何だろうと思い、次の瞬間、膝を打った。バーコードだ。

文芸書の復刻本は紙箱などに収められ、商品になることが多い。ところが、『四つの犯罪』は、そのまま書店の棚に並ぶ。カバーに、バーコードや定価を入れなければならない。――つまり、完全な復刻が不可能だ。そこで当時のカバーを裏側に刷ったのだ。

わたしは、すぐにカバーを裏返し、《これで、復刻本完成！》とにんまりした。

後になって気づいたが、帯に《カバーの裏は、オリジナル版のカバーになっています》と書いてあった。見過ごしたおかげで、嬉しい驚きを味わうことが出来た。

企画段階で、《こうしようよ》といっている方々の、本作りの熱と喜びが伝わって来るようだった。


**『草莽無頼《そうもうぶらい》なり』**（福田善之《よしゆき》著　朝日新聞出版　二〇一〇年十月刊）

福田善之の傑作戯曲『真田風雲録』の初演は一九六二年。半世紀近く前のことだった。残念ながらわたしは、中学生になるやならずで、埼玉の田舎にいた。後年、やっと本で読み、また舞台にも接し、あまりの素晴らしさに初演に立ち会えた人を嫉妬した。

福田は、演劇の世界ですでに、紀伊國屋演劇賞、読売文学賞（戯曲・シナリオ賞）を受賞している。しかし、功成り名を遂げた——と納まりかえる人ではない。常に第一線の現役であり続けている。

その人が今度は、原稿用紙にして実に千二百枚——という大長篇小説を完成させたのだから驚くしかない。

時は幕末。——といえば、現在の竜馬ブームのことが頭に浮かぶ。しかし、この物語の主人公は竜馬ではない。

ところで、こういう話になって反射的に連想されるのが、司馬遼太郎の『竜馬がゆく』だ。あの物語における、竜馬最後の言葉が、「おれは脳をやられている。もういかぬ」である。刺客に襲われた竜馬が、断末魔でいう。テレビのバラエティー番組の出演者が、そのことに触れ、

「誰が聞いていたんでしょうね」と茶化し、皆、なるほど——と声を揃えて笑っていた。鋭いところを突いたつもりかも知れない。だが、聞いていた人物はいた。一緒に襲われた、中岡慎太郎だ。

中岡は、事件の二日後に死ぬ。彼が、竜馬最後の言葉を、陸援隊の田中光顕に語ったのだ。これを象徴的に捉えれば、中岡は、その場で《見る人》だった。そして彼こそが『草莽無頼なり』の主人公だ。自身は維新三傑ほどの、大きな動きを見せない。それなのに作者は、なぜ中岡を主人公にしたか。それはつまり、《中岡が》——というより《中岡の見つめるもの》こそが主人公だからだ。

中岡は、いわゆる《巨大人物》ではない。そういう人間が自在に活躍すれば、話は面白いだろう。しかし、描こうとする大事なものが、彼に乗っ取られてしまう。作者の目は、歴史の流れの中で《巨大》と相対する位置の人達にも注がれている。その視線は、福田作品に一貫して流れるものだ。《志《こころざし》》というものの持つ危うさについての思いも同様である。

いかにも彼らしい登場人物、おふう達の台詞《せりふ》を読む喜びと共に、炎上する京都の夜を背景にした御所の庭に、麻裃《かみしも》の怪しい人影が現れた——という事件を語る口調にも感嘆する。《空は赤く、下は漆黒の闇、とは信じられない。空襲など大火の経験者には、わかってもらえるのではないか》といい、江戸時代の麻裃は通常の礼服であるから、《いわば空襲の最中に、きちんとしたネクタイをしめたスーツの男たちが、しんと端座して押し並んでいるようなものだ》と、その異様さを語る。これは、その世代の人にしか書けない文章だ。

そしてまた、この物語が幕末のものでありながら、それと重なる福田自身の物語でもあることをも如実に示している。

**『最新版　現代短歌朗読集成』**（岡野弘彦・篠弘他監修　同朋舎メディアプラン　二〇〇八年九月刊）

これは、明治五年生まれの佐佐木信綱から昭和三十七年生まれの俵万智まで、五十二人の歌人の自作朗読を収めたＣＤ四枚と、歌集一冊からなる《本》である。

——この前身が、昭和五十二年に大修館から出た『現代歌人朗読集成』ということになる。わたしは以前、その中の佐佐木幸綱の朗読について書いたことがある。

子供が、椎名林檎のＣＤを聴かせてくれました。歌詞には《ずっと》と書いてあるところを、《ずっと　ずっと　ずっと》と歌っている。《もっと》は《もっと　もっと　もっと》となっている。思わず、口走ってしまいました。

「あっ、佐佐木幸綱だ」

長々と自分の文章を引くわけにもいかないから、ここで止めておく。親本では『詩歌の待ち伏せ　上』、文春文庫では『詩歌の待ち伏せ　1』に入っている。読んでいただければ幸いである。

要するに、自作朗読というのは、時に活字で読むのとはまた違った発見のある、魅力的な試みなのだ。ある歌人から次の歌人に移った時、聴き手は国境を越え、別の王国に入った——という思いになる。

大修館版には、カセットテープが四本ついていた。いつの間にか、刊行から三十年以上経ってしまった。そこで平成二十年、二十人の歌人の朗読を新たに加え、この本が出た――というわけだ。単純な《新歌人追加》ではなく、前の版ですでに収録されている人の、新しい朗読も付け加えられている。また、テープからＣＤになったのが、内容からいって確実に進化である。検索が便利になり、実にありがたい。

おそろしいことに、わたしはごく最近まで、これが出たのを知らなかった。文字通り《あっ！》と叫んで注文した。売り切れていなかったので、ほっと胸を撫でおろした。

篠弘が「刊行にあたって」で書いているが、この試みの《第一回は、一九三八（昭和一三）年七月から十月にかけて録音された、日本コロムビアの製作によるレコード》であり、続いて《一九七五（昭和五〇）年になって、現代歌人協会が公開集会の一環として、その十月に学士会館で朗読会を開》いたところから大修館版が生まれ、また時を経て、この本に繋がった――という。この時を越えた仕事ぶり、持続のあり方が素晴らしい。

ところで寺山修司は、歌集『田園に死す』中の歌を選び、《この朗読は私の「歌のわかれ」のための弔辞であると、言えるかも知れません》といっている。一方、映画『田園に死す』サウンド・トラック盤の短歌朗読は、ソニー・ミュージックハウスから出たＣＤ『寺山修司作詞＋作詩集』に収められている。選歌も、また歌によっては言葉すら微妙に違う。――と、最後に書き添えておこう。

**『悪人の物語　中学生までに読んでおきたい日本文学①』**（松田哲夫編　あすなろ書房　二〇一〇年十一月刊）

アンソロジーは売れない、読まれない――という言葉は何度か聞いた。勿体ない、よいアンソロジーほど面白いものはないのに――と思ってしまう。

ところが嬉しいことに昨年は、ポプラ社の『百年文庫』が話題になった。全百冊。新書サイズで、一冊に原則として三つの短篇を収める。手に持って軽く、活字が大きい。読む上での負担が少ない。――これは大きな利点だ。

例えば、誰かが入院した時、まず『百年文庫』のパンフレットを持って行く。《誰か》が本好きなら、読みたい巻をチェックするだけで、ベッドの上の時間が心楽しく、豊かなものになるだろう。そして次の見舞いの時、「これを頼む」と連絡のあったものを、買って行ってあげるのだ。――わたしは入院したことがあるから、すぐ、そういうドラマを思い浮かべた。「ありがたい」と、心で礼までいってしまった。

さて今回は、同じく去年スタートした、もうひとつのアンソロジー・シリーズを取り上げたい。松田哲夫編になる『中学生までに読んでおきたい日本文学』全十巻だ。

この《中学生までに読んでおきたい》がくせ者。本文の組み方、注の付け方こそ教科書風だが（教科書風――という言葉は、決して否定的意味ではない。松田氏が筑摩書房から出した『明治の文学』と同じやり方で、成功していると思う）、その選択は教室から遠い。

第一巻『悪人の物語』の収録作は、以下の通りである。

山村暮鳥《ぼちょう》・囈語《げいご》／森銑三《せんぞう》・昼日中　老賊譚《ろうぞくたん》／芥川龍之介・鼠小僧次郎吉／宮沢賢治・毒もみ

のすきな署長さん／中野好夫・悪人礼賛／野口冨士男・少女／色川武大《いろかわたけひろ》・善人ハム／菊池寛・ある抗議書／小泉八雲・停車場で／吉村昭《よしむらあきら》・見えない橋／柳田國男《やなぎたくにお》・山に埋《うず》もれたる人生ある事

この中で、わたしが中学生までに読んだ作品は「停車場で」の一編しかない。芥川の短篇は、ひょっとしたら読んでいるかも知れないが記憶にない。「停車場で」の記憶は鮮やかだが、もしこの一冊を与えられていたら、「毒もみのすきな署長さん」や「ある抗議書」、あるいは柳田の文章にも、心をつかまれていたろう。

巻末に《編者の思い》は《何事にもとらわれずに物語そのものを感じてほしい》ということだと書かれている。だから、『家族の物語』に向田邦子の「かわうそ」が顔を見せるし、『恋の物語』に「人間椅子」や「土佐源氏」も入っている。

編者は、《中学生まで》という成長の時期を甘く見ていない。ということはつまり、我々はこういわれているのだ。もしあなたが立ち止まっていないなら、これは卒業までに——生命あるうちに読んでおきなさいね、と。

**『きのこ文学名作選』**（飯沢耕太郎編　ブックデザイン　祖父江慎＋吉岡秀典　港の人　二〇一〇年十一月刊）

この本は、『週刊文春』や『本の雑誌』や新聞などでも、すでに紹介されているらしい。だが、人に——それも本について詳しい筈の編集者に、

「こういうの、知ってますか？」

と聞いても、案外、首を横に振られる。渡すと、

「こ、こ、こ、……これはっ！」

と、鶏のような声が返って来る。

なぜかは後回し。『名作選』なのだから、収録作を列記してみよう。

萩原朔太郎「孤独を懐かしむ人」／夢野久作「きのこ会議」／加賀乙彦「くさびら譚」／今昔物語集「尼ども山に入り、茸を食ひて舞ひし語《ものがたり》」／村田喜代子「茸類」／八木重吉「あめの日」／泉鏡花「茸の舞姫」／北杜夫「茸」／中井英夫「あるふぁべてぃく」／正岡子規「蕈狩《きのこがり》」／髙樹のぶ子「茸」／狂言集「くさびら」／宮沢賢治「朝に就ての童話的構図」／南木佳士「神かくし」／長谷川龍生「キノコのアイディア」／いしいしんじ「しょうろ豚のルル」


見渡す限り、きのこだ。この並びを見ているだけでも楽しい。

ことに、加賀乙彦の中篇「くさびら譚」が素晴らしい。編者が《日本を代表する、というより世界的に見てもこれほど見事に練り上げられた、「きのこ小説」は他にないのではないかと思わせる作品である》と解説しているが、同感。こういう機会がなければ読まなかった。有り難い……のだが、それだけでは《こ、こ、こ》の説明にはならない。

この本は初版限定、つまり二度は無理という、凝りに凝った作りなのだ。表紙のカバーにも扉の紙にも、大小の穴がぽこぽこ開いている。それでも驚くのはまだ早い。活字の大きさが作品ごとに極端に違う。組み方にも啞然とする。斜めだったり、下に組まれていた文章が、横の

壁を登るように進み、天井を這って戻るがごとく逆行したりする。これらに、摩訶不思議かつ味のある絵が配される。

我々はレイアウトの妙にあっという。だが、見る方は気楽だ、作る方はどうか。

——製本担当が泣いたろう。

と思うのが、紙質の違い。まるで紙の見本帖である。手触りも変わるし、厚さが次々に変化する。極端に薄い紙など、作業上、神経を使ったに違いない。

百聞は一見にしかずというが、この場合は見て、さらに触ってみないと、本当の凄さは実感出来ない。いや、触りつつも、

——ひょっとしたら、俺、きのこ食べて、夢でも見てるんじゃないか？

と思うような、天下の奇書だ。

無論、わたしの住んでいるあたりには生えて——いや、売っていなかった。しばらく経ったら、持っている——というだけで自慢出来る本だと思う。


**『〃手〃をめぐる四百字　文字は人なり、手は人生なり』**（季刊「銀花」編集部編　文化出版局　二〇〇七年一月刊）

前回の『きのこ文学名作選』も特色ある本だったが、異色——という点では、こちらも忘れ難い。簡単にいってしまえば、多くの人に《手》をテーマにした四百字一枚の原稿を依頼し、それを肉筆の形のまま収録してある。

季刊「銀花」の《編集部にワープロが導入されたころ》からの連載で、今や《スタッフは日

夜無味な文字をパチパチと打ち続けています》と、山本千恵子編集長はいう。だからこその企画で、白洲正子から志村ふくみまで五十人の文章が、活字で読むのとはまた違った光を見せている。

推敲ぶりを見られるものもあれば、清書された《作品》もある。そのそれぞれが味わい深い。車谷《くるまたに》長吉《ちょうきつ》の「悪の手。」など、これを活字にすれば全く別のものになってしまう。

手の《輝き》も様々だ。髙橋治は、加藤唐九郎の指について《形が美しい、長い、信じられないほど自在な動きをする。それだけではなく、色艶の輝きがなんとも見事だった》という。その指は《宙空に漂う美をつかみとって来る》と。

志村ふくみは、《寡婦となって、七人の子を育てた農婦の手》について語る。《きびしい農作業に折れ曲って動かなくなった指》をさすりながら九十を越えたその人が《手に褒美をあげたいようだ》という時、《生涯指輪もはめたことのないその手が一瞬輝いてみえた》と。

——いや、これは実は、違うように見えてひとつのものかも知れない。

内容と表現は一体である。ここではその《表現》が文体という意味に加え、文字の発する《気》を合わせたものとなっている。

わたしなどは、人に見せられぬ悪筆だからこういう企画の依頼を受けても後ずさりするしかない。現に、そう思って断った——という方の話も聞いたことがある。しかし我《わ》が儘《まま》だが、書くのは断りたくても、読むのは実に興味深い。

例えば、『ファーブル昆虫記』の絵画化に取り組む絵本作家、熊田《くまだ》千《ち》佳《か》慕《ぼ》の「触れる。」にはこう書かれている。

私の幼児の頃　幼稚園の園庭にある　藤だなに　とんでくるクマバチの背の暖かそうなキ

イロい毛に　何としても　触れたくて、　何回となく　ひたすら　とびついて触れることができた。この瞬間の触感で　心にジーンとしたものを　感じたが　小さな心に　小さな虫の命を感じた一瞬だった。

わたしにとって、クマバチとは昔も今も《刺されたら……》と思い、身を慄《ふる》わせる存在だ。生まれながらにして特別な世界に住む方はいる――と、つくづく思わせられる。

――等々、述べていても、実はこの本について活字で説明することの無力を感じるばかりである。まさにこれは、――《手》にとって知っていただくしかない一冊だ。

**『ナマズの幸運。　東京日記3』**（川上弘美著　平凡社　二〇一一年一月刊）

今年の初め、『東京日記』の三冊目が出た。いそいそと買いに出かける。地下鉄のホームで読み始めると、鷹のような顔をした人が、のぞきこみ、「カワカミヒロミ、カワカミヒロミ」と繰り返す。内心、変だなとおもいながら、「そうなんです」と答える。

――というのは、出だしの部分以外、嘘である。

そして『東京日記』シリーズの方は、一冊目の『卵一個分のお祝い。』、二冊目の『ほかに踊りを知らない。』に書かれたことの《五分の四（くらい）はホントだよ》。今度の本で《「ほんとうのこと率」は、（中略）十分の九くらいに上昇》……らしい。

そこで、夏の日の記録。

七月某日　晴
今日は「せつに暑い日」なので、ようかんを食べることにする。「せつに暑い日」のようかんは、虎屋の「夜の梅」であることが望ましい。厚さは、きっかり2ミリであることが望ましい。枚数は、四枚であることが望ましい。
午後の一番暑い時刻に、ノギスで2ミリに測って切った四枚を食べて、冷やしたはとむぎ茶を飲んで、「せつなる暑さ」を存分に堪能する。

とある冬の日。

一月某日　晴
突然ポストが出現する。

以前のポストがあった場所の、道をへだてた向かい側に、新しいポストはあらわれた。

前のポストとは違う、最新式のかたちのものである。

前のポストとは、みるからに血筋のことなる奴だ。ぴかぴかしていて、冷静で、頭がよさそうだ。

あやしんで、棒でつつく。


このシリーズを手にするたびに、《本は、ただ読めればいいものではない》と改めて思う。内容をつかんだ人が作れば、形が内容を示す。

仮にこれら三冊が、『東京日記　全』として、文庫一冊にまとめられたらどうか。《便利》かもしれないが、隙間なく並ぶ細かい活字を追っていくのは、ちょっと違う……ような気がする。このシリーズの場合、持った感触、開いた時の文字と絵の配置――そういった全てが必然と思える。すらすら楽に読めそうでいて、実は手ごわかったりする本だから、手頃な分量でまとめられているところがいい。これを文字だけにしてぎゅっと詰められたら、もう別物になってしまいそうだ。

要するに、実際に会って話すのと、写真の中の小さな姿を指さされ、「この人」といわれるのと――。

それぐらい、違うのではないか。

**『塚本邦雄　コレクション日本歌人選19』**（島内景二著　笠間書院　二〇一一年二月刊）

『コレクション日本歌人選』は、「柿本人麻呂」から「アイヌ神謡ユーカラ」までの全六十冊（▼現在六十一巻以降も刊行中）。紹介文に、一冊に四、五十の作を収めるアンソロジー――とあった。そこに魅かれ、刊行を心待ちにした。アンソロジーなら、入門書として欠かせない作を落とし、思いがけない作を入れることとさえあり得る。要するに、光を当てられるもの以上に、当て方を読むことになるからだ。そこに、ときめきがある。

まず、第一回配本中の『塚本邦雄』を読む。収められた作は五十首。塚本を語るにはこれ――と選ばれた歌が、語るべき順に配列されている。つまりこれは、著者島内景二の描いた《塚本邦雄が作りあげ、国王として君臨した「文学の王国」》の地図なのだ。

上段で作品解説がなされ、三分の一ほどの下段に注がつく——のが、この手の本（そして、このシリーズにおいても）の常道だが、『塚本邦雄』の場合、下段にまで《追記》となって解説が溢れる。

この過剰なまでの、尽きせぬ思いが本書の命である。

《追記》中には、こういうことも記されている。塚本の歌誌に《勇んで参加した》著者は、敬愛する師からいわれる。「人間は、自分の才能を知るべきです。これからは実作者ではなく、研究者として生きてゆきなさい」、そしてまた、「親を辱《はずかし》める親不孝の歌で、これ以上ジタバタするのはやめなさい」。著者の《道は、この時に定まった》。

当たり前なら、自己を語るより先に塚本を語れ——といわれそうだ。しかし、この場合は、それが《塚本を語る》ための必然になっている。

師の側にいた著者だけに、難解極まる作について《正しい解釈》を聞いておけばよかったとも思う。だが、時を戻してもそれは出来ない。それをすれば、断じられるだろう。「あなたは歌人だけではなく、研究者としても失格です」——と。この判断は、まさに塚本の弟子のものだ。

解釈は解決ではない。作者当人の《解釈》によって結論が出てしまうようなら、それでおしまい、それだけの作ということである。

著者は、師の歌に挑み、様々な資料やエピソードを引きつつ、自分の考えを示す。読者は、この与えられた地図により、例えば、

一月十日　藍色に晴れヴェルレーヌの埋葬費用九百フラン

は、確かに《一月十日藍色に晴れ　ヴェルレーヌの……》ではなく、《一月十日　藍色に晴れヴェルレーヌの……》だと思わせられる。前者とすれば単なる叙述になってしまうだろう。

書かれる者と書く者との戦いに似た本が、この後も刊行されることだろう。よき読み手により、瞠目《どうもく》すべき書の出現を知らせてほしい。これほど、多くの書評が出てほしいシリーズはない。

**『イッセー尾形とステキな先生たち「毎日がライブ」』**（イッセー尾形・ら　株式会社編著　教育出版　二〇〇七年三月刊）

この欄を受け持った二回目にCDを取り上げた。無論、意識してのことである。書籍にとどまらず、そういったものまで扱う多彩さを持ちたい——と思った。人は、様々なことに興味を持つものだ。

ところがその後ここまで、ついつい《本》の紹介ばかりを続けてしまった。

——あれを落とすわけにはいかない。

と思い続けていたDVDブックのことを書く。

イッセー尾形は多くの人がご存じだと思う。はるか昔、彼が登場した頃、まず友達から《凄い》という評判を聞いた。そこで舞台を観に行き、森田雄三の演出、イッセーの演技による《人間》の見せ方の絶妙さに舌を巻いた。

そのイッセーが二〇〇四年、「兵庫県中学校国語教育研究大会」の講演依頼を受けた。森田オフィスは《文化人のように語る》ことを避け、先生方とイッセーで演劇をやったらどうか、と提案。それに応じた小中学校教員との一年にわたる舞台作りが始まった。

――言葉にすれば簡単だが、提案する側も応じた側も、二又でより困難な道を選び、歩き通したのである。

演じるのは《学校における先生》、森田雄三が教師の日常を引き出し、舞台化して行く。

森田は「はじめに」に書く。昔は学校に行き、授業を受けることを《そういうものだと思ってい》た。だが、《「学校は行かなくてもいいんだ」という情報が公開された今の時代に、先生たちは、あの椅子に子供たちを、どうやって座らせておくのか?》《皆さんは、現実の先生だから実際にやっていらっしゃる。そこには秘密の技術があると、稽古の途中からだんだん気がつきました。このすさまじさ、この戦い方。ここの工夫の仕方。これらがすごいなーと思いまして、神戸の劇場で公演しました。DVDはその記録です》。

そうなのだ。研究大会でやったところが大好評。一夜のみだが、一般の観客も観られる形で公演された。

先生方は、初めて登場したところで、次々に出席をとり始める。授業を受ける際、誰もが経験したあのシーンが舞台上で再現される。ただそれだけ――のことに、見事に個性が出て、目が離せないほど面白い。

基本的に教師は俳優で教室は舞台だ。毎日、やっているのだから舞台度胸はある。そうはいっても、ここに登場する先生方の役者ぶりは素晴らしい。若い慶田元先生など、実にいい味を出している。ケダモトが本名なのだが、その珍しさも含めて胸に残ってしまう。モットーは「一生けん命はかっこいい」だという。

笑える舞台だが、それを条件反射でもするように、不謹慎――などといってほしくない。兵庫県の教育界に拍手を送ろう。

先生方と森田オフィスの出合いがこの舞台を生んだ。間違いなくこれは、森田とイッセーの作り出した傑作のひとつだ。

**『松尾芭蕉この一句　現役俳人の投票による上位157作品』**（柳川彰治編著　有馬朗人・宇多喜代子監修　平凡社　二〇〇九年十一月刊）

ある雑誌から、詩歌について読書案内をするよう依頼された。無論、その道の専門家でも何でもない。ただの本好きだが、それなればこそ、一般の方が「……ん？」と手を伸ばすようなものを、あげられるかも知れない。そう思ってお引き受けし、俳句関係からとったのが、これである。文句なしに面白い。

全国の俳句結社に依頼状を出し、自分にとって芭蕉ベストワンはどれか、アンケートをとる。これが三点。その他で好きな作を十句まであげてもらう。これが一点。同時に、選んだ句についての鑑賞文も寄せてもらう。――これらを集計したら、はたしてどういう結果になるか。

投票があったのは三百四十七句。最高点は二百五十八点。二位、二百四十三点。三位、二百六点。――そう聞くと、一位が何だったか知りたくなるのが人情だろう。

この本では、五点以上の百八句と、それ以下だが鑑賞文のあった四十九句の計百五十七作品が下位から順に紹介されている。ページをめくれば、東海道五十三次を次第に京に近づくような気分になる。そこがいい。くれぐれも、先に一位を見ないでもらいたい。そういう意味では、読者の性格調査にも使える。

柳川氏は「まえがき」に、《是非、どんな順位なのか、謎解きの楽しみを味わいながら読み進んでいただきたいものです》と書いている。《知りたいっ！》と思い、わくわくするのは、まことに人間らしい心の動きである。大袈裟にいえば、それが人類の進歩にもつながって来た。

西脇順三郎は「はせをの芸術」の中で、マラルメの《詩にはいつも必ず一つの謎がなければならない……》という言葉を引き、《芭蕉の句はマラルメの詩法と同じことであって、芭蕉を読むということは句が与える謎を解くことであると思う》という。とすれば詩歌好き、俳句好きの心の芯には、謎を愛する思いが眠っているのだろうか。少なくとも、柳川氏は、謎解きがお好きなようである。

ぱらぱらと見ているだけでも、四十位　名月や池をめぐりて夜もすがら、三十九位　あらうと青葉若葉の日の光、三十八位　初時雨猿も小蓑を欲しげなり……と、広く知られた句が並んでいる。この辺りでこれなら、ベストテンはどうなるのか？

年末年始になると、書店に本年のベスト本アンケートを集計した雑誌が並ぶ。こちらが見事なのは、それを《芭蕉》でやったことだ。無論、蕪村や一茶でも出来なくはない。だが、一冊の本にし、《商品（いい意味での）》にするためには、これは動かせない。

アンケートという方法が即ち作品の価値を決定するものではないことさえ、きちんとおさえた上でなら、この本は俳句の授業をする際の、有力な武器にもなると思う。「こんなことやったんだよ。さあ、ベストテン、どうなったと思う？」といえば、生徒の目は先生に向かうだろう。

『わたしの織田作之助　その愛と死』（織田昭子《おだあきこ》著　サンケイ新聞社出版局　一九七〇年二月刊〈絶版〉）

古書店の棚から、たまたまある一冊を引き出すのも本好きの大きな喜びである。先日、神田を巡っていて『わたしの織田作之助』を手に取った。四十年ほど前の本である。

著者は、織田と《昭和十九年の十二月から死の年までのあしかけ四年間、戦争、敗戦、戦後、と三つの激しい時代のなかを、大阪、京都、東京と、三つの都を放浪して生活をともにした》人である。

こういう本を読む喜びは、エピソードを読む喜びでもある。その中から、三つを引かせてもらおう。

昭和二十一年十二月、織田は大喀血《かっけつ》し、寝込む。

《突然、パタパタと、階段をあがってくる音がして、

……菊池です……

襖の外の声をきくなり、数日血の気のなかった織田の真青な顔に、一瞬サアッと血がのぼった。

つかつかっと部屋へ這入るなり、むずと織田の枕元に坐り、その顔をのぞきこんだ。右手の人差し指にキャメルをはさんだまま。

……織田君、キミ、無理しちゃいかんよ、無理しちゃア……

（中略）十分に足らぬ時間だけれど、フーッと溜息がでる程、人間的魅力というものに溢れた人柄だった》。

無論、菊池寛のことである。

やがて織田は、連載も中止となり、ついに寝台自動車で病院に運ばれることになる。

窓から見える電線に《……なつかしいナア……》《この感覚書けるナ》などとつぶやいていたが、信号が赤になり、偶然、書店の前で車が止まる。《軒先に、白地に黒のポスターカラーで、「トカ、トン、トン」太宰治と書かれたのが、十二月の風に吹かれて、おののくように大きくはためいている》。昭子ははっとし、信号が変わることを願う。だが《織田の眼は、もうまるで空も街もなくなって、その一枚のポスターに吸いつけられ、心をうばわれて、果てはうっすら涙をたたえている》。

織田の死後、籍の入っていなかった昭子の手には、著作権も残らない。彼女はしばらく、林芙美子の世話になる。

絵の好きな林は、ある時、嬉しさを隠し切れぬ様子で、買ったばかりの一枚のルノワールを見せる。その眼は、凄いほどに輝いている。値段を聞くと《……××××××だヨ……》。

仰天した昭子に、林は、

《……放浪記の、林芙美子が、ルノワールを買ったんだヨ……

いいきかせるように、ささやいた。》

これが、運命に対する、林の復讐なのだ。それぞれ、人を語って心に食い入る。

本を出すにあたって、著者は迷いに迷った末、ペンネームをこれに決めたという。《織田》の二字に、思いがこもる。

**『夢みごこち』**（フジモトマサル著　平凡社　二〇一一年一月刊）

さて、最終回。

本の魅力は尽きない。今、読んでいるところで、素晴らしいと思うのが、小川太郎の歌人評伝三部作。執筆順とは逆に『血と雨の墓標　評伝・岸上大作』から『寺山修司　その知られざる青春――歌の源流をさぐって――』と進み、この後、『ドキュメント・中城ふみ子　聞かせてよ愛の言葉を』が待っている。

何よりも、雑誌の仕事をしていた人ならではの取材能力が生きている。書斎で書かれてはいない。小川が聞き、書きとめなければ消えていた言葉たちが、評伝を形作っている。まだ途中だが、三作を通じて現れるのは、虚構は、時に、命を賭けるに値するものだ――ということだろう。

小川は、小川でなければ書けない本を残した。彼自身の歌と、これらの本によって永遠に生きる。

本にとって大切なのは、このように、その著者ならではのものであることだ。フジモトマサルの仕事もそうだ。

最初に目を見張ったのは、『小説新潮』の一ページの連載だった。以後、追いかけていると、絵は勿論、文章にも独特の味がある。どこかで――と思いつつ、気が付けば、最終回まで来てしまった。そこでフジモトマサルだ。作品は、画文集からなぞなぞにまで及び、幅広い。何にしようか迷うところだが、ここでは『夢みごこち』にしよう。

わたしが小学生の頃、町に貸本屋があった。一冊借りると十円。店で読んでしまえば五円だった。ここで、いわゆる《貸本マンガ》を次から次へと読んだ。

忍者物や探偵物ばかりでなく、奇妙な味の作品もあった。山に広い道路が通っている。そこを車で走っている。すると、誰かが手を上げる。停まってくれ、というのだ。そんな始まり方をし、ひとつのエピソードが終結すると、夢だったことになり次に続く。どこまでが真実なのか、いつ終わるのか。そういう、とらえどころのない茫洋とした感じが忘れ難かった。

『夢みごこち』を読んで、そんな半世紀も前の不思議な《感じ》を思い出した。勿論、いわゆる《夢落ち》なら、芸のないものの代表になるしかない。その困難な仕事に挑んで、フジモトは見事な茫洋空間を作り上げた。

子供の頃の自分に渡せば喜ぶだろう。しかし、ひょっとしたら飽かず繰り返し読んで、フジモト世界に入り込み、帰って来られなくなる可能性すらある。

逆説的にいうなら、彼の世界はあまりにもふわふわしていて、それゆえに堅固極まりない。柔らかなレンガのひとつさえも、置き換えられない必然の箇所に配置されている。

ひと目で彼の作と分かる絵とコマ運び、台詞《せりふ》からも明白なのだが、フジモトマサルは知性的であり下品にならない。それが弱さにならず、したたかなほどの強さになっているところが、フジモト作品の魅力だろう。


（「なごみ」二〇一〇年一月号〜二〇一一年十二月号　二十四回連載）

# 光と闇を行き来する語りの妙　白石加代子の『雨月物語』

## 超自然の出来事を通して語られる普通の人間ドラマ

半年ほど前、いまだ冷え冷えとした冬の深夜。しんと静まり返った家の中に、突然、チャイムの音が響いた。誰かが門口にいる。身構えてインターホンに向かうと、親切な通行の人だった。うちの車のライトが点灯したままだ――と注意してくれたのだ。ありがたかった。しかし、その時のチャイムの音は、空気を一瞬、張り詰めたものにした。

わたしが子供の頃、夜は本当に「夜」だった。九時を過ぎると、田舎の町はずれは柔らかで重い黒に覆われた。今ではよほど人里離れなければ、見渡す限り灯火が見えないことはないだろう。昔は違う。外も暗ければ、家の中も暗い。丑の刻とはいわず、仮に子の刻前でも、門口から誰かが声をかけてきたら――これは、チャイムの音どころではない。心底、怖いだろう。賢くなり過ぎた現代人と違い、昔の人が、理屈を超えたものに対する畏怖の心を持てたのも当然だ。

『雨月物語』が書かれた頃の江戸の闇は、確かに濃かったろう。しかし、上田秋成のこの短篇集がただ妖異を古めかしい泥絵の具で描いたものなら、傑作として残ってはいない。超自然の出来事を通して語られるのは、普通の人間のドラマなのだ。短い物語の中には、人の思いが、より濃い闇の向こうの光が、より明るく見えるように、激しい形で提示されている。

期待通りの『雨月物語』

朗読を聴くのは、昔から好きだった。実は以前から、「白石加代子さんが、『雨月物語』を読んでくれたらなあ……」と思っていた。その期待が、現実のものとなって嬉しい。現代の聴き手は煌々たる蛍光灯の下で、ＣＤに耳を傾けるかも知れない。いや、近世のものとはいえ、様々な典拠を踏まえて書かれた『雨月物語』である。少なくとも最初は、明るい部屋で、原文の文字を眼で追いながら聴くべきであろう。そういう蛍光灯の輝きをも、ふと、行灯《あんどん》のものと感じさせるような語りの力を、白石さんは持っている。

誤解してはいけない。これは決して、白石さんの朗読が巧みだ——というだけのことではないのだ。ましてや、単にその個性が、秋成の世界への導き手としてふさわしい——などという次元の話ではない。個性というなら、白石さんは実に様々な色合いの絵の具を使う画家だ。幅広い役柄を、見事にこなす。その活躍ぶりは、誰もが知るところだ。

なるほど、語りの翼に我々を載せ、物語世界に運んでくれる白石さんのテクニックには舌を巻くばかりだ。しかし、それを支えているもの、白石さんを真に優れた朗読者としているものは何か。光を語り、闇を語る前に——声を出す以前に行なわれる読解、的確で深い内容理解なのだ。まず、これがある。

白石加代子さんが、この古典の素晴らしい読み手であるのも、実はそれゆえなのだ。

（新潮ＣＤ広告パンフレット　二〇〇四年）

# 菓子を読む

## ●ぱらぱらと見ただけで買おうと決めた

小林信彦氏の『日本橋バビロン』（文藝春秋）を読んでいたら、こんな一節に出会った。

（氏の曾祖父大川保五郎は天保六年）、現在の千葉県八日市場に生れた。
生家の鶴泉堂《かくせんどう》は（中略）、三代目当主が、現在もこの店の名物であるところの〈初夢漬《はつゆめづけ》〉を朝廷に献上、嵯峨御所御用「鶴屋和泉掾《いずみのじょう》」の称を受けている。
ひとくちでいえば、茄子を砂糖漬けにした菓子で……

ここでわたしは、小学校高学年から中学生の頃、繰り返し読んだ一冊の本を思い出した。その頃はまだ、本を買いに東京まで出掛けることはなかった。せいぜい、隣の市まで行くくらいだった。そうして買ったのが『日本の菓子』（富永次郎・現代教養文庫）だ。題名で明らかな通り、日本全国の菓子行脚をして、写真や絵と共に紹介した本である。

お菓子を嫌いな子供はまれだろう。この本を初めて手に取り、ぱらぱらと見ただけですぐに買おうと決めた。世界の狭い頃だから、一種の旅行記としても面白かった。

四十年以上前の愛読書だが、たちどころに、

――「初夢漬」なら、あの本に出ていた。

と思い出し、書棚から抜き出した（今も持っているのだ）。それだけ愛読した本ということになる。

開くと八日市場の項に、確かにそれがあった。現物は見たこともない。しかし、挿絵の小ナスの漬物には、子供の頃のわたしの手で、紫の彩色がしてあった。空想しつつ、色鉛筆を手に取ったのだ。

●東京のデパートで出会った「鶏卵素麺《けいらんそうめん》」

当時、実際に口に出来たのは、わたしの生まれ育った埼玉の菓子、熊谷名物「五家宝《ごかぼう》」、お隣群馬県館林の「麦落雁《むぎらくがん》」、それから京都みやげでもらった「八ツ橋」、「蕎麦ぼうる」ぐらいのものだ。だからこそ、まだ見ぬ各地の菓子について読むのは、夢を読むようなものだった。

松本清張の『点と線』に、外出のままならぬ女性が時刻表を病床で読みつつ、ここかしこに思いをはせる場面がある。まあ、あんなものだ。

菓子にまつわるエピソードも面白かった。しばらく前、長岡に伝わる『米百俵《こめひやっぴょう》』の逸話が話題になった。どんな話か書いている余裕はないが、わたしは小学生の時には知っていた。この本のおかげだ。長岡に「米百俵」という落雁がある――といって絵とともに由来が紹介されていた。

こういうわけだから、本に載っていた菓子に、後日遭遇すると、懐かしい人に出会ったような気になった。東京のデパートに連れて行ってもらった時、福岡の「鶏卵素麺」があるのを見

てどきりとした。今も覚えている。何しろ、本には《鶏卵の黄味を五温糖の煮蜜の中に、細く流し出し煮つめたもの。色といい味といい豪華な菓子である》と書かれていたのだ。これは想像力をくすぐる。マルコ・ポーロの書を読んだあちらの人が、「黄金の国、ジパングとはどんなところか」と思いをめぐらすようなものである。それが目の前にある。親に、買ってくれないかなあ？――とソフトにねだったが駄目だった。今にして思えば、せがむものの面白い子供だ。大人になるとかなうことは幾つかある。その「鶏卵素麺」もいつか食べることが出来た。

小林氏の本の一節から連想して、『日本の菓子』をしばらくぶりに開いた。まことに懐かしい。菓子について読むことはそのまま、各地の伝説などを知ることでもあった。日本古来の砂糖「和三盆」についてなど、この本で知ったことは数多い。

わたしにとっての、まさに忘れ難い一冊である。

（「ほんとうの時代」二〇〇八年九月号）

# 旅する目

## 頭脳の旅

旅についての文章で、日本人が最も多く目にするものは何か。昔も今も教科書に載っているのだから、『土佐日記』『奥の細道』といった古典になるでしょう。

そういう中に『伊勢物語』も含まれます。例えば、「東下り」の一段。

――在原業平だといわれる主人公は自らを無用のものと思い、都を離れ東国へと向かいます。三河の国八橋――今の愛知県知立《ちりゅう》市八橋らしい――に着いた。地名のいわれは《橋を八つわたせるによりてなむ八橋といひける》と、いたってシンプル。《その澤にかきつばたいとおもしろく咲きたり》。湿地に生えるアヤメ科植物ですね。「八橋にかきつばた」は、以来、日本のデザインには、よく登場するものとなりました。

さて、同行の人がいう。あの「か・き・つ・は・た」という五文字《いつもじ》を五七五七七それぞれの頭に置いて、歌を作ってみろ――と。

古文ですから、濁音の表記はありません。「ば」も「は」になります。主人公は歌の名手、たちどころに詠みました。

から衣　きつゝなれにし　つましあれば　はる〴〵きぬる　旅をしぞ思ふ

細かいことはさておき、要するに都に残してきた妻を思う歌だったから、一同、集団ホームシック状態になり、《乾飯《かれいひ》のうへに涙おとしてほとびにけり》。つまり携帯用の乾燥食料が、溢《あふ》れる涙を受けてふやけてしまったわけです。

ああ、そういえばそんなこと、高校時代に習ったな——と、思い出す方も多いでしょう。というわけで、『伊勢物語』は、広く知られた古典です。

そこでパロディが生まれた。例えば、江戸時代の『仁勢《にせ》物語』。《むかし、男ありけり》というところを《をかし、男有けり》と始め、全段にわたり徹底的な言葉遊びを繰り広げる。それにより、『伊勢物語』のゴーストともいうべき、不思議な像が立ち現れるのです。

こちらでは旅の一行は、三河の国岡崎の宿屋に泊まる。すると《その棚に、柿つ蒂《へた》、いと多くありけり》。何とこちらでは「かきつばた」が、まことに優雅ではない「柿のへた」になってしまう。主人公が詠む歌は、

徒歩道《かちみち》を　昨日も今日も　連れ立ちて　經巡《へめぐ》り廻る　旅をしぞ思ふ

聞いた反応も涙ではない。《皆人笑ひにけり》と対照的です。

一方、現代では、鬼才清水義範が『江勢《えせ》物語』を書いています。こちらでは《粗末な家の脇《わき》にはげいいとうが咲いていた》。歌は、

はげぬれば　げにおそろしげ　井戸めぐり　としのはじめの　馬の耳やも

無茶苦茶なところが面白い。

こうしてみると、パロディそのものも、原典から出発して思いがけないところに向かう「頭脳の旅」といえそうです。

旅と詩

ふらんすへ行きたしと思へども
ふらんすはあまりに遠し
せめては新しき背広をきて
きままなる旅にいでてみん。

——という文句は、中学生の頃にはもう、何となく頭に入っていたものです。誰かがいったり書いたりしていた。自然にそれが心に染み入っていた。そして、この気持ち分かるなあ……と思っていたのです。

飛行機の旅が夢のまた夢だった昔、ヨーロッパは非現実的なほどに遠かった。それだけに、無限の憧《あこが》れをかきたてたことでしょう。いや、「ふらんす」とは限らない。旅そのものも、今以上に胸おどるものだった。

この詩は、こう続きます。

汽車が山道をゆくとき
みづいろの窓によりかかりて
われひとりうれしきことをおもはむ
五月の朝のしののめ
うら若草のもえいづる心まかせに。

朔太郎の「旅上」という詩です。高校生になると、いくつかの詩集を開き、調べの快いものを暗唱したものです。

今の詩は新潮文庫の『萩原朔太郎詩集』から引きましたが、本屋さんで、すぐ側《そば》に並んでいるのが『藤村詩集』。これには、誰もが知る「千曲川旅情の歌」が載っています。

小諸なる古城のほとり
雲白く遊子悲しむ

——と、始まる。「遊子」とは「旅人」のことです。「遊学」や「外遊」の「遊」も、無論、遊ぶという意味ではない。遠くに行くことでしょう。いつだったか、「首相外遊」というのに対し、この時節に遊びとは何と呑気な——と文句をいっている人がいました。言葉にだけ限るなら、お門違いということになります。

古典中の古典ともなると、こうして今でも文庫本で読めます。嬉しいことですね。お隣には『北原白秋詩集』もあります。

頭韻の具合が印象的な「落葉松」などは、その中でもポピュラーなものでしょう。一行一行読み進むたびに、まさに一歩一歩足を進めている感じになります。

からまつの林を過ぎて、
からまつをしみじみと見き。
からまつはさびしかりけり。

たびゆくはさびしかりけり。

八連、三十二行ありますが、高校生の頃には、確かに暗唱出来たものです。

こうして振り返ってみると、若き日に覚えた詩の中には「旅」を扱ったものが多いのだなあ……と今更ながら気がつきます。

本の形

あたらしき背広など着て
旅をせむ
しかく今年も思ひ過ぎたる

石川啄木の『一握の砂』にある歌です。萩原朔太郎は、これに感銘を受けて《あたらしき背広》と《旅》の詩を作りました。

さて、朝日新聞出版の朝日文庫から、この『一握の砂』が出ました。何を今更——ではありません。帯の言葉をそのまま引けば、《本邦初！　初版本の体裁〈二首一頁、四首見開き〉が文庫版で読める！》という形で出たのです。

わたしには初版本を集める趣味はありません。ことに小説など、後のものの方が訂正の入った決定版であることが多いのです。

ただ、詩集歌集の類《たぐ》いに限っては違います。本の形に大きな意味のあることが少なくありません。三好達治の『測量船』を日本近代文学館の復刻版で読んだ時、それを痛感しました。まず最初に現れたのが、左ページ一枚を使って三行。

春の岬

春の岬　旅のをはりの鷗どり
浮きつつ遠くなりにけるかも

大きくとった余白の中に並んだ詩句。これには「ああ……」と思ってしまいました。そして、ページをめくると、次に「乳母車」が《母よ――　淡くかなしきもののふるなり》と始まる。それの終わった後、また左の一枚に三行、広く知られた「雪」が《太郎を眠らせ……》と続いているのです。

勿論、三好達治の詩集は読んでいました。しかし、それらでは、このリズム――余白の味わいをも含めた、作品の流れを味わうことが出来なかったのです。

つまりわたしは、ここで初めて名曲の、真の演奏を聴いた――という気がしたのです。誰もが手に取りやすい文庫本の形で、そういう調べに耳を傾けられるようになるのは、まことにありがたいことです。

朝日文庫版『一握の砂』の意義については、編者の近藤典彦氏が細かく語っています。まず書店で手に取り、その実際の「形」を見ていただければと思います。

さて、旅と本についてのコラムにふさわしく、最後に種村季弘の『東海道書遊五十三次』（朝日新聞社）をあげましょう。題名通り、《本の上で五十三次をやったらおもしろいでしょうね》――ということから始まった連載をまとめたもの。

ご存じ『半七捕物帖』から古今亭志ん生の『びんぼう自慢』、牧野信一、坂口安吾、深沢七郎、内田百閒の著作、さらには野沢広行『黒船陣中日記』、滝沢馬琴『羇《き》旅《りよ》漫《まん》録《ろく》』、土御門泰邦『東行話説』、司馬江漢『江漢西遊日記』などなど、あげられる書名の多彩さに驚きます。

（「ＳＫＹＷＡＲＤ」二〇〇九年一月〜三月号）

# 『真田風雲録』（さいたまネクスト・シアター　二〇〇九年十月十五日公演）

《泥だらけのなんとか》、あるいは、《泥まみれのかんとか》――という題の、小説や歌があります。何ごとかが、たとえられているわけです。

しかし演劇とは不思議なもので、ひな壇のようになった観客席から、「この世を見下ろせ」といわれたごとく視線を送ると、具体的な《泥》の舞台がありました。これを、やわな抽象にしないのが『真田風雲録』の公演でした。

この戯曲を読むたび、初演に間に合わなかった者の無念さを感じます。しかし今、若者の口から溢れる台詞を聴けば、それが半世紀近くの時を瞬時に越え、血の通った言葉として、ほとばしり出ている――そのことに驚きます。書かれている、いわせられている台詞ではない。

幕あいにロビーに出た時、観客の靴の裏から剝がれ落ちた、煎餅ほどの泥を見ました。今の劇場では、普通、見ることの出来ない眺めです。

さて二〇〇九年の今、自分の住まいの戸口からさいたま芸術劇場まで、土の地面を踏まずに来て、帰った人の方が、実は多いのではないか。それは一体、具体なのか抽象なのか――ふと、そう考えてしまいました。

しかし間違いのないことがあります。『真田風雲録』を知らない人には、わけの分からない表現になって、申し訳ありませんが、そんな我々の耳がこの夜、《泥だらけのずんぱぱッ》を確かに聴いた、ということです。

（公演パンフレット二〇一〇年十月）

# ものの名前——私の山田風太郎

天保《てんぽう》八年三月二十七日が二十八日になったかならないかの深夜、大塩平八郎《おおしおへいはちろう》はつぶやいた。

「センスマル？」

あまりにも美しい訪問者だった。濡羽色の前髪立ち、大振袖《ふりそで》に精好《せいごう》の袴《はかま》という若衆姿。どこかで聞いたような——、しかし、

「扇子丸、そのような人間、わしは知らぬぞ」

叫んだ時には、その美少年はもうスルリと座敷に入り込んでいた。


それはさておき、我々の年代の読者は、山田風太郎を、まず《忍法帖《にんぽうちょう》シリーズ》の作者として知った。中学生の頃、『山田風太郎忍法全集』が刊行され、日本中が忍法ブームに巻き込まれたからだ。テレビをつけると、バラエティ番組や歌番組でも、出演者が《ニンポー・ナントカ》と叫んでいた。森繁《もりしげ》の映画、《社長シリーズ》にまで『社長忍法帖』というのが生まれた。

新聞の大きな広告を見ると、ことの起こりになったのは子供が触れてはいけない本——のようだ。そこで隣の市の本屋さんまで行って買って、読んでみる。横山光輝《よこやまみつてる》の『伊賀《いが》の影丸《かげまる》』の元はここにあるのか——と驚く。無類の面白さだ。

放課後、『くノ一忍法帖』あたりを手に友達と話していると、担任の先生が《今、話題の本だな》と寄って来て、「貸してくれ」と持っていった。友達と顔を見合わせ、《どうしよう》と

あせった。

こういうわけで、その総体は一気に見えたわけではない。霧の中から巨人の右腕が、次に肩が……というように現れて来た。

わたしの《風太郎国遍歴史》でいうと、まず最初の《忍法帖時代》の双璧《そうへき》は――というのも無理な話だが――全ての基本である、という意味で『甲賀《こうが》忍法帖』、そして、とんでもなさの極点として『外道忍法帖』をあげよう。

次いで、高校時代になると《異形のミステリ時代》となる。ここは『太陽黒点』と『妖異金瓶梅《ようい きん ぺいばい》』。

それから、《多彩な小説時代》となると、直江兼続《なおえ かねつぐ》の魅力を知った『叛旗兵《はんき》』、武蔵と小次郎が麻雀をやる場面があったと思う。他の誰にそんなことが書けよう。さらに、明治ものから『明治断頭台』。

また、《小説以外》の『同日同刻』や『人間臨終図巻』にも驚嘆するしかない。

風太郎は昭和二十二年の日記（『わが推理小説零年』）に、こう書いている。《『アクロイド殺し』の一杯喰わし方、あっといったきりまさに二の句が出ない。これほど徹底的に小説の作法、読者の常識を踏みにじってペテンにかけて、ニッコリしている作者が女性であると思うとき、われ知らず讃嘆《さんたん》の叫びをあげずにはいられない》。

風太郎小説のヒロインを仰ぎ見るような目を感じて、こちらもニッコリしてしまうが、まずその前に《小説の作法、読者の常識を》ものともしないのは風々院風々風々居士ご自身だろう。《忍法》の名に例をとれば、初期は、真面目につけられている。「薄氷《うすらい》」とか「浮寝鳥《うきねどり》」とか、時に風雅でさえある。これがスタンダードだ。

《遊び》ほど、真剣であることを要求するものはない。缶蹴《け》りにもルールがあり、そこを乱されるとたちまち参加者は冷めてしまう。遊び半分でやられてはたまらない。しかし、基本の真面目さに止《とど》まっていたら普通の作家だ。風太郎の場合、奇妙に羽目を外してもそれが玄妙と変ずる。

おそらく、わたしが高校生の頃だったと思う。新聞の小説時評で、風太郎が責められていた。忍法ブームに乗って書いているが、時代考証は安直、書くにことかいて《忍法馬吸無《ばきゅうむ》》とは何事か——といった調子だった。

高校生が小説雑誌を買って読みはしないから、小説の現物には当たらなかった。しかし、《この論者は真面目なんだな》と思った。そこをはずしたものに、腹を立てる人は多いだろう。だが、一般的な物差しを当てられない作家もいる。

天馬は、空を飛ぶ。

そこで、この文章の最初に引いたのは、『武《む》蔵野《さしの》水滸《すいこ》伝《でん》』の始まりの部分である。天保年間を舞台に、あまたの侠客《きょうかく》達が入り乱れる。となれば『天保水滸伝』をもじった題ということになる。しかし、公に対する野のやくざ達という構図、章題などは、より本家の『水滸伝』を響かせ、その他二重写しになるものは多い。いかにも山風らしい作品のひとつだ。ただし、それらの上位に来るものではない。

この物語のエンジンとなるのが、以前は原磯扇子丸、《ハライソ》というキリシタンの響きを、仏教の《南無》と替え、今は南無扇子丸——という美少年。センスは邪宗門の開祖ゼズス、マルとはその母マリア——と聞けば、もっともらしい。

ここで読者は、ニヤリとする。しかし、《馬吸無》に怒る真面目な頭なら、南無扇子丸といわれてもピンと来ないかも知れない。この長い物語の結びの部分で、女遊侠《ゆうきょう》お伏が扇子丸に犯され、相手を殺し、我が舌を嚙《か》みつつ叫ぶ。

「野郎、このナム、センス！」

この辺りまでいって、やっと分かるのだろうか。

それにしても、これから書こうという大長篇ののっけから、ナンセンス丸を出して来るとは、何とも恐ろしい作家である。


（『列外の奇才　山田風太郎』角川書店編集部編　二〇一〇年十一月刊）

# 駅前の本屋さん

本を、《買ってくれ》と親に頼むのではなく自分で《買う》ようになったのは、小学五、六年からだ。その頃、よく行ったのが駅前の本屋さん。

品揃えは、さほどではなかったが、話しやすいおばさんがいた。学校からの帰り、遠回りになるのに寄ったのは、その店の居心地の良さのせいである。

予算は僅少なのだから、対象は文庫本に限られた。

水谷謙三訳の『狐物語』が何とも面白かった。同じ動物の縁からガーネットの『狐になった夫人』まで読んだ。カーの『皇帝の嗅ぎ煙草入れ』の仕掛けに感心し友達に話したりした。現代教養文庫の『日本の菓子』を読んでは《鶏卵素麺というのは、どんな味なのだろう》と想像した。ルナールの『博物誌』は、最初難しい研究書かと思い、手に取り開いて、たちまち魅きつけられ繰り返し読んだ。

こんな具合だが、しかし、読みたいのに買えなかった本もある。春陽文庫の乱歩である。金銭の問題ではない。カバーの絵が、つまりロコツだったのである。

なるほど、これは思い返して頷ける。しかし、島田一男の『錦絵殺人事件』までが買いにくかったのだから、我ながら不思議である。表紙は、ただ単に浮世絵風の顔というだけで、顔を赤らめるようなものではなかった。それが中学生の頃の話だと思うが、いやはや何とも可愛いものである。

おばさんには迷惑もかけた。新潮文庫、カーの『黒死荘』とルブランの『棺桶島』が近刊としてあり、どこの本屋さんにもない。しばらくそういうことが続いた。読みたいと思うと、もうたまらない。

——実はもう出ているのかもしれない。何しろ随分前から、近刊なのだもの。

そう思って、《取り寄せてください》と頼んでしまった。ところが、しばらく経ってから《そんな本は出ていないって！》と睨まれた。

題がいけなかった。何しろ、『黒死荘』に『棺桶島』という取り合わせである。あまりにもおどろおどろしげ、かつ非現実的だ。おばさんは、からかわれたと思ったのだろう。

ともあれ、こちらの勇み足で、余計な手数をかけてしまった。近刊なら近刊と最初から事情を話して頼めばいい。しかし、それをいってしまったら、もう版元に打診してもらえないような気がしたのである。

懺悔は、これだけではない。実は、もっと冷汗の出ることがある。

おばさんのところにない本を、別の書店で買い、その足でお店に寄ったのである。黙っていればいいのに、そのことをしゃべってしまった。これが第一の失礼。ところが続けて、もっと失礼なことまで頼んでしまった。

「僕の本、このお店のカバーで揃えてあるんだ。ねえ、これにもカバーつけてくれる？」

今にして思えば、これは甘えである。本当にそうしてもらいたかったというより、自分がそこまで許してもらえるお客さんだ、と確認したかったのだ。

おばさんは——二冊の文庫本にカバーをかけてくれた。

店を出た時には、もう後悔したのを覚えている。そして、今も思う。

……ああ、何と、嫌みなことをしたのだろう。

ここまで書いて、ふと思い立ち、書店をやっている後輩に電話をかけた。実際に子供がそんなことをいって来たらどうするか、聞いてみたのだ。

返事はこうであった。

「僕だったら、カバーをあげますね。それで、おしまい。自分でかけてはやりません」

心意気である。

さて、全国の書店主の皆さんに聞いたら、どんな答が返って来るのであろうか。

(『君に伝えたい本屋さんの思い出』日販　二〇一一年刊)

# タブーは世に連れ

小論文の試験には幾つかのタブーがある。そのひとつが《おうむ返し》といわれるやり方だ。テーマが《かぼちゃ》だとすると《かぼちゃといえば……》と、書き始めることである。参考書には、何も考えていないこと、構成力のなさを示すものだから避けよう——と書かれている。ところで、このエッセイ欄は、本号のテーマにこだわらず、自由に書いていいようだ。しかし、「男と女　タブーとエロス」といわれると、おうむ返しで浮かぶ小説がある。杉森久英の『猿』だ。

その中に、こういうエピソードがある。

主人公の《僕》には学生時代、時々、映画や展覧会を見に行ったりする女友達がいた。羨ましい話だ。

大事なポイントなのだが、《僕は、彼女が僕を愛していて、結婚してもいいと思っており、僕の方からそれを言い出すのを待っていることを知っていた》。しかし、僕にその気はなかった。ところが、ある夜、遅くなって電車がなくなりそうになった。彼女は下宿に帰らねばならない。そこで主人公は、《僕のアパートへ来て泊ることをすすめた》。

彼女の懊悩が始まる。

この言葉をどう解釈したらいいのか。《結婚してもいいという意思表示なのか、ただ今夜だけの戯れを求めているのか、それとも、何事もなくて、ただ、文字通り、泊まるだけなのか》。

第二の場合なら、ついて行くわけにはいかない。

その時、遠くの方から夜の静寂を通して電車の響きが聞えて来た。

「さあ、どちらにしますか。早くきめないと……あれが終電ですからね」

僕は相変らず無表情に言った。彼女は

「ああ、どうしよう」

と、泣くような声を出したかと思うと、両手を胸の前に握り合わせ、必死の眼で僕を仰ぎながら、幼女が駄々をこねる時のように、足を交互にパタパタさせて、地団太をふんだ。僕はそれを冷やかに見おろしながら、美しい薔薇《ばら》の花を踏みにじるような、残忍な喜びと、鋭い悲しみとの、奇妙に交錯した感情を覚えた。そして、その教養と嗜みのため、ふだんは感情を内輪にしか現わさない彼女の、絶望のために取り乱した姿は、ますます僕の欲情を刺戟《しげき》するのであった。

まことに小説的スリルに満ちた場面である——と、我々の世代より前の読者なら思うだろう。これを支えているのは、普通の娘であれば結婚する相手以外には身を許さない、という社会の常識である。

昔の活動大写真には、レールの上に縛られている主人公。そこに迫り来る汽車、さあ、助かるか否かという場面があった（ようだ）。ここにあるのは、まさにそのサスペンスなのだ。

現代の読者にはどうか。前提がくずれてしまえば、スリルも何もない。じりじりもしなければ手に汗も握らないだろう。表現の寿命、生き死にということについて、考えさせられる例だ。

ちなみに、ことがどう進んだかを記さないのは意地悪だろう。続きはこうなる。

僕の外面の冷やかさが、彼女にとって何よりも強い命令であった。彼女は僕のアパートへついて来た。彼女は僕に従順だった。
しかし、僕たちの関係は、その日が最初の最後であった。

（「弦」弦短歌会　二〇一一年）

## 身をもって知る、湿布とビールと猫（？）との関係。——なんだかんだの病気自慢

右腕が痛み出した。

なかなか良くならないので、湿布でも貼ろうかと思った。戸棚を見ると、何年か前に買った貼り薬の残りがある。

「こいつでいいだろう」

と、三枚貼り、翌日は二枚貼った。

ところが二日目。剥がして風呂に入ったら、その部分が嚙み付かれたように痛む。びっくりした。

——こりゃあ、いけない。

さすがにその後は、貼るのをやめた。あまっているのを適当に使うのは、薬の場合、よくない——と身をもって知った。

さて数日後、京都に行く用があり新幹線に乗った。東京駅で、弁当と缶ビールを買う。弁当だけなら何でもなかった。しかし、ビールを飲んでしばらくしたら、腕がかゆくなって来た。

——ん？

どうしたのかと、シャツを上げるまで、湿布のことを忘れていた。ところが、腕を見て驚いた。薄桃色のカードを置いたように、湿布の跡が腫れ始めている。

それでも、《たいしたことはあるまい》と高をくくっていた。

京都での用事がすみ、関係者と食事をして、またビールを飲んだ。すると、かゆみが一層激しくなった。さすがに、アルコールが患部を刺激しているのだと分かる。

翌日になると、事態はさらに悪化した。腕の腫れに厚みが出て来た。かゆさも耐え難くなった。これは、たまらない。

取材の途中で、薬屋さんに飛び込み、事情を話した。すると、

「（前略）を（中略）すると、そうなることがあるんですよ」

と説明の上、塗り薬を出してくれた。地獄で仏である。とりあえず、それでしのぎ、家に帰ってから皮膚科の病院に行った。

「こりゃあ、見事に湿布の形に腫れたねえ」

と感心された。

治るのに二週間ぐらいかかるという話だった。

実際、それぐらいでかゆみもなくなり、腫れも引き始めた。しかし、三カ月経った今も、うっすら跡が残っている。

考えると、事の起こりの腕の痛みは、うちの猫のトイレの砂を買いに行き、《16リットル×3袋入り超お徳用》というのを、《安いぞ》と思い片手で運んだのがいけなかったようだ。それぐらいで痛むことも、湿布で腫れ上がることも、昔はなかった。要するに、体が弱っているのだろう――と、嘆いては《病気自慢》にならない。

ここは、我が心のごとく、肌もまた敏感に反応した……ということにしておこう。

（「クロワッサン」二〇一一年四月十日号）

# 紙は想いを載せるもの——紙と私

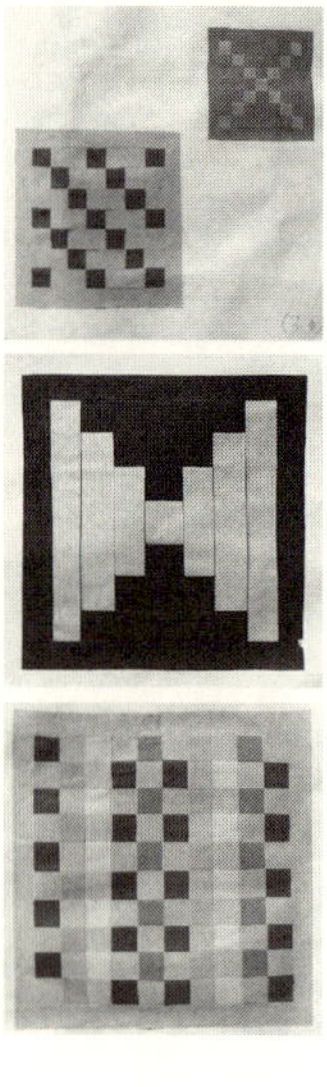

写真は、叔母の青山（宮本）マスミが針と糸で綴じて作ってくれた「組み紙」。一九五五年九月九日と書かれているので、私が五歳の時のものになる。短冊になった折り紙を、切り込みの入ったもう一枚の折り紙に差し込んでいくと、いろいろな模様ができ、とても面白かった。こんなふうにして私が作ったものを台紙に貼り、束ねて本にしてくれたのである。叔母は自分で紙芝居を作って見せてくれたり、小さかった私とよく遊んでくれた。今でも紙が好きで、本に強い愛着を持っているのは、こうした温かい体験が記憶に残っているからだろう。

初めてホッチキスを使ったときも嬉しかった。紙を綴じて、本にできるからだ。大学に入ってからは同人誌を作るようになったが、ガリ版で刷った冊子の表紙選びも楽しかった。革模様の施された「レザック」や色の付いた「ミューズコットン」など、東京の画材屋にはいろいろな紙があり、装丁を考える喜びも知った。

二月に拙著『いとま申して「童話」の人びと』を上梓した。その主人公は私の父である宮本演彦《のぶひと》。「童話」は大正から昭和初期にかけて活発だった児童文学の雑誌で、金子みすゞが多くの作品を投稿していたことでも知られている。旧制中学から大学の予科に入学した頃の父にとっても、とても大きな位置を占める雑誌で、我が家には父の投稿作品が載った「童話」が二冊残されている。あの淀川長治さんも常連の一人で、叔母のマスミも投稿していた。

『いとま申して』は、残されていた父の日記をもとに書いたものだが、日記の一部を素材として使っているので、父との共著という想いが強い。父が生前、日記を付けていたことは知っていた。亡くなったあと、二千ページ近くのものが遺されているのを目にして、このままでは消えていってしまうものだからこそ、何らかの形で残さなければいけないと思った。

私の読書量を上回る膨大な量の本を読み、映画を観て、創作の夢を追っていた当時の父の想いを知るとともに、後に『新諸国物語　笛吹童子《ふえふきどうじ》』の作者として活躍する北村寿夫《きたむらひさお》をはじめとする、私が知識として知っていた多くの人物との交流があったことを日記から知った。

時の流れが人を編み込んだ織物のようなものだとすれば、奇しくも同じ物書きとして、父をよく知る私が、その後を紡いでいくのは運命なのかもしれない。そんな想いが私の背中を強く押し、大きな時の流れとその中で翻弄されながらも力強く生きていく人たちを描き出すことができたのではないかと思う。

十五年以上をかけ、読み解いてきた日記のうち、本著で書き終えることができたのは、雑誌「葡萄園」を脱退した昭和四年頃まで。この後、父は文学の道を諦め、民俗学の道に進み、恩師折口信夫《おりくちしのぶ》先生の薦めにより、沖縄県立農林学校の教師となる。当時の沖縄は民俗学の立場から見た時、すこぶる魅力的な研究対象で、父は民間伝承を収集することに大きな希望を見出した。

私にとって父の日記は単なる情報の記録ではない。紙があって、父の手がじかに触れ、ペンが動いて記録されたもの。だからこそ紙に何か特別な感じを抱く。紙は決して無機的なものではなく、身近にあって、ぬくもりや想いを載せるものなのだ。

（「週刊文春」二〇一一年六月九日号）

# 蘆江の鞭

怪談の話をする機会があり、話題が平山蘆江《ろこう》の『火焔つつじ』に及んだ。

一般の人には、あまりなじみのない作品だろう。しかし、怪談好きには知られた逸品である。読んでいると、燃え立つような庭先の赤が目に浮かぶ。一読、忘れ難い作だ。

この『火焔つつじ』、何と和田誠氏によって映像化されている。オムニバス映画『怖がる人々』中の一篇だ。怪談を視覚化すると多くの場合、間の抜けたものになる。ところがこれは、作品の芯にある、いいようもない《こわさ》を掌に乗せ、「ほら」と差し出されたような絶品だった。

CGの発達に伴い、近頃の映画は、あれもこれも絵にして見せようとする。至れりつくせりの暮らしをしていると体がなまるように、説明過剰の画面を見ていると、鑑賞者の味わう力が落ちてくる。

和田氏の『火焔つつじ』は、どうだったか。見ること以上に感じさせることを大切にしていたように思う。

そういえば怪談というものが本来、説明して納得させるより、感じさせるものだろう。

平山蘆江は、明治から戦後までを生きた小説家、随想家である。

うちの書棚には、彼の著書が三冊ほどある。このうち、『日本の芸談』は歌舞伎についての本だが、怪談の場合と違い、まことに具体的に、台詞《せりふ》や動きについて語ってくれる。自分が歌舞伎役者だったら、随分と役に立つだろう――と、おかしなことを考えてしまう。あとの二冊が、最近ウェッジ文庫から出た『蘆江怪談集』と『東京おぼえ帳』である。

後者は、買った時にあちこち拾い読みしただけだった。この機会にと思い、通して読んでみた。

『日本の芸談』同様、具体的に、明治・大正・昭和の東京が語られていて、実に面白い。東京芸者の名妓美妓《めいぎびぎ》、歌舞伎の六代目菊五郎、十五代目羽左衛門、相撲の梅ケ谷、常陸山、浪曲の雲右衛門などなどの魅力的なエピソードが次々に紹介される。

すっかり堪能して、最後の章まで来た。「お好み甘味尽」という。木村屋の餡《あん》パンから始まり、東京名物の甘味についての話が続く。

ページをめくりつつ、楽しく読んでいた。しかし、そこで思いがけなく、怪談以上にぞっとさせられてしまった。

蘆江は語る。

――東京名物のひとつに、太々餅という汁粉屋があった。その主人が老いて床につき、先の見えた時、息子たちにいった。

「おれが死んだら店をやめろ」

驚く息子たちに向かって、老人は聞く。続けたいというなら、どういう料簡でやるつもりだ――と。

息子たちは答える。

「うまいものを作って安く売ります」

ところが、老人は首を振った。

「だからいけねえ、止めろというんだ」

では商売人の心掛けるべきことは何なのか。老人によれば、店は勿論《もちろん》、料理場、台所、不浄場の隅々、障子のさんの上まで、塵《ちり》ひとつ落とさずにおくことだという。

原文をそのまま引く。

只それだけでよい、食べもののつくり方の旨いまづいはそれからあとのことであると云つたさうだ。

「お前たちにはとてもそれがやり通せようとは思はれないから、だから此商売はやめろといふんだ」

固くいひ渡して亡くなつた。併し、息子たちは老人の言葉を只一片のお説教と聞流して太々餅ののれんをかけつづけたのが、一応、東京名物の一軒として、つづいたことはつづいたが、お成道の分店も、神明の本店も大正初年の中に商売がへをすることになつた。

わたしは、はたして老人は何をいうのかと身を乗り出し、次を読んで、正直なところ、

――何だ……。

と思ってしまった。もっと気のきいた言葉が出て来るのかと期待していたのだ。

我々が、案内書で食べ物について見る時、普通、「うまい」という評判を知ろうとする。そして、お手頃《てごろ》の値段なら行ってみようかと思う。つまり、うまいものを安く提供しているなら、よい店と思う。

プロであるなら、衛生管理は常識だ。しかし、老人の言葉は、その上を行く。厳しすぎるの

ではないか。そこまでやれるのかと思った。

これは、老人らしい精神論ではないか。つまり、彼の息子たち同様、

――何だ、「お説教」か。

と思ってしまったのだ。


次の瞬間、そうやって流しそうになった自分の心が、たまらなくこわくなった。

今がどういう時か――を考えたのだ。

自分は、心地よいこと、便利なことが、安く手に入るなら、それが一番――と、思ってはいなかったか。

老人は、客がそうであっても、それで店を開いてはいけないという。お客様の安全を考えた時には、無理難題ともいうべき、塵ひとつの懸念も残さぬようにしろ、と。

効率を考えたら、非現実的な事態まで想定してはいられない。次代の経営者となる息子たちの腹はそうだ。しかし、老人はそれが出来ぬなら、「商売はやめろ」というのだ。

一年前に読んでいたら、記憶に残らなかったかも知れないエピソードだ。だが、わたしは、意外なところで背をしたたかに打たれたような気になり、しばらく動けなかった。


（「日本経済新聞」二〇一一年七月三日朝刊）

# 時を経ても色褪せない周五郎の大きさ

## 読む者をつかんではなさないミステリ的手法の巧みさ

この夏、山本周五郎の幻の短篇が発見され、話題になった。『少年探偵　黄色毒矢事件』がそれであり、「小説現代」二〇一一年七月号に掲載された。

「幻」であったわけは、それが戦前の雑誌『少年少女　譚海』の、別冊付録という形で発表され、しかも甲野信三名義で書かれていたからだ。なぜ別名義で執筆されたか、そしてまた、これを周五郎作品と断定してよいわけを、文芸評論家の末國善己氏が細かく解説している。論証の一々は引かない。だが、十二分に納得出来るものだ。

雑誌の別冊付録は本誌と比べ、探すのがまことに難しい。新潟在住の読者の方が提供してくださったそうだが、間に戦争を挟んで八十年の時が流れている。よく残っていたものだ。奇跡といっていい。

内容は題名通りの、少年向けミステリである。周五郎はこの頃、少年雑誌などの注文に応じ、多くのミステリを書いていた。それが、後年の作品にも生きている——と、末國氏はいう。そして、『五瓣の椿』がコーネル・ウールリッチを下敷きにしている例や、『赤ひげ診療譚』中の短篇の書き方がミステリ的であることをあげている。別なところで氏は、『樅ノ木は残った』

について言及していた。

周五郎作品は、見事に読む者をつかんではなさない。その要素のひとつに、このミステリ的手法の巧みさがある。『さぶ』などもそうだし、意外なところで、わたしは『ながい坂』にさえ、それを感じた。飛驒守昌治が藩の実権を奪われてしまう。これをどうやって取り戻すか。政治の流れを引き戻すのは、河の向きをかえるほどに難しい。

ところが読んで行くと、この難題がシンプルにして効果的なある方法で、一気に解決される。読んだのは、はるか昔のことだが、そこに至って思わず、

――はなれわざだ！

とつぶやいたのを覚えている。まさに本格ミステリの優れた謎ときにも似た、たまらない快感を感じたのだ。

そう思うと、『少年探偵　黄色毒矢事件』の発見が、さらに意義深いものに感じられる。しかし、それより何より、八十年も昔、別名義で書いた子供向け作品の発見がニュースになる――という事実こそ、時代の波に揉まれて消えることのない山本周五郎の大きさを、改めて示している。

## 最愛の長篇、珠玉の短篇

さてそこで、自分の最も好きな周五郎作品は何か――と考える。

「好き」という物差しに、人の評価など関係ない。何十万円かけた料理より、青空の下の握り飯ひとつの方がうまいことは、いくらでもある。いつ食べたか――読んだかが、大きい。

わたしの場合、最愛の長篇は迷うことなく、『虚空遍歴』である。今から四十年も前に読ん

だ。その若さが大きかったのだろう。物語世界に没入した。

『ながい坂』を読んだ時には、まず冒頭の主人公とその父の出あう小さな事件のところで、「これに類したことが、作者自身にあったのだろう。その時、周五郎が怒ったのだろう」と思った。さらに前述のところでは、「うまいなあ」と舌を巻いた。無論、『ながい坂』は素晴らしい作品である。だが、そういう外からの目で見ることはあった。

これに対し『虚空遍歴』の場合は、ひたすら物語に寄り添って進んだ——という記憶がある。周五郎作品には、守るべき信条を持って人生を歩む人物が、よく登場する。自分が楽になること、心地よくなることを求めない。そして多くの場合、何らかの成果という果実を手にする。『樅ノ木は残った』にしても、主人公の意志は貫かれたのであり、世の中からいかに誤解されようと、それはかえって行為に添えられる花とさえいえる。

だが、『虚空遍歴』の中藤冲也の伸ばす手は、常に果実から遠い。そのリアルさが、若い心を衝き、深い感銘を与えたのだ。

そして短篇。これは粒揃いだが、ただ一作となれば『その木戸を通って』をとる。典型的な周五郎作品ではない。その世界の代表作として前に差し出すわけではない。だが読み終えた後いつまでも、女主人公ふさの「これが笹の道で、そしてこの向うに、木戸があって——」というつぶやきが、耳に響き続ける。

こういう物語がどこから生まれて来たのか、作者に聞いてみたくなる。一方で、この作について何かを知ることをおそれる気持ちすら、わたしにはある。

この世には、執筆の時、神が手を貸したのではないか——と思われる珠玉の短篇がある。『その木戸を通って』は、そういう作品のひとつである。


（「Ｔｈｅ　ＣＤ　Ｃｌｕｂ」二〇一一年十一月）

# 行けないところへの旅

## 上

読んだ本のことを、次々に忘れてしまう。近頃は特にそうだ。そういう中で、ある部分だけは霧の晴れ間のように、明るく見えていたりする。

『大江戸視覚革命』（T・スクリーチ著　田中優子・高山宏訳　作品社）の《江戸は大仏を持たなかった》から始まるくだりなどがそうだ。

なるほど我々は、奈良の大仏、鎌倉の大仏と指を折ったところで止め、別に不思議とも思わない。しかし、ところは将軍様のお膝元だ。何であれ、ない――といわれたら膨れるのが江戸っ子というものだろう。

《傷ついたプライドは虚構に補償を求める。（中略）やがて一七九三年、品川の海晏寺《かいあんじ》の物好き僧たちが三次元の仏像を造って一矢報いようと思いた》った――という。

そうはいっても、簡単に鋳造など出来るわけがない。籠細工だったというのが面白い。まさに《虚構》の大仏だ。だからこそ、本家を超えてやろうという気にもなる。高さは四十メートルを超えたというから、驚くしかない。通称、合羽《かっぱ》大仏。

当然のことながら、大評判となった。太平の民は、信仰心よりも、鉄人28号やガンダムの巨大像を見るように眺めたに違いない。

ところが、この仏様の寿命が、まことに短かった。籠細工だから、ではない。《まじめ一辺倒の寺社奉行》の命令で撤去させられたのだ。

合羽大仏が拝めたのは、たったの六十日。奈良、鎌倉の先輩に比べると、まことに早い退場だった。

この場合の製作動機は、遠くの大仏の代わりに崇めたい――という信仰心より、むしろ《ギネスに挑戦》に似た、都会人らしい心情だろう。

身代わりの信仰対象なら、我々の身近なところにある。富士山を模した、富士塚だ。

わたしの住んでいる小さな町にも、気が付いただけで三つある。全国では無数だろう。――と書いたところで、今、行って、見て来た。平屋ほどの高さの塚だ。子供の頃には、すいすい上まで行けたものだが、今回は石段を踏み外しそうになった。年齢と共に、ちょっとした高さでも油断出来なくなる。

頂上には《富士大権現》や《浅間大神》という碑が立っていた。この場合の《浅間》は、無論、浅間山ではない。《浅間大神》は富士山を神格化したものだ。

こういう塚が、富士信仰から各地で造られたわけだ。本物の頂きまでは、とても行けない人も、これなら簡単に登れる。ありがたい。

ただ、こういうものを造るところには、純粋な信仰心と共に、日本人の好きな見立ての心もあるだろう。

小さな塚を、大きな富士山に見立てる。我々の先祖は、そのこと、そのものに妙味を感じたのだ――と思う。

下

わたしが若い頃には、海外旅行などというのは、夢のまた夢だった。《トリスを飲んでハワイへ行こう！》などというコマーシャルが流行ったのも、それが《普通には行けないところ》だからだ。

そういう頃——確か、小学生か中学生の頃だったと思う。新聞のテレビ欄を見ていて、

——これは！

と、思った。

心引かれる番組紹介があったのだ。正確なタイトルは、覚えていない。だが、『３０００円の世界旅行』……とかいった。切りがいいから、一応、三千円ということで話を続ける。

普通のサラリーマンである主人公が、恋人とデートをする。海外旅行など、月に行くような話だ。財布には、三千円しかない。

そこで彼はいう。

「よし、これで世界旅行をしよう！」

あっけに取られる彼女。まず、東京タワーに行く。

「これがエッフェル塔だよ」

要するに、《見立ての旅》なのだ。わたしは、こういうことが大好きだから、夜の放送が楽しみでならなかった。

テレビの前に座り、じっと見つめる。まだ白黒の画面だった。

東京タワーを見上げる二人に、本物のエッフェル塔周辺の風景が重なる。

「次は、バッキンガム宮殿に行こう！」

当時の赤坂離宮、今の迎賓館に行く。その正門の画像に、バッキンガム宮殿の衛兵交替の像が重なる。手を取り合う二人の心は、いや二人は——といっていい、確かに英国にいる。それから、フランスの通りなどにも行ったと思う。

使った金額が画面に出るのが、いかにも知的で洒落ていた。鎌倉の海岸あたりに行くのが、ハワイのワイキキビーチだった。最後に行くのが、ローマの噴水で、残りの硬貨を投げ入れる。以上で、きっかり計三千円——。心憎い結びではないか。

この番組は、忘れ難い。

実際に世界旅行が出来ても、幸せや喜びを感じない二人もいるだろう。しかし、この彼女は、東京タワーで《エッフェル塔》といわれても呆れない。怒らないのだ。センスを共有できる——というのは何と素晴らしいことだろう。そうである限り、この旅は《虚構の補償》のまがい物ではない。赤坂離宮は間違いなくバッキンガム宮殿になり得るのだ。

成田空港に人が溢れ、大学生が卒業旅行で海外に行ったりする時代になってしまった。それを思うと、『3000円の世界旅行』というのは、《あの頃》でなければ生まれなかった、特別な物語といえる。

人には心がある。だから、行けないところにも旅をする。——そんなことを改めて思う。

（「考える人」二〇一一年冬号）

# この人・この３冊　フジモトマサル

①『今日はなぞなぞの日』（フジモトマサル著／平凡社）
②『終電車ならとっくに行ってしまった』（フジモトマサル著／新潮社）
③『夢みごこち』（フジモトマサル著／平凡社）

「艱難《かんなん》辛苦―空虚―弱り目に祟《たた》り目―飯の種」という流れを見れば、しりとりになっていると分かる。実はこういう四コマ漫画なのだ――と聞けば、最後の「飯の種」のコマで、どうやって落とすのか――と思われるだろう。

わたしがフジモトマサル氏の作品を見て、最初にうなったのは、この「しりとり漫画」だった。雑誌の最終ページに連載されていた。こんな面倒、かつ変わったことを考え、やってしまう。しかも（そこが肝心なのだが）面白い。一ページ分しかないので量的にまとめにくいせいか、まだ本になっていない。しかし、三冊あげるのに「困ったな」とはならない。チーズケーキのどこを切ってもその味がするように、フジモト氏の多彩な本の、どれを取っても、この独特の感触と出会える。

まず、先日、荻野アンナさんにお会いした時、話の流れからしゃべってしまったのが、『今日はなぞなぞの日』。その中の、文庫本を掃除機に吸い込んだ時のなぞなぞ。「ああ大変！と思ったけれど、掃除機は何事もなかったように快調に動いています。なぜでしょうか？」。荻野さんは、これに手をうって大喜びなさり、「これから授業で話します」といい、颯爽《さっそう》と大学に向かわれた。無論、答えはここに書かない。本を買って、なるほどと思っていただきたい。本来、それに付けられた絵と一緒に味わうべきものだ。このページには、掃除機をかけるヒツジの絵が描かれている。

二冊目は、「著者初の画文集」という『終電車ならとっくに行ってしまった』。子どもの頃、スキー場で深い雪の穴に落ちた時の鮮明な記憶が語られる。だが、ある時、それが、そっくりそのまま兄の体験が自分の頭にコピーされ刷りこまれたものだと分かる。この話は忘れ難い。様々な形で、多くの人に同じことが起こっている筈《はず》だ。自分というものの不確かさ、ゆらゆらと世界の揺れるような感じは、フジモト作品にそのまま繋《つな》がる。

最新作が『夢みごこち』。内容を話せば、ありそうなもの——と思われるかも知れない。そんな紹介をすべき本ではない。ページをめくりつつ次第に、五里霧中、あるいは五里夢中といった、そんな感じになって来るところに値打ちがある。子どもの頃の自分に渡してやりたいが、「確か、こんな体験をした……」といい出す奇妙な少年になりそうで、ちょっと怖い。

（「毎日新聞」二〇一二年一月八日朝刊）

# 半歩遅れの読書術

## 鎖が繋がる面白さ　一冊の古書から広がる輪

本を一冊読むと、それからそれへと読書の輪が広がって行く。

古書店の平台に『著者自評』（50冊の本編、玄海出版）という本があるのを見つけた。昭和五十四年の刊行。塚本邦雄、金井美恵子、山本夏彦など六十二人が自作を語っている。正確には、金井は《自分の書いた文章について書くという習慣を深く軽蔑している》といい、山本は《これによって全貌を察し》て下されば幸と自作を抄録しているのだが、そこがまた、その人らしい。

その中で、高見澤たか子が『ある浮世絵師の遺産』（東京書籍）について述べていた。伯父である高見澤遠治を語る本だ。浮世絵復刻の天才だったという。どうしても読みたくなり、何とか手に入れた。

遠治は、昔の紙の繊維をほぐし水の中で微細な繊維同士を繋《つな》ぐことさえ出来た。色彩も見事に再現出来た。「ここから私が作った」といわれても誰にも見分けがつかなかった。写楽などの複製を作った時は、専門家中の専門家が、本物と二つ並べつき合わせてさえ、全く区別出来なかった。何から何まで同じものを生み出せる。もはや、魔術の領域だ。

この本で、遠治の従弟が高見澤仲太郎即ち『のらくろ』でおなじみの田河水泡と知った。田河夫人高見澤潤子の著書は、うちの書棚にも何冊かある。『兄　小林秀雄』などだ。というわけで、本の鎖は一方から、その兄小林秀雄にまで繋がって行く。

また、遠治は、岸田劉生のところに出入りしていた。そこで、たまたま第三巻だけ買ってあった『劉生絵日記』（龍星閣）を開き、「遠ちゃん」が登場するのを確認もした。

そしてこの機会に、本の山の下から引っ張り出し、改めて楽しんだのが『浮世絵「名所江戸百景」復刻物語』（小林忠監修、東京伝統木版画工芸協会編、芸艸堂）だ。

広重の「江戸百景」復刻の様子を、カラー写真で見せてくれる。『ある浮世絵師の遺産』に出て来た江戸浮世絵の印刷技法が、百聞は一見に如かずで、よく分かり、まことに楽しい。

これは、「江戸百景」なら何度も見たという人ほど、新鮮な驚きを感じる本だ。

「布目摺」というのは、版木に布を貼り付け、布目の凹凸を紙に出す。現物を手にすると効果が分かる。ところが今の印刷では、まず伝わらない。それを、はっきり説明し、見せてくれる。他にも「当てなしぼかし」「かけ合わせ」「板目摺」「ゴマ摺」「空摺」などなど、技法は実に多彩だ。

本の鎖は、こうして繋がって行く。そこに読書の面白さがある。

### エッセーの真価　血肉となる知識と選択眼

昨年（二〇一一年）、訃報を聞くことになった北杜夫の著書に、『どくとるマンボウ昆虫記』がある。その中で、わたしが今もはっきり記憶しているのは、こういう部分だ。

――「コムラサキ」という蝶《ちょう》が、ドイツ文学の訳書でよく「ニムラサキ」と誤植されている。

変だなと思っていたら、串田孫一の本を読んで謎が解けた。あるドイツ語辞典が、「ニムラサキ」になっていたのだ。

つまり、間違いが辞書により増殖してしまったわけだ。これを思い出した。日本経済新聞出版社から出た、小池光の『うたの動物記』を読んでいて、これを思い出した。「あとがき」によれば、これは《動物に焦点をあて、俳句、短歌、詩をジャンルを越えて眺望しながら、動物たちがいかに日本の詩歌と美意識に大切な役割を果たしてきたかスケッチした》本だ。

「ゴキブリ」の項に、昔はゴキカブリといわれた、この虫がなぜ、「カ」の抜けた形で呼ばれることになったか書かれている。

明治十七年、《『生物学語彙』という先駆的書物が出、ここで》、漢語に振り仮名を振る時、《ゴキブリと誤植されてしまった》。つまり、《ゴキブリは三億年前からいるが、明治十七年以前には一匹もいなかった》――と、小池の筆は自在だ。

ゴキブリがゴキカブリの転――というだけなら、辞書にも出ている。その過程まで教えてもらえると、なるほどと納得出来《でき》る。『某ドイツ語辞典』は「ニムラサキ」を羽ばたかせ、『生物学語彙』は「ゴキブリ」を地に這《は》わせたわけだ。

「ナマケモノ」の項には、一万年前のアメリカ大陸には、体重三トンという《想像を絶するほど巨大なナマケモノ一族が棲息《せいそく》していたと書かれている。小池に手を引かれ、不思議な世界を覗《のぞ》いた気になる。

ただの豆知識ではない。こういったことが、時に優れたエッセーの血肉となる。石川淳も《本のはなしを書かなくても、根柢《こんてい》に書巻をひそめないような随筆はあさはかなものと踏みたおしてよい》といっているではないか。

無論、小池の真価は、テーマに合わせ何を紹介するかという、作品選択の妙にある。好例が多い中、吉川宏志の歌は《円形の和紙に貼りつく赤きひれ掬《すく》われしのち金魚は濡《ぬ》れる》など、三度引かれる。その度に、小池が、吉川の対象を見つめる目そのものを引いているのだと思わせられる。

時に選択は詩歌の枠を超える。「蜂」の項では、内田百閒の掌篇『冥途《めいど》』の一節が引かれる。わたしにも、忘れ難い場面だが、小池光の胸にならなるほどこのあたりは響く筈《はず》だと、思わず頷《うなず》いてしまう。

## 唯一無二の結び　構成の見事さに舌を巻く

今年（二〇一二年）、最初に読んだ本は『短くて恐ろしいフィルの時代』（ジョージ・ソーンダーズ著、岸本佐知子訳、角川書店）だった。

訳者あとがきによれば、ソーンダーズは《小説家志望の若者に最も文体を真似《まね》される小説家》といわれているらしい。そこで、この変わった物語の冒頭を引く。

《国が小さい、というのはよくある話だが、〈内ホーナー国〉の小ささときたら、国民が一度に一人しか入れなくて、残りの六人は〈内ホーナー国〉を取り囲んでいる〈外ホーナー国〉の領土内に小さくなって立ち、自分の国に住む順番を待っていなければならないほどだった》

変わっているのは設定だけではない。登場人物たちが、人間の形をしていない。抽象美術展に置いてある現代彫刻のようなのだ。《八角形のスコップ状の触手》を持っていたりする。独裁者となり侵略を開始するフィルは、脳を地上におとしたりもする。

岸本佐知子は、その人の名前だけで本を手に取らせる訳者の一人だが、フィルが、過去の遺物として台座に飾られてからは《ふぃる》と表記している。それだけに最終ページの、《今でもその場所にフィルはいる》というカタカナ書きがおそろしい。

さて、目下、メディアファクトリーから刊行中なのが、山岸凉子の『日出処の天子』完全版だ。

昔、知り合いから新書版全巻をまとめて渡され、《読め》といわれた。そういう機会でもないと、なかなかコミックには手が出ない。そしてこれが、もし知らないまま一生を終えたら――と思うと背筋が寒くなるほどの傑作だった。読み終えてすぐ、買いに走った。

特に舌を巻いたのが、構成の見事さだ。冒頭に、《日出ずる処の天子……》という、隋に送られた国書の一節が置かれる。結末に至り、広く知られたこの異様ともいえる言葉が、どのような心から生まれたのかを解くのが、この物語だと分かる。

最後に、満たされることがなかろうと進んでいかねばならぬ生という主題が立ち上がって来る様はまさに圧倒的だ。底知れぬ虚無と孤独が、ここでは荘厳の域にまで高められている。完璧といえる作品に出合えることは、まずない。この物語が、それだ。

ところが今回の刊行に当たっての著者の言葉を、たまたま読んだところ、雑誌掲載時、結末が不評だったという。目を疑ってしまった。作品が唯一無二の結びを持つという点で、これほどの例は珍しい――と、わたしは思うのだが。

（「日本経済新聞」二〇一二年一月八日、十五日、二十二日朝刊）

# 甘くない蜜の味　二冊を読む

五月のほぼ同じ時期、特色ある短篇集が相次いで刊行された。
刊行日の順にいえば、まず一冊目が『野性の蜜——キローガ短編集成』オラシオ・キローガ著、甕由己夫訳（国書刊行会）である。帯の言葉が「ラテンアメリカ随一の短編の名手、魔術的レアリスムの先駆者と評される鬼才キローガの（中略）生と死、リアリティと幻想が渾然一体と化した、完璧精緻にして多彩な短編30篇を収録」。

キローガを知らなくても、まずこれだけで手にとってしまうだろう。知っている人の多くは、アンソロジーに採られることの多い「羽根まくら」をかつて読み、戦慄したのだと思う。わたしもそうだった。あまりのことに、すぐコピーし、知り合いにファクスし、読ませてしまった。自分だけで抱えてはいられなかったのだ。

——こんな話を書くとは、一体全体、どういう人なのだろう！

と思い、キローガ探索を始めた。その過程で、甕氏が雑誌に訳出した「野性の蜜」も読んだ。キローガの作品のほとんどは、ごく短い。それだけに内容に触れ読者の興をそぎたくはないが、お許しいただきたい。「野性の蜜」は結局のところ、肉食蟻の大群に食われる話である。その手の恐怖は、他の作家も書いている。普通なら、迫り来る黒い川のごとき蟻を前にし、足をくじくとか病気になる——といった設定をするところだ。しかしキローガは、一方に蜂を置く。その蜜はたまらない美味なのだ。しかも、その蜂は針を持っていない。牙ある蟻と針なき蜂。

そして……となる。

普通の書き手なら蟻の恐怖で終わるところがこうなる。このあたりがキローガの一筋縄ではいかないところだ。

彼の短篇集としては、『愛と狂気と死の物語——ラテンアメリカのジャングルから』野々山真輝帆編（彩流社）があり、また、全く意外なところで絵本が何冊も出ている。『フラミンゴのながくつした』しがかずこ訳（新世研）は、「フラミンゴの足はなぜ赤いか」というものだが、おとぎばなしにしては凄絶で（おとぎばなしは凄絶なものだ——といういい方も出来るが）、いかにもこの人らしい。

いくつかの代表作を読めば「まあ、これでいいか」と思う作家もいる。しかし、キローガは後をひく。甘くない、蜜らしからぬ蜜で、読み手をとらえる。今回の『短編集成』の「うち8割は本邦初訳」だという。思わず、快哉を叫ばずにはいられない。

さて、二冊目が『エラリー・クイーンの災難』エドワード・D・ホック他著、飯城勇三編訳（論創社）。こちらの帯には「初訳を多数含む、世界初のクイーン贋作&パロディ集／ホック、ポージス、ロースンらが描くエラリー・クイーン！」とある。

わたしはといえば、学生時代、マリオン・マナリングの『殺人混成曲』を読み、そこに出て来たクイーンの（前期の行き方ではない、中後期の癖のある）推理のパロディが、尋常ではないほど面白かったことを思い出す。多くの探偵を取り上げていたのだが、他の部分は読んですぐ忘れた。クイーンをもじったマロリイ・キングの章だけが突出していた。マナリングにとってクイーンが、いじりがいのある対象だった——ということだろう。

「世界初」の試みが可能になったのも、クイーン研究家にしてファンクラブ会長、飯城勇三氏がいたからで、厨房で料理人自身が舌なめずりしながら作っている、その舌の音が聞こえてくる。ひょっとしたら飯城氏は、今年のミステリ界一番の幸せ者かも知れない。

そういうわけだから、氏による「まえがき」と巻末の「エラリー・クイーン贋作・パロディの系譜」がまず、収録作同様に楽しめる。その訳しぶりも、例えば『十日間の不思議』を踏まえ「十ヶ月間の不首尾」とする——といった心憎さだ。

全体は「贋作篇」「パロディ篇」「オマージュ篇」の三部に分かたれている。わたしにとっては、冒頭のF・M・ネヴィンズ・ジュニアの「生存者への公開状」、中ほどのデイル・C・アンドリュース&カート・セルクの「本の事件」、最後のスティーヴン・クイーンの「ドルリー」が三傑であり、それだけに非常にバランスのいい構成と思えた。

しかしながら、本当のところは、「どれがいい」などと「評価」するのは、正しい向き合い方ではないのだろう。作品解説中に「こんなマニアックなパロディは本書で訳されないと永遠に紹介されないことになる」という一節があった。ここに収められた作品たちにとって、一番嬉しいのは「やってる、やってる!」という「かけ声」だと思う。

(「図書新聞」二〇一二年七月七日号)

# 人間往来　有間皇子《ありまのみこ》

## 一　飛鳥のハムレット

### 今に生きる心

『現代の第一歌集』（ながらみ書房）という本に、大阪の歌人池田はるみの作品が収められています。そこに、こういう歌がありました。

エンジンのいかれたままをぶつとばす赤兄《あかえ》とポルシェのみ知る心

一読、心に響きました。

——えっ、赤兄って何、レッド・ブラザー？　何だか気持ち悪い、暴走族のグループ名？　などと思う人が、いるかもしれません。これは蘇我赤兄。大昔——大化の改新の頃の、人の名前です。それが、「整備不良の車をぶっとばすこと」とどうつながるのか。実は、そうせずにはいられない「先行する世代に裏切られる若者の心」という点で結びつくのです。ハンドルを握っているのは、万葉歌人として名高い有間皇子です。

有間皇子はその当時、権力を握っていた一派ににらまれる立場にいました。そこで、狂気をよそおい、政争の外に身を置こうとしました。ところが（真相は分かりませんが通説によれば）蘇我赤兄《そがのあかえ》にそそのかされ、反逆を決意する。しかし、当の赤兄に裏切られ、捕らえられ、絞首刑になります。

決起には失敗する。自分を支えてくれると信じていた上の世代は、したたかに現実を読んでいる。ここにあるのは、そういう、やり場のない思いを抱く若者像なのです。

皇子が取り調べを受けた時の言葉を、『新編日本古典文学全集　日本書紀』（小学館）から引くと、「天《あめ》と赤兄と知らむ。吾全《われもは》ら解《し》らず」（天と赤兄が知っているだろう。私は知らぬ）となります。日本の古典にあらわれた、優れた台詞のひとつでしょう。

わたしは『有間皇子』の物語を半世紀ほど前、テレビの舞台中継で観ました。小学六年生でした。演じていたのは中村萬之助、今の吉右衛門です。彼の「天と赤兄と知る！」という叫びは、今も耳に残っています。

## 史劇の主人公に

そういうわけで、池田はるみの歌も、すぐ胸に響いたわけです。池田は、この古いエピソードを現代に重ねました。裏切られた若者は、エンジンのいかれたポルシェをぶっとばし、アクセルを踏み続けるしかないのです。

さて、その今から五十一年も前の戯曲『有間皇子』は、誰が書いたのか。福田《ふくだ》恆存《つねあり》（一九一二〜九四）です。評論家、劇作家、演出家であり、またシェークスピアの翻訳者として名高い。有間皇子は「狂気をよそおった王子」です。そう聞けば、誰しも『ハムレット』を想像する。しかも彼は、現政権を握る者たちによって、不幸な死を迎えたといっていい先帝孝徳天皇の子なのです。福田が史劇を書こうとした時、この素材に目を向けるのは当然でしょう。

　ここで彼が『有間皇子』を、どう劇化したかを、『福田恆存戯曲全集』で振り返ってみましょう。

## 吉野川のほとりで

幕が上がると、そこは吉野川のほとり。日照りの夏。人々の歌が聞こえます。

しなてる　片岡山に
飯《いひ》に飢《ゑ》て　臥《こや》せる　その旅人あはれ
親無しに　汝《な》生りけめや
さす竹の　君はや無き
飯に飢て　臥せる　その旅人あはれ

聖徳太子が作ったという歌です。そして人々は、「太子は飢えた旅人が倒れていると、食べ物を与え、自分の衣服を脱いでかけてやったものだ」と、その徳をたたえます。

　この人々は、吉野宮《よしののみや》造営のため、かりだされたのです。現政権は、やたらに土木作業に人を使い、金をかける。それに対する不満が、慈愛に満ちていた聖徳太子の歌に繋がるわけです。そして、「有間皇子は利発で信仰心あつく民を思う、太子の生まれ変わりだという声があった」と、いわれます。

　その頃、政治の実権を握っていたのが中大兄皇子《なかのおおえのみこ》——後の天智《てんじ》天皇と、その右腕中臣鎌足《なかとみのかまたり》でした。政権側にとって有間皇子が、目ざわりな存在であることが分かります。だが、その皇子が今は正気ではない。

そこに、蘇我赤兄が登場。「二日前から、有間皇子の姿が見えない」といいます。さあ、一体、どうなることでしょう。

ところで、この頃の吉野宮がどこか、はっきりしませんが、前記『日本書紀』の注に「近年の発掘調査で吉野郡吉野町宮滝の吉野川右岸の台地上に、七世紀後半の建物・庭園の遺跡が出土して、有力な候補地となる」とあります。宮滝のあたりは、古来、絶景として名高いところです。

## 二　反逆へのいざない

### 心に残るドラマ

前回、わたしが子供の頃、テレビの舞台中継で『有間皇子』を観た——と書きました。昭和三十六（一九六一）年、秋のことです。作者は福田恆存、有間皇子は若き日の中村吉右衛門。そして記録によれば、皇子に反逆をすすめる蘇我赤兄を、当時の松本幸四郎が演じています。

ところがわたしには、この赤兄の役といえば、小池朝雄の顔が浮かんできます。今、一番分かりやすい説明をするなら、『刑事コロンボ』の声をやった人です。映画にもたくさん出ていますし、シェークスピア劇では、『コリオレイナス』や、岸田今日子と共演した『じゃじゃ馬ならし』が印象深い。

実はその小池も、福田版『有間皇子』の赤兄を演じているのです。昭和四十一（一九六六）年、『怒濤日本史』という連続テレビドラマが放映されました。この欄の読者の中にも、懐かしく思い出す方がいらっしゃるでしょう。わたしは高校生で、毎週、楽しみにしていました。一回目が『蘇我・物部の決戦　蘇我馬子の陰謀』、続いて『大化改新』。このあたりの脚本を書いたのが福田恆存で、彼の『戯曲全集』に収められています。そして『大化改新』と、続く『有間皇子』で蘇我赤兄の役をつとめたのが、小池朝雄だった――というわけです。

わたしが舞台版の中継も観ていることは、ここには書きにくいある台詞で客席がわいたこと、それが面白くて翌日、友達に話したことから確かです。わたしの場合、それに後日のテレビ版の記憶が重なり、より印象が強烈になっているわけです。

## 心を隠した皇子

福田の戯曲『有間皇子』は、飛鳥小墾田仮宮《あすかおはりだのかりみや》の場面になり、ようやく主人公が登場します。

飛鳥の地に行けば、今も時を越え、小墾田宮や、大化改新の舞台となった飛鳥板蓋宮《あすかいたぶきのみや》、天武天皇の飛鳥浄御原宮《あすかきよみはらのみや》などの跡かといわれるところを巡ることが出来ます。厳密に特定することは難しいわけですが、古代に思いをはせることは可能なわけです。

さて、有間皇子は狂気をよそおっています。あれこれ、おかしなことを口にするわけです。百済《くだら》から貢ぎ物という駱駝《らくだ》の、背中の二つのこぶを見て、《二《ふた》つしかありませぬのか？　それで貢《みつぎ》とはおかしい》といいます。シェークスピアめいた言葉遊びです。

前回、記した通り、有間皇子の像はハムレットに重なります。そして、作者の福田恆存はシェークスピアの専門家です。思えば、『日本書紀』からとった名台詞、「天と赤兄と知る！」も、

『オセロー』を連想させるものです。悪役イアーゴの犯行についての台詞を、福田訳で引くと《ごぞんじのとおり、ごぞんじのはずだ。この今を限りに、おれはもう一言も口をきかぬぞ》となります。イアーゴと有間皇子では全く違いますが、取り調べに対する態度に響きあうところがあるのです。

赤兄の本心

この事件を劇化するにあたって、福田が最も力を入れた人物は、蘇我赤兄でしょう。有間皇子も、中大兄皇子も中臣鎌足も、記録からある程度、姿が見えて来ます。しかし、赤兄は違う。反乱をそそのかし、裏切った彼の真意はどこにあるのか。いってみれば有間皇子という光を描くためには、赤兄という闇をしっかり造形しなければならないのです。

小墾田仮宮の場で、彼は中大兄皇子に進言します。「有間皇子の狂気の真偽は分からない。この赤兄が謀反を勧め、受け入れたら正気の危険人物。そこで、捕らえたらいい」と。これに対し、中大兄は聞こえぬふりをします。鎌足はどうか。劇中の赤兄の解釈をそのまま引けば《みづから不義の譏《そし》りを受け、以つて君の憂《うれ》ひを除け》といったことになる。

ここもすぐに、シェークスピアの『アントニーとクレオパトラ』を思わせます。ローマ三頭政治の執政官三人が集まった時、一人の家来が、後の二人を今、殺してしまえばいい——と進言するのです。主人の答えを福田訳で引きましょう。《なぜ黙ってやってのけなかったのか！(中略) 知らされずにいれば、後でよくやってくれたと思いもしたろう》。

進言が聞こえなかったふりをする中大兄、汚れ役はお前が引き受けろ、という鎌足。ここにあるシェークスピアの響きを、わたしが感じるのです。あの福田恆存が意識していなかったとは、到底、思えません。

では赤兄は権力におべっかを使う、単純な人物として描かれているのか。違います。この場の最後の独白で、彼はこういいます。《俺は見たい、都が一時に火の海と化するのを、そのために、おれは軒洩《のきも》る火影《ほかげ》を一つ一つ隠し歩かねばならぬのだ、気紛れな風の一吹きに消し絶やされてしまはぬやうにな！》

福田恆存は、蘇我赤兄を、内に反逆の火を隠した男としたのです。これが劇に深みを与えています。

## 三　ついえた反逆

### 市経《いちふ》の館で

福田恆存の戯曲『有間皇子』で、蘇我赤兄《そがのあかえ》が皇子に決起をうながすのは、皇子の市経の館です。この市経を、近鉄生駒線一分《いちぶ》駅のあたりとする説があります。無論、大昔のことですから、はっきりとは分かりません。

さて、赤兄は、まず斉明天皇の政治のあやまちを数え上げます。これは『日本書紀』にも出ていることです。

第一回にも出て来た通り、土木工事で民衆に多大な負担をかけ、苦しめたことが、大きな失政としてあげられます。香久山《かぐやま》から石上山《いそのかみやま》まで通した堀は、あまりのことに「狂心《たぶれごころ》の渠《みぞ》」と呼ばれましたが、それではないかと思われる跡が発掘されたりもしました。また、飛鳥には巨大な石が多く遺されていて、何に使ったか不明だったりします。斉明期のものかもしれません。古代のことを思いながら、飛鳥の巨石巡りをするのも楽しいものです。

斉明天皇は、中大兄皇子《なかのおおえのみこ》の母で、当時、政治の実権は中大兄とその右腕中臣鎌足の手中にありました。赤兄は、その現政権を倒すため、決起しろというのです。それでもなお狂人の真似を続ける有間皇子に、赤兄は剣を向けて迫ります。

「皇子、いざ、お答へを！　今、この世にあるは皇子と赤兄とのみ、赤兄の眼を御覧《ごろう》じろ、眼を逸《そら》し給ふな、皇子！」

有間皇子は、その眼を信じ、自分が狂ってはいないことを明かし、反逆の意を示します。ところが続く赤兄の館の場で、皇子の夾膝《おしまずき》――つまり脇息《きょうそく》が折れます。その瞬間、赤兄は事がならぬのを予見します。緊迫した台詞が交わされます。

赤兄　皇子、夾膝が！

有間　眼を逸すな、赤兄！

## 皇子の最期

年長者でありリアリストである赤兄は、成功しない反逆に賭けたりはしません。赤兄の裏切りにより、皇子は捕らえられます。裁きを受けるため護送される途中で詠んだのが、有名な次の歌です。

磐代《いはしろ》の浜松が枝を引き結びま幸《さき》くあらばまたかへり見む
家にあれば笥《け》に盛る飯を草枕旅にしあれば椎《しひ》の葉に盛る

福田恆存の戯曲では、皇子処刑の場面に赤兄が現れます。そして息絶えたのを見て取り、

「皇子！」とつぶやき、「片手でその首を擡《もた》げ」「じっとその顔を見つめる」のです。

一九六〇年代の初め、福田恆存の『有間皇子』と全く同時期に書かれた、より鮮烈な戯曲に、福田善之の『真田風雲録』があります。徳川の時代を目前にし、破滅に向かう大阪城。その中で戦う真田十勇士。「テンデかっこよく死にてえな」と歌う彼ら。主人公佐助は、人の心が読める超能力を持っています。しかし、大阪側の執権職、大野《おおの》修理《しゅり》の内面だけは見えない。修理はクールな政治家です。若者佐助は、先行する世代の彼に向かっていいます。

あなたのなかにあるのは、いま、ぶわぶわと揺れているのは、それはなんだ？　あわれみ――ではない、友情――（叫ぶ）愛情！　そんなはずはない、しかしそうとしか見えねえ、あんたが、おれたちにたいして愛情！

ふと、こんな言葉を思い出します。

## 残された者

福田恆存の『蘇我馬子の陰謀』『大化改新』『有間皇子』といった史劇の音楽を担当したのが、別宮《べっく》貞雄です。

中でも『有間皇子』は、彼の手によりオペラとなり、カメラータ・トウキョウから二枚組のCDとして発売されました。若杉弘指揮新日本フィルハーモニー交響楽団、有間皇子に福井敬、蘇我赤兄に多田羅《たたら》迪夫《みちお》。

福田の原作を、松原正がオペラの台本にしています。かなり短くなるわけですが、それだけに引き締まったものとなっています。CDには、台本も収録した解説書がついていて鑑賞に適したものになっています。

このオペラ版の最後は、赤兄の詠唱になっています。その冒頭を引いて、結びにしましょう。

俺は知らぬ　俺の心を
俺は知る　俺の心を
永《ながら》へてこの胸傷《いた》み
身《み》罷《まか》りし皇子をあはれむ
地獄の炎この俺を
さいなむはかくの如きか

（「近鉄ニュース」二〇一二年八月〜十月号）

# 「母の物語」を支える紫の上の生涯

私の父は、国語の教師をしていた。家の板の間の端が本棚で、そこに戦前の古典の叢書《そうしょ》が並んでいた。中には無論、『源氏物語』もあった。

小学校の図書館で、子供向けの『保元《ほうげん》・平治《へいじ》物語』を読み、こちらも源平《げんぺい》争乱の話かと引き出し、ページをめくってみたらどうも様子が違う――そんな笑い話のような出会い方を、本当にした。その頃、『あしながおじさん』も読んだ。孤児院で育った少女ジルーシャ（ジュディ）がおじさまの庇護《ひご》を受け、やがて結ばれる話だ。若紫《わかむらさき》の境遇に似ていなくもない。

さて、「御法《みのり》」では、その若紫＝紫《むらさき》の上《うえ》の死が描かれる。来し方行く末を思わせる巻といってもいい。紫の上と源氏の最後の対面は、「風すごく吹き出でたる夕暮れに」と始まる。この秋の調べが歌われ始めた途端、我々は「若紫」の巻の「日もいと長きにつれづれなれば」という、春の光を思い返す。

明瞭に描かれた「来し方」として、夕霧が「野分《のわき》」の日、紫の上をほのかにかいま見た思い出が語られ、致仕大臣《ちじのおとど》により葵《あおい》の上《うえ》の死までが回想される。それだけではない。幼い三《さん》の宮《みや》との会話は「行く末」につながる。この可憐な子が後、匂宮《におうのみや》となるのだから、作者の並外れた構成力に驚くしかない。「御法」にはこのような広がりがある。

そして臨終の時、紫の上が源氏に「いまは渡らせたまひね」といい、明石中宮《あかしのちゅうぐう》に手を取られて旅立つところで、否応なしに浮かぶ場面がある。

紫の上は、この明石中宮を幼い時、引き取って育てることになった。おそらく有名な部分だろう。紫の上は、幼い子を「うちまもりつつ、ふところに入れて、うつくしげなる御乳をくくめたまひつつ、戯れゐ」る。「薄雲《うすぐも》」の巻の一節だ。実の子ではない娘に、紫の上は、無論、乳などでるはずのない乳房をふくませる。

生涯、子を産むことがなかった紫の上だ。現実と真実との戦いが、ここにある。その心を思えば少なくとも読者にとってこれは、冗談ごとではない。《戯れ》とは正反対の真面目さ、一所懸命なところが紫の上の、大きな美質だ。これほど切なく、人を描けるのは、女性しかいない。男の作者には無理だろう。

彼女は「御法」で、人生の最後に明石中宮に手をとられる。真実が現実に勝ち、母として旅立つのだ。前述の三の宮も、この巻で実の父母よりも紫の上をさして「母をこそまさりて思ひきこゆれば」と(異説もあるようだが)いっている。

いうまでもなく『源氏物語』を動かす大きな原動力は、主人公の、いまはなき桐壺《きりつぼ》という母への憧憬、そしてそれと二重写しになった義母藤壺《ふじつぼ》への思いである。

紫の上もまた、「桐壺=藤壺に似ている」ということから、物語に入って来る。いってみれば、母の虚像であった。その彼女が「母」となる。そこに生まれるのは源氏にとって、懐かしくも耐え難い距離かも知れない。

出演者・源氏は、舞台の最後で、紫の上の手をとりたかったろう。作者という演出家は、それをさせない。それは源氏にとって、物語を元に返されるようなことかも知れない。だからこそ、続く「幻」の中で、紫の上を思う源氏の歌が、桐壺を悼む桐壺帝のそれに重なるのかも知れない。

『あしながおじさん』のジルーシャにはこんな展開はない。無論、それでいい。一方、若紫の生涯の起伏は、この「母の物語」を支える。そういう人なのだ。それゆえ紫の上は、わたしにとって『源氏物語』中、最も印象深く愛しい女性となる。

（「週刊朝日百科　絵巻で楽しむ源氏物語五十四帖」43号　二〇一二年十月）

『コレクション日本歌人選』第四十七巻『源平の武将歌人』を手に取り、最初に開いたのは、「平時忠」の項だった。

平家の中では、どうもこの男が気になる。無論、「平家にあらずんば人にあらず」という言葉と、その後の落差によって——である。

本当にいったかどうかはさておき、レッテルになる言葉を持つ（あるいは持たされる）人物はいるものだ。時忠などその典型だろう。源平争乱の話を、子供の頃から読んだり聞いたりするうち、彼の言葉はこういう形で、わたしの頭に定着した。原典では「この一門にあらざらむ人は、皆人非人なるべし」となっている。

平家没落後も生きながらえ、流された先で死んだ——というのは覚えていた。さて、その男がどんな歌を残したか、と見てみると、

返り来《こ》む事は堅田《かただ》に引く網《あみ》の目にも溜《た》まらぬ我が涙かな

配流の地に向かう直前の作、という。全く記憶にない。「ふーん」と思いながら読んでいくと、これは恵円法師という人の「返り来ん程は堅田に置く網の目に溜まらぬは涙なりけり」という《歌を転用したものと推定される》となっていた。

——そういうことはあるだろうな。

と思ったが、そこでふと、

埋《む》もれ木《ぎ》の花咲くこともなかりしに身のなる果てぞ悲しかりける
を見る気になった。源頼政の辞世。劇的な状況の中で詠まれた。彼の最期とこの歌は、もはや離して考えにくい。世間一般には、歌人頼政の最も広く知られた一首だろう。

読むと案の定、《『平家物語』作者の創作と思われる》となっていた。

――なーるほど。

冷静に考えればそうだろう。研究者には常識に違いない。

そこでわたしは――岸田今日子を思い浮かべてしまった。そうなったのには、風が吹けば桶屋がもうかる式の紆余曲折がある。

岸田今日子の姿は、昔からテレビでよく見かけた。舞台中継もあった。わたしはずっと、彼女の演じる、妖艶なクレオパトラをブラウン管上で、観た気になっていた。その姿態、微笑みが鮮やかに目に浮かぶ。シェークスピアの『アントニーとクレオパトラ』が、ＮＨＫで放送されたのだ。うちには、その時録音したカセットテープ（まだ、ビデオではなかった）も残っている。ところが――確かめてみるとそれは俳優座の公演であり、岸田のものではなかった。彼女がクレオパトラを演じたのは、それよりさらに前だった。

わたしは昔、夕刊の劇評映画評を愛読していた。そこから得た、岸田のエジプト女王像の印象が、強かったのだろう。その記憶が後のテレビ中継に重なり、確かなものになってしまったのだ。

ともあれ岸田は、同じ時代を生きる姿を見、「年を重ねたな、言葉に老いが見えたかな」と思い、そして訃報を聞いた人である。それだけに、若き日に演じた幻のクレオパトラへの――輝きへの憧憬は強まる。

武人アントニーは、彼女に人生を賭けた。そして名誉も、勝利も失う。シェークスピア劇だから、名台詞の連続だが、幕切れ近く、クレオパトラが死んだと聞き、彼はいう。

鎧を解いてくれ、イアロス。長い一日の仕事は終わった。（小津次郎訳）

この喪失感。全身にかかる重い疲労感。――で、これが『平家物語』における敗軍の旭将軍義仲の、

日来《ひごろ》はなにともおぼえぬ鎧が今日は重うなッたるぞや

に響く……というわけだ。

当然のことながら、シェークスピアは、アントニーの言葉を聞きそれを記録したわけではない。『平家』の作者も、頼政や義仲の最期を目撃したわけがない。しかし彼らは、時やところを越え、登場人物の事実以上の、声を――歌を聞いた。

岡井隆は、『けさのことば』（砂子屋書房）に、次の句を引く。

鴿暮《はとくれ》におよびて彼《かれ》に還《かえ》れり視《み》よ其口《そのくち》に橄欖《かんらん》の新葉《わかば》ありき

一瞬、短歌かと思うが『創生記』のノアの方舟のくだりだ。鳩がくわえて来た「橄欖」とはオリーブ。大洪水が引き、地が顔を出したしるしである。

岡井はいう。《風になびく柔らかい白銀の葉裏をみるとき、鳩にこの葉をくわえさせた説話者の腕の冴えをおもう》。

『コレクション日本歌人選』第八巻は、『源氏物語の和歌』だが、無論、

置くと見る程ぞはかなきともすれば風に乱るる萩《はぎ》の上露《うはつゆ》

を、紫の上が作ったわけではない。しかし確かに、これは紫の上の歌だ。

人麻呂、定家、茂吉などと並んで、『源平の武将歌人』などの巻をも置き、さらに『おもろさうし』から『アイヌ神謡ユーカラ』にまで幅を広げる。

古典を中心に出版する——といえば保守的と、つい考えがちだが、笠間書院は実に冒険に満ちた仕事をする。見事な成果のひとつが、この『日本歌人選』だ。

若い人にも手に取りやすい本になっている。各地の高校でも、まず何冊かを図書館の棚に並べ、そこから果実をいつくしむように、この『コレクション』を増やしていってほしい——と切に願う。

次代の子供たちにとって、前の世代からの大きな贈り物となる。これは、そういう叢書だ。


（「リポート笠間53号」二〇一二年十一月号）

## 『舞踏会の手帖』

結局支線の田舎駅にたどり着いたのは、夜の九時過ぎ、予定の時刻を既に四時間ばかり経過していた。勿論寺男がその時分まで待っていてくれる筈はなく、おまけに彼の村へ行くバス便は、もうないということだった。

列車から降りた数人の客が散ってしまうと、田舎駅は忽ちガランとして、電柱に灯された裸電球が一つ、ただ寒々と駅前の広場を照らしていた。彼の村まで一里半ということなので、私は夜道を歩くことにした。

冬——といわれると、このくだりを思い出す。

《私》は高下駄を響かせ、放歌高吟しつつ歩く。月光さす河原に降り、黒マントをひるがえし、踊り跳ねたりもした。村に入ったところで向こうから提灯をさげた女が来た。友人平賀の母親だった。平賀は故郷で療養している。心待ちにしていた《私》が来ないのでガッカリしていた。ところが不思議なことに突然、来たから迎えに行け——といい出したという。

平賀は、父親を亡くしていた。寺の跡取りなのに無類の映画好きで、映画監督になりたい——といっていた。だが、よりによって最も愛しているジュリアン・デュヴィヴィエの、それも傑作と評判高い『舞踏会の手帖』が再上映されるという時には、血を吐いて倒れ故郷に帰っていたのだ。《私》は学校を休み昼食夕食もとらず、ぶっ通しで四日、十三回ほどその映画を観た。そして、肌を刺す寒気の中、彼のもとに向かったのである。

ＤＶＤなど、無論、ない時代だ。《私》は、すっかり痩せこけた平賀に映画の一こま一こまを説明する。平賀は、眼前に画面を浮かべつついう。

「いいなあ、実にいい。さすがジュリアン・デュヴィヴィエだよな……」

長谷川修の一冊、『舞踏会の手帖』。その表題作の、一節である。今、彼の「ささやかな平家物語」をアンソロジーに採りたいと思っている。それなら、こちらも収めたいと欲が出た。ところが本にはページ数という限界がある。さて、どうなることか。

（『冬の本』夏葉社　二〇一二年十二月刊）

# 交遊録　ゆず

## 1　「可愛いっ」の声に大満悦

猫のゆずがうちに来たのは、二十世紀もそろそろ終わろうという頃。暖かな春の日だった。今はすっかり大きくなり、膝に乗られても重い。だが、娘の部屋に最初の一歩を踏み出した時は、両のてのひらを合わせれば、上に乗るほど小さかった。

「……ここは、どこかな？」

というように部屋の様子を見、ちょこちょこと歩きだした。

この子がうちに来るようになったのは、娘が望んだからだ。娘は猫に関する本を数多く読み、前々からそれを願っていた。知り合いに相談したところ、

「今まで経験がないなら、アメリカン・ショートヘアがいいですよ。丈夫だし、初心者にも育てやすいです」

というアドバイスをいただき、近くのブリーダーさんも紹介してもらった。そこで、娘に聞いた。

「名前はどうする？」

やり取りをしたのは和室だったが、答えも和風で、「『ゆず』か『まっちゃ』」。

そして、ブリーダーさんのお宅に行った時、じっと娘を見つめたのが『ゆず』。運命の出会いだった。

すぐ前の道を自動車が通ることもあり、うちの中で育てようと決めた。ゆずが直接、外気に触れるのはベランダだ。娘と相談し、近くの店で人工芝のシートを何枚か買って来た。少しでも自然に近くしてあげたかったからだ。

ところが、芝が思ったより荒い。小さいゆずは、上に乗ると、足の裏が痛そうな顔をした。そこで、このシートは使わなくなった。

ご近所に、わたしの小学一年以来の友達がいる。ゆずのことを、彼に話したら、奥さんと娘さんたちが、

「見せて下さーい」

と、来てくれた。娘の部屋に行くと、ゆずは急に人口密度が高くなっても驚かず、いつも通り、ちょこちょこ現れる。のんきで、人見知りしないタイプなのだ。頭を撫《な》でられても、嫌な顔をしない。お客様方の反応は上々だった。

「可愛《かわい》いっ、可愛いっ！」

子猫を見た時、自然に出る言葉が部屋にあふれた。だが、月並みの台詞《せりふ》とは思えない。この『可愛い』は、特別な『可愛い』だと思った。ゆずに向かって、

「――評判、いいぞ」

と内心の声を送りつつ、胸の中に、うれしい温かいものが満ちるのを感じた。

一方、ゆずクンは、こちらがどう思おうとおかまいなし、二十一世紀の今まで終始、マイペースを続けている。

## 2　食べ物にうるさい「ゆず」

猫——と、ひと口にいっても、それぞれに個性がある。人間と同じだ。当たり前のことである。しかし、ゆずがうちに来るまで、

——猫といったら、好物は魚。

と、思い込んでいた。しかし、そんなに単純ではなかった。

ゆずは鼻先にアジの開きなどがあっても、見向きもしない。最初は行儀がいいのかと思っていた。ところが、ケーキの袋をクンクンし、中身に手を出そうとしている。びっくりした。

「猫なのにねえ」

と、いっていたら、娘が挙動不審なゆずの後ろ姿を見た。人のいない部屋に、こそこそ入って行こうとしている。いかにも『人に知られたくないことをやっている』という、うさんくさいオーラが漂っていた。

前に回ってみたら、ゆずはマドレーヌをくわえていた。こっそり楽しもうとしていたらしい。どうも、バニラ系の匂いが好きなようだ。歌なら、——マドレーヌくわえたゆずクン追いかけて、となるところだ。

「アメリカン・ショートヘアだから、洋風なのかなあ」

とも考えたが、体のことを思うと固形のキャット・フードを食べてほしい。ゆずは一度、尿道結石で苦しんでいる。その時、お医者さまからすすめられたフードを与え、以後、無事にすんでいる。

ところが老齢になった最近、あるタイプのフードを一度食べさせたら、これが気に入り、ね

だられる。

「おなかがすけば、何でも食べるよ」

と、いわれるが、そんなに簡単ではない。これがほしいとなったら、意志を通す。他のことは忘れっぽくのんきに毎日を送っているゆずだが、食べ物になると違うのだ。

漫画などで、怒った猫が、

「シャーッ！」

という。十年以上、共に暮らしているが、ゆずのそれを聞いたのは一度しかない。わたしが仕事をしている時、横に来て、ご飯を要求した。手が離せないところだったので、しばらく無視していたら、初めて威嚇された。

家族が帰って来た時、

「今日、ゆずが『シャーッ』っていったよ」

「へええ、ゆずでも怒るんだ」

と、話題になった。

そんなわけで、つい望むタイプを多くあげていたら、便がゆるくなって来た。お医者さまに相談したら、

「しばらく、こちらにして下さい」

と、また別のフードを教えてくれた。食べ物にだけはうるさいゆずなので心配したが、これを出すと、気持ちのいい音を立てて、ポリポリ食べた。

以後、おなかの調子も落ち着いている。めでたし。

# 3　無茶な冒険はしないで

子猫のゆずがうちに来て、初めて二階から階段を降りた時は、それだけで心配だった。自分の体を、ゆずの大きさに縮小し、前に手をついて降りることを考えたら、とても怖い。先回りして、何かあったら受け止めようと思ってしまった。

小さいゆずは、ぽこん、ぽこんと一段ずつクリアして一階まで来た。

「猫だもの、当たり前だよっ」

と、いわれそうだが、体操選手が難易度の高い技に挑むのを見るように緊張した。

ベランダに出た時、意外な跳躍力を見せ手摺《てす》りに飛び乗ることもあった。

——もし、落ちたら……。

と、ぞっとしてしまった。

猫っ可愛《かわい》がりの親馬鹿《おやばか》だが、ゆずはそんな気持ちにおかまいなし。いくつかの冒険をこなしてきた。

網戸を開けて出て、外の猫クンに追いかけられ、数時間、行方不明になったのが最大のピンチだった。

「何だか、気持ちよさそう」

と思うのか、二階の窓から屋根に出てしまうこともある。構造上、出ることは可能だが戻ることが出来ない。無論、そんなことを考える彼ではない。

七、八年前の夏の夜、二階で仕事をしていたら、窓の外でごそごそ、あやしいもの音がする。

「はて……」

と、闇に向かって首を出したら、ゆずと顔があい、びっくり。

「何やってんだよお」

と、窓から屋根に降り、抱き上げて救出した。

年をとったせいもあるのか、このところしばらくはおとなしくしていたのだが、最近また、屋根に出た。閉まっているはずの網戸が開いているのに驚いた娘が、あちこち探し、最後は庭を見た。

ゆずの一番の関心事は食事である。食べ物を手に、

「ゆずー」

と、呼ぶ。幸い、

「にー」

という声。どうやら、屋根をめぐり、物置の上あたりに出て、飛び降りたらしい。冒険の新たな一ページである。

小さい頃には、かなり高いところからも軽快に降りるゆずだった。だが今は若くもなく、体重も増えている。そのせいか、前脚を少し気にしている。

「痛めたのかな」

と思う。

冒険に心配はつき物だ。いつものお医者さまにみていただいたが、骨に異常はなく、すぐ元に戻った。

――元気なのはいい。何事かをやろうという前向きの姿勢も結構。しかし、年齢を考えると、あまり無茶《むちゃ》はしないでほしい。

と、最近、蛍光灯を取り換えようとして、脚立から落ちたわたしは考える。

## 4　ゆずとの時間が贈り物

蛇のように執念深い――という。イメージで決められても困るだろう。あっさりした蛇さんだっているはずだ。

ゆずと同じアメリカン・ショートヘアで、誰かが来ると、たちまち奥の部屋に逃げてしまう猫クンもいるという。この子の場合は、極端な人見知りだ。

「個人差って大きいんだなあ」

と、思った。猫だから、あるいは、アメリカン・ショートヘアだから――と、ひとまとめには出来ない。うちのゆずは、誰が来ようと全く気にしない。

お客と話していると、いつの間にかそばに来て、あいた座布団の上で、クークー寝ていたりする。初めて会った人に手を出されても嫌がらない。撫《な》でられても抱かれても平気である。

間違って尻尾を踏んでしまった時、

「ギャッ」

といって逃げたが、しばらくすると何事もなかったようにやって来る。

こういうおおらかさには心がなごむ。

困ることもある。わたしが、ゆずの要求にこたえないと、テーブルの上の紙に爪をかけたり噛《か》んだりする。以前、原稿を破られ、あわてたのを覚えているのだ。

「ここが弱みだ」

と、しっかりつかんでいる。

「もっと怒らなきゃ駄目だよ」

と、家族にいわれる。

「うーん」

「いけないことした時、どうしてるの？」

やりきれない気持ちになることはある。

「悲しそうな顔する」

「分かんないよ、それじゃあ」

というわけで、頼みごとがあるとまず、わたしのところに来るゆずだ。要するに、私が平社員だとすると、自分を部長か専務と思っているらしい。確かに、どっしりと貫禄も出て来た。

昔は、トントンと降りていた階段も、今はズンズンと降りる。

子猫のゆずを最初に見た時は、猫用の砂を入れたトイレを、きちんと使うだけで、

「こんなに小さいのに、偉いなあ」

と、感心した。

トイレは二階にある。家族は一階にいることが多い。昔のゆずは、きちんと上まで行ってすませていた。いつからか、間に合わない場合もあるようになった。失敗ではない。それが自然なのだ。そこで、一階にもトイレを置くようになった。

生きているから成長し、また、おとろえもある。共に暮らすことで、ゆずと自分たちの上に流れる時間を感じられる。これもまた、ゆずからわたしたちへの、得がたい贈り物だ。

（「読売新聞」二〇一二年十二月二十一日、二十八日、二〇一三年一月四日、一月十一日　四回連載）

畑の中のホール

大人になると、平日と休日、仕事と休みの境があいまいになる。農家の方は、なおさらだろう。

「この間、デートしたんですよ」

という話を、昔、聞いたことがある。農家の若い方だ。

「映画、観に行きました。途中でトイレ行ったんです。そしたら、――凄《すご》い雨」

今風のシネコンではない。窓から外の見える、田舎の映画館だった。花だったか野菜だったか忘れたが、とにかく、天候の変化が問題のものをやっている方だった。そこで、

「こりゃ、いけない！　と、思ったら、その瞬間に女の子のことなんかすっかり忘れて、飛び出してました」

「ひと言もいわずに？」

「ええ」

忘れられた女の子は激怒。次のデートはなかったという。《仕事熱心な人だ》とプラス評価してくれないかな――とも思うが、それは甘いのだろう。

さて、田舎に住んでいると、行けるのはせいぜい映画館。昔は生の舞台というものは、まず観られなかった。小学校の体育館で、文楽の公演があり、父が連れて行ってくれたのを覚えている。子供のわたしに、良さはよく分からなかった。それでも《観た》という印象は強く残っ

ている。こういう経験は一生の宝だと思う。

それから半世紀経ち、全国各地に立派なホールが作られるようになった。東京まで行かずに、いろいろなものが観られるのは、まことに有り難い。

この間は、図書館で「林家彦いち、柳家三三《さんざ》二人会」のちらしを見つけた。埼玉県県民活動総合センターというところで行われる。新作と古典を並べ、落語の醍醐味を味わおう——という、主催者側のセンスを感じた。これは行きたくなる。

電車では遠回りをしてやっとたどり着くところだが、車なら何とか行ける。連れ合いが、道が分かるから乗せて行ってくれるという。久しぶりに、休日らしい楽しみをプレゼントされたようで嬉しくなった。

当日は自由席。開場時間前に着いたけれど、すでに何十人も並んでいた。しかし、入ってみると最前列のしかも正面が、まだ空いている。お客様方が、何となく照れて座らないらしい。動きや表情まで手に取るように分かる一等席だ。遠慮なく、そこに座った。

それぞれの持ち味のよく出た、楽しい会だった。彦いちさんは枕で、

「来る途中に、野菜販売の無人スタンドがありました。帰りに、チンゲンサイを買って行くつもりです。先に買い占めないで下さい」

といって、なごやかな笑いを引き出していた。

顔の動きまで見事に楽しく、登場人物をその場に浮かび上がらせる三三さんの高座も、堪能出来た。

さて、この開演直前、連れ合いが、

「ちょっと水を飲んで来る」

と席を離れ、なかなか、戻って来ない。どうかしたのか、あるいは途中なので邪魔にならぬ

よう、後ろの席で聴いているのか――と、あれこれ心配した。

実は、急に気分が悪くなりロビーに出たのだという。スタッフの方が、心配して下さり、休んでいる間、毛布を持って来てくれたり、親身に世話してくれたという。おかげで、よくなり席にかえれた。

話を聞き、

――素敵な日曜日にしていただけたな。

と、心から感謝した。

入れ物の立派さだけではなく、そこにいる人々の心が、ホールを支えている。日本各地にこういうところが数多くあり、地域に安らぎを与えているのだと思う。


（「家の光」二〇一三年五月号）

# ながすぎる・長すぎる

昨年（二〇一二年）の暮れ、『読まずにはいられない』というエッセイ集をまとめた。昔書いた文章を集め、必要なところには注をつけた。その過程で文字通り、あっと驚いた。

わたしは中学生の頃、駅通りの本屋でジュール・ルナールの短文集『博物誌』に出会った。新潮文庫の一冊だった。

――難しい本かな？

と思ったら、ボナールの描いた親しみやすい挿絵が並んでいる。読んで、岸田國士《くにお》の柔らかな訳文にたちまち捕らえられた。生き物たちの姿が、独特の筆で活写されている。有名な例を新字新仮名の形であげれば《蝶《ちょう》／二つ折りの恋文が、花の番地を捜している》といった具合だ。昔から多くの人たちに愛されてきた本であり、わたしにとっても愛読書のひとつとなった。

時は流れ、ついこの間――と思えるのだが、実は十五年ほど前、『博物誌』の辻昶《とおる》訳が岩波文庫に入った。こちらの挿絵はロートレック。手に入りやすい形で、それぞれの訳と絵に触れられるようになった。

岸田訳で印象に残るもののひとつが《蛇／ながすぎる。》である。《ながすぎる》とひらがなを使ったところに、蛇のにょろりとした感じが出ている。これなど、他に訳しようがなさそうだ。そう思って辻訳を見ると《へび／長すぎる。》となっていた。単なるいいかえではない。辻は《「長すぎる」という文章が、短かすぎるところにこっけい味がある》という訳注をつけていた。姿勢の違いが面白い。表現、翻訳について考える上で、それこそ《味がある》。――当時、そういうことを書いた。

ところが今回、その部分を校正してくださった方から、「新潮文庫版も《長すぎる》になっています」という指摘があった。これに、あっといったのである。

――まさかっ！

と、何度読んだか分からないわたしの持っている新潮文庫昭和三十七年六月二十日第九刷を開いた。無論、《ながすぎる》だ。文庫化の底本となったであろう昭和二十六年の白水社版『博物誌』も、岸田訳を載せた『三笠版　現代世界文学全集』も、そうなっている。

調べていただくと、新潮文庫は初版が《長すぎる》――後から《ながすぎる》と訂正されていた。それがやがて新版になった際、元の《長すぎる》に戻ってしまった。戻すについて、何らかの判断材料があったのかも知れない。だが、以前の本で育った人間には違和感がある。こう表記されては岸田訳と思えない。

ちなみに白水社からは、一九九〇年に『博物誌《新装版》』が出ている。こちらでは、《へび／ながすぎる。》となっている。著作権者の了解を得て表記を改めたという。難読漢字も多い本なので、事情は分かる。「本来の岸田訳ではどうか？」と聞かれたら、「蛇／ながすぎる。――です」と答えてよかろう。

さて、今年の四月から早稲田大学でお話をする機会をいただいた。

――そんなことになったら、やってみたいっ！

と、思うことは幾つかあった。ひとつがこの件に関する作業だった。

何十人かの学生の前で、ひとつの台本が演出によって様々に形を変えることや、同じ原文が翻訳によって違う色合いを見せることなどを、あれこれ話した。そして、この文章のフランス語の形と（それだけでは分かりにくいので）英語の形を示した。そして紙を配り、

「これなら、すぐに訳せるよね。やってみて」

と、いった。

わくわくしない授業はつまらない。学生はともかく、こちらは訳文を集めるまで、どうなることかとわくわくした。頭の中では、集めてすぐ五つに分類して示すつもりだった。つまり、《蛇／長すぎる》《へび／長すぎる》《蛇／ながすぎる》《へび／ながすぎる》《その他》の答えしか想定していなかったのだ。

ところが、そう簡単には運ばなかった。

《あまりに長い・余りにも長すぎる》といった、《あまりに》または《余りにも》などをつけ加えた形もあった。

——別の答えは少数だろう、《その他》で処理出来るだろう。

と、甘く考えていた。だが、予想以上に学生の創作力は旺盛だった。

《へび／長いにもほどがあろうよ。》というのもあった。シンプルながら、してやられたと思ったのは《長〜い》という答えである。意外だったのは《へび／髪をのばしすぎた。》というもの。これには《メデューサのイメージしか浮かばなかったので》という注がついていた。なるほど。

さらに意外なことに、題名としてカタカナの《ヘビ》が出て来た。書かれて、うーむ、となった。《蛇》か《へび》か——という先入観があり、その手を考えなかった。まとめきれないので、題名を訳すとしたらどうしたいか挙手してもらい、数えた。考え中の人もいたが、

《へび》十名、《蛇》九名、《ヘビ》六名。カタカナが健闘している。訳文に入れる動物名などはその形が自然という答えがあった。漢字の者は、漢字の持つイメージの喚起力をとり、ひらがな選択者は、柔らかさをとった。本文の方もやはり選択形式で聞いたら、《ながすぎる》十九名、《長すぎる》九名、《ナガスギル》〇名。

勿論《もちろん》、ここに正解などはない。言葉と言葉の間に人が入った時、いかに創造性が発揮されるものか、訳者の個性が表れるものか、それを生き生きとした形で、再確認出来た。

（「日本経済新聞」二〇一三年六月二日朝刊）

# 北村薫の口福

## 『ぞろぞろ』と「はっかのお菓子」

先代の正蔵、林家彦六の高座姿は今も目に浮かぶ。口調そのものが懐かしい。忘れ難い名場面は幾つもある。『ぞろぞろ』の冒頭も、そのひとつだ。生で聴いたかどうか、はっきりしない。録音ならいろいろある。テイチクから出た『古典落語の巨匠たち』には、昭和五十年、鈴本演芸場の高座がおさめられている。そこから引く。

お稲荷《いなり》さまの前にある、流行らない茶店に客が来る。駄菓子をつまもうとする。

「白いお菓子は、はっかのお菓子かね。はっかのお菓子ってぇのは、こう三角になってるもんだがね。こいつは、六角だの八角だの色んな形だねえ」

「へえ、仕入れました時は三角でございました。ちっとも売れねえもんでございますから、店の掃除の度《たんび》にぶつかりあって、そんな格好になっちゃったんでございます」

「ふうん、はっかのお菓子も揉《も》まれたんだねえ。苦労の末だ」

こういう部分が、胸に飛び込んで来る。店先でわらじを売っている時代の話だ。はたしてそんな頃から、「はっかのお菓子」があったのかどうか、わたしには分からない。だが、理詰めの詮索《せんさく》は野暮だろう。彦六の抱く「昔」の世界には、確かにこれが存在するのだ。

こう聴くと、わたしの目にも、小さい頃に入った駄菓子屋の店先が浮かぶ。

「あったよなあ……」

正式名称など無論、分からない。「はっかのお菓子」としか、いいようがない。形は三角。白と紅の、二種類あったような気がする。それをポリポリとかじった。ほかに、カルメ焼きなども好んで食べた。今、考えれば両方とも、ほとんど砂糖の固まりだ。昔の子供にとっては、「あまい」が、そのまま「うまい」だったのだ――いや、大人でもひと袋五円の、色・香りつき砂糖水のような粉末インスタントジュースを普通に飲んでいた。

現代の食品は、上品になり衛生的になりおいしくなった。「はっかのお菓子」は、おそらく今もあるのだろう。しかし、駄菓子屋の店先で買うそれと、スーパーで買うそれとは、どこかが微妙に違う。

彦六落語のやり取りに、我々の世代が感じるのは江戸あるいは明治などという時代を越えて、どこかに行ってしまったもの――漠然とした懐かしさなのだ。


『クオレ』と「焼きりんご」


子供の頃、『クオレ物語』を読んだ。「母を訪ねて三千里」が入っている本――といった方が、今は通りがいいかも知れない。その中で一番印象深いのが、実は「焼きりんご」なのである。

わたしが読んだのは、講談社の『名作物語文庫』。一冊百円だった。今は手元にない。書籍リストを見ると、『クオレ物語』小野忠孝作となっている。「訳」ではないところが一九五〇年代だ。

図書館に行ったら、その上級編ともいうべき、一冊二百円の『世界名作全集　クオレ物語』

があった。池田宣政の訳。「父を思えば」という短篇が、お目当てのものだった。それにより、あら筋をたどってみる。

小学四年のギュリオの家は貧しかった。父は昼に働いた上、夜も宛名書きの仕事をしている。気も疲れ、目もかすむのではかどらない。ギュリオが代わろうといっても、うんとはいわない。ギュリオは父が寝付いた後、起き出し、父の字をまねて仕事をした。それから父は「近頃、はかどるよ」と上機嫌だ。

一方、ギュリオは寝不足になり、なまけ者と叱られるようになる。だが、真実の分かる時が来る。全てを知った父の目からは、涙が溢《あふ》れる。ギュリオは眠り、朝日の上がった部屋では、母親がギュリオの大好きな焼きりんごを焼き始めていた——という話だ。

こっそり親のためになることをして喜ばれる、というのは、わたし好みだ。しかし、子供に宛名書きをされ劇的に仕事量が増えたのを、自分がやったと思って喜んでいる大人——というのは、どうにもおかしい。子供心に《あまりにも不自然だ》と思った。それでも、この最後の「焼きりんご」が、何ともおいしそうだった。

うちに天火などなかったし、現実に焼きりんごが食べられたのは、ずっと後のことだ。だからこそ、子供の舌には、食べてはいないその味が強烈に残る。

わたしの読んだ『名作物語文庫』版は、同じ出版社の本だ。これをより簡略にしたものだったろう。

ところが——だ。今回、念のため、より広く読まれているであろう岩波少年文庫の前田晁訳『クオレ』を開いたら、何とわたしにとっては肝心の「焼きりんご」が出て来ない。全訳だという。池田訳がなかったら、自分の記憶を疑うところだ。

ひょっとしたらこの部分は、訳者の創作であり、あの「焼きりんご」は、池田宣政がギュリオ少年に与えたご褒美だったのかも知れない。とすれば、わたしもそのご褒美をもらったのである。

## 谷崎と「水」

わたしのうちで飲み物といえば、昔はお茶、麦茶、紅茶だった。そして、「水」を飲んだ。

小学校では、水道の蛇口から出るのを、そのまま口にした。鉄の味がした。当時は、水道水を、鉄管ビールといった。無論、子供のいい方ではない。大人の言葉を耳にしたのだ。日本は水の質がよいから飲める。外国では飲料水を金を出して買う——などと聞いて、そんなことがあるのかと思った。

うちに水道が入ったのは、小学生の時だった。それまでは井戸の水を飲んだ。何軒かで使う、共同井戸だった。我が家は父が衛生に気を配っていたので、沸かしざましでなければ飲んではいけなかった。ほかのうちがどうだったかは知らない。とにかく、飲料水を改めて買うような生活は、考えられなかった。

ところが、大学生になり、谷崎潤一郎の本を読んでいたら、ミネラルウオーターに慣れたら、水道の水など、まずくて飲めない——という一節に出会った。

学生が食べるのは、生協食堂にある鯖《さば》の味噌《みそ》煮定食ぐらいだ。谷崎の作中に出て来る料理など雲の向こうにある。だが、この時、

——水なら、買えるかも……。

と、思った。

町の酒屋に行ったら、ミネラルウオーターがあった。ガラス瓶に入っている。ただし、一本

では駄目。一ダースでしか売らない。それでも、手の出ない値段ではなかった。水を買うのは、生まれて初めてだった。

栓抜きで最初の一本を開け、コップに注いで味わってみたが、

——分からない……。

特別なものとは思えなかった。残りは納戸にしまった。

贅沢品《ぜいたく》だから、ごくごく飲んだりはしない。そのうちに時は流れ、気がついたら一年以上経っていた。こういうものがどれくらいで変質するのか分からなかったが、何だか気味が悪く、結局、捨ててしまった。あわれな話である。

今は町のスーパーやコンビニに、ペットボトルの水がいくらでも売られている。水道の水を飲む人も減ったのだろう。わたし自身、水道には濾過《ろか》器をつけている。それでお茶は飲むが、出る水を直接飲むことはなくなった。

さて、昔、わたしを酒屋に走らせた谷崎の本だが、『瘋癲《ふうてん》老人日記』と記憶していた。だが今、ぱらぱらページをめくってみても、それらしい箇所が見つからない。内容から考えると、いかにも谷崎である。

——はたして、あれは何だったのか。

と、首をひねっている。

漱石と「カステラ」

森茉莉のエッセー「卵料理」に、次のような一節がある。

夏目漱石氏の小説の中に、「卵糖」と書いて、カステイラとルビを振ってあったが、あまりおいしそうな当て字のため、カステラではなくて、何か別なお菓子のように、思われたことがあった。

なるほど明治四十一年発行の『虞美人草』（の復刻版）を見ると、博覧会の場面で「西洋菓子」として紅茶と一緒に出て来るのが、「チョコレートを塗った卵糖」である。ただし、ルビは「カステイラ」ではなく「カステラ」だ。

しかし、わたしにとって一番印象深い、漱石のカステラは『こころ』に出て来るものだ。大正三年発行（こちらも復刻版）の本を見てみよう。

語り手である「私」が、先生の家の茶の間で、奥さんと二人だけで話す。用心のため、留守番を頼まれたのだ。やがて、先生が帰って来る。奥さんは、紅茶と共に出した「西洋菓子」の残りを「私」に持たせる。これが――「チョコレーを塗った鳶《とび》色のカステラ」だ。「チョコレー」というのは、初版本がそうなっているのである。

こちらは「卵糖」ではない。森茉莉が見たら、がっかりしたろう。いや、「卵料理」のこのくだりに導かれた読者もまた、残念な思いをするのではないか。

漱石の当て字は有名で、同じ言葉がいろいろに書かれる。だが、『虞美人草』の時代は「卵糖」で、『こころ』になってしまえば「カステラ」というのも、それぞれにふさわしい気がする。

いずれにしても、「西洋菓子」といって、共にチョコレートを塗ったカステラが出て来るのだ。イメージの元は、ひとつだろう。近代文学中、漱石についての研究は、それこそ頭のてっぺんから足のつま先までなされている。このカステラについても、「あれは、どこどこのものだ」などと調べた人がいるのかも知れない。

わたしの町にはカステラ工場があり、カステラを裁断した端切れを安く売っていた。母が買って来て、食べさせてくれた。こういうものが、案外、おいしかったりする。

漱石の時代には、今では考えられないほどハイカラで、物語の中で、ひとつの象徴ともなり得たカステラ。わたしはそれを小さい頃から、普通に食べられたわけだ。工場の跡は、団地になってしまった。住む人々の多くは、昔、ここでカステラが焼かれていた――などとは知らないだろう。

かくして、時は流れて行く。


（『作家の口福』朝日文庫　二〇一六年九月刊）

# こころの玉手箱

## 戦前の婦人雑誌の別冊付録

丸谷才一先生とお話できたのは、ただ一度である。

ある会でのことだ。主催の方に連れて行かれ、ご挨拶した。先生は細い目を見開き、

「あなたが北村さん!?」

と、おっしゃった。頭を下げるだけで終わると思っていたから、びっくりした。先生は、

「——読んでるよ!」

と続け、さらに、

「——あなたは、もっと、おじいさんだと思ってた」

確かにわたしは、古いことをあれこれ書いている。しかしながら、四半世紀も前にお生まれになった丸谷先生に、そう思われていた——というのに、また驚いた。

そこでお話ししたのも、戦前のことだった。

「先生は、菊池寛の『第二の接吻《せっぷん》』と久米正雄の『破船』は、小学校高学年の頃、婦人雑誌の付録で読んだ——と、お書きになっていらっしゃいますね。私はその『別冊付録』を持っているんです」

今度は先生が驚かれた。

その筈だ。戦前のものでも、全集や単行本なら古書店で見かける。ところが雑誌の付録となると、まず残らない。本扱いされずに、簡単に捨てられてしまう。

わたしはこれを、学生時代、神保町で見つけた。古書店の前の平台に出ていた。六百ページを越えるのに、付録ということで安く《お買得》だった。婦人倶楽部（講談社）昭和十二年二月号につけられた『傑作長篇小説三人集』である。先生が書かれていた二作の他に、吉屋信子の『地の果てまで』も収められている。

確かに、丸谷先生が小学校高学年の頃に出たものだ。丸谷少年がこれを読んだのだ――と知ると、また格別の味が出て来る。

自分自身が子供の頃に読んだ本と、巡り合うことも無論ある。神保町ならともかく、その場所が意外なところだと、運命の出会い――という気になる。

軽井沢に行った時、たまたま見かけた古書店に入った。そこの棚に、集英社のおもしろ漫画文庫『ファーブル昆虫記』があった。子供の頃、繰り返し読んだ本だった。いつの間にか、どこかに消えていた。それと同じ一冊がわたしを待ち構えていた。背表紙の上部が少し欠けていたが、それにしても懐かしい。

このように、人から見れば何でもないものからも、時に、さまざまな思いを呼び起こされる。

## 叔母の童話創作ノート

わたしが小さい頃、町に子供の行ける図書館などなかった。今は日本中にある。昔の自分をそういうところに連れて行ってやりたい。どんなに喜ぶだろう。

本の少ない時代に育ったわたしが最も愛読した作家は誰か？　答えは――青山マスミである。

「誰、その人？」

といわれるだろう。わたしの叔母だ。童話を書いていた。結婚した相手が早く亡くなり、働いていた。荷物のいくつかをうちで預かっていた。

その中に、創作の下書きノートがあった。まず、こういう形で記し、出版社に送る際、原稿用紙に清書したのだろう。かなりの量だった。少なくとも二、三十冊はあったと思う。

これがとても面白く、繰り返し読んだ。『飛んだにわとり』『マテリエルの風船』……などと、題名を覚えている。

ところがある日、それが消えていた。母に、

「おばちゃんの童話、どうしたの？」

と聞くと、

「燃してくれといわれたから、燃したよ」

思うところがあったのだろう。しかし、愛読者としては残念でたまらなかった。

今、焼かれなかったノートが、ただ一冊だけ残っている。たまたま、別のところに置いてあったのだろう。見ると表記は、「してゐると」「思はれる」「やらう」などとなっている。子供だからかえって、何の抵抗もなく読んだ。

叔母の作品の載った単行本もあったが、どこかに行ってしまった。父が亡くなった時、遺品を整理していたら、昭和二十年代初めの童話雑誌『子どもの村』『こどもペン』などが十冊ほど出て来た。どれも、叔母の作品の掲載されたものだった。宝箱を開け、昔をのぞいたようで、何とも懐かしかった。

こうして、いくつかの童話とは再会出来た。しかし、子供心に「これぞ最高傑作」と思った

中篇、『地中国展望』は火の中に消えてしまった。生と死という重いテーマの作で、ぐいぐい引き込まれた。今にして思えば、夫の死という現実が反映されていたのだろう。

あれが残っていたら……と残念でならない。

## 子供の頃に使った食器

小学一年からの友だちが、うちの近くにいる。時折、一緒に散歩に出る。

うちが近かったから、小学校にも中学校にも、高校にも、肩を並べて向かった。行き来して遊んだ。怪獣映画や『サウンド・オブ・ミュージック』なども一緒に観に行った。

そういう二人が、今も共に歩けるのはありがたい。

川べりの道を歩きながら、思い出話をした。

「昔は、納豆なんか、朝、売りに来たんだからなあ」

早朝、「納豆ー、納豆ー」という売り声が聞こえてきたものだ。すると友は、「あれは便利だったなあ」

自分が買いに出たようなことをいった。三角の包みに入り、黄色いカラシが添えられていた。

朝は、味噌汁、納豆、焼き海苔《のり》、漬物などで食べた。

食卓で毎日、目にしていたのが食器だ。わたしはそれを、今もとってある。十何年ぶりぐらいに、出して来て見た。

ありふれた日用雑器である。鯛《たい》の模様の小皿には醤油《しょうゆ》が注がれた。竹や松の皿には、魚や卵がのった。子供の頃、確かにこれを使っていたのだ、見ていると、ちゃぶ台を囲んでの食事がよみがえって来る。

瀬戸物は割れる。これらの食器も使っているうち、減って来た。

――なくなったら……。

と、ふとさみしくなった。そこで、ひとつずつ取り分け、引きだしの中にしまった。それが今も残っているのだ。

こういう皿にのっていたのは、素朴な料理だ。昔は要求水準が低いから、ちょっとしたものでも満足する。小学生の時、今も散歩をする友だちのうちで、生まれて初めて味付け海苔を食べた。――たいへんな美味に思えた。

「おいしいねー、おいしいねー」

感嘆しつつパリパリ食べた。彼のうちには、貰《もら》い物で幾つもあるらしく、お母さんが、

「じゃあ、あげましょう」

と、ひと缶くれた。意気揚々と帰ったら、母が、

「みっともない」

と、顔をしかめた。

これを逆にいえば、今より昔の方が「おいしいもの」が多かった――ということにもなる。

先生に褒められたデザイン画

わたしは、保育園にも幼稚園にも行かなかった。昔は、それが普通だった。

小学校に上がるまでは、下駄《げた》を履いていた。今の子には信じられないだろう。しかし、下駄の方がはるかに楽だった。

小学生になって、ズック靴を買ってもらった。二十年ほど前、母親が押し入れの整理をして

いる時、出て来た。捨てられずに残っていたことと、その小ささに心を動かされる。

そんな靴を履いていた小学二年生の時、作品を入れておく紙袋が配られた。表紙には、自分たちでそれぞれ絵を描いた。半世紀以上経《た》ったが、その袋が残っている。

夏休みの絵日記やら何やら、さまざまなものが入っている。その中に、忘れられない一枚がある。船、波、魚、船、波……と続く連続模様の絵だ。

一年生の時、先生が、

「デザインしよう」

といって描かせた。正確な指示は分からない。とにかく、授業の趣旨はそうだった。

――それなら、紙の外にまで広がっていく模様にしよう。

そう思って、描いた。

次の時間だったろうか、皆の絵が掲示され、講評があった。デザインではなく、普通の絵を描いている子がほとんどだった。そこで、先生に――絶賛されてしまった。

前述の通り、わたしは幼稚園に行かなかった。人前でほめられたことがなかった。生まれて初めての経験だった。身の浮き上がるような幸福感に包まれた。

「これは、五年生ぐらいが描く絵だ」

という言葉を、今でもはっきり覚えている。子供にとって、先生は神様のようなものだ。神様に認められたのだ。教室が、何倍も明るく感じられた。

ほめられてうれしい――という意味であの時ほどの経験は、その後、ない。大人になって、どんな賞をもらってもない。そういう、特別な体験だった。

まだ心のやわらかな子供のうちに手放しでほめられるのは、一生の宝になる。

もし身近な子に、そう出来る機会があったら、逃さないでほしい、と思う。

一度なくしてしまった『鎌倉歴史絵語』

小学校の修学旅行は鎌倉に行った。

事前の注意で、

「まだ小学生なのだから、中学校の制服は着て来ないように」

といわれた。ところが当日の朝、集合してみると、わたし一人がジャンパー、他の子は全員、学生服を着ていた。集合写真にもそれで写っている。

写真を見た母親が、

「可哀想《かわいそう》に。女の子だったら泣いてしまったろう」

といった。

自分は正しい——という思いがあったから、少しも嫌ではなかった。約束を守って裏切られることなら、その前にも後にも何度もあった。一人だけ違うというのが、むしろ面白かった。

——制服が間に合わなかった子のために、あんなことをいうのだな。

と、先生の立場も理解出来た。

さて、鎌倉みやげに選んだのは、まず小さな大仏像。それから『鎌倉歴史絵語』という十六枚組のカードだった。こちらは、歴史上のエピソードが、表に絵、裏に言葉で語られる。

小学生では知らないことが多く、それだけに興味深かった。『青砥藤綱滑川に銭を拾わせる図』や『北条高時田楽の舞に耽《ふけ》るの図』『将軍頼家朝比奈義秀をして巨鮫《きょこう》を捕獲せしむるの図』など、印象に残るものが多かった。『巨鮫の図』は、鮫の頭を下から見たところが、異様な顔のようで気味が悪かった。

実朝、西行などが次々と登場する。彩色された小さな画面が、昔をからくり眼鏡でのぞくようで、妙に楽しかった。

父が、こういうことにくわしかったので、あれこれ説明してくれた。

要するに、みやげ――というより自分のために買って帰ったことになる。

実はこの『絵語』、時が経《た》つうちになくしてしまった。それをどうしてここに出せるのかというと、神保町で見つけた。神保町には古書があるだけではない。意外な形で、思い出も手に入る。

（「日本経済新聞」二〇一三年十二月十六日～二十日夕刊　五回連載）

# 書かずにはいられない——北村薫『書かずにはいられない　北村薫のエッセイ』

彼は死んでゐるのではないかといふ噂は打ち消されたり
死去のニュースに

中地俊夫の歌集『妻は温泉』中の一首である。この人の作には、微妙なユーモアと真実がある。《そうそう、そういうことあるなあ》と思ってしまう。

さて先日、聞いたところによるとシャープのワープロのメンテナンスが打ち切られたそうだ。

わたしは、ずっと「書院」を使っている。パソコンでは書けない——と、公言して来た。この文章も、その最終タイプで綴っている。そんなわけで、

「北村さん、ピンチですね」

と、いわれた。冗談ごとではない。これが使えなくなると困る。だが、実は打ち切りのニュースを聞いた時、反射的に浮かんだのは中地の、冒頭の歌だった。

つまり、

——何だ、まだメンテナンスやっていたのかっ！

と、思ったのである。

経年劣化で、プラスチックが弱ったのだろう。表示画面を支える根元の部分が割れてしまった一台がある。開閉する部分だ。開いていないと文章が作れないし、閉じないと印刷出来ない。

ワープロの機械そのものは《使える》のに、事実上使えないという口惜しい状態になってしまった。

ほかにも、こちらはあそこが駄目、こちらは別のところが壊れた——という組み合わせもある。

そうなった時点であきらめていた。だが数カ月前なら、まだ直してもらえたのかも知れない。わたしはひたすら、

——彼は死んでゐる。

と、思い込んでしまった。《電器店に持ち込んでも仕方がない》と考えてしまったのだ。直せば直ったのかも知れない。手を尽くさなかったことが悔やまれる。生き返ったのかも知れない。

——役に立ってくれたワープロ達にすまない……。

と、しみじみ思う。

取り返しのつかないことは、さまざまにある。ありがたいことに、わたしのうちにはまだ、ワープロが残っている。せめては、いくつかの、消える筈の思いを言葉にして残そう。

読み、かつ書くのが、わたしの日常だ。

今日、開いたのは、ぺりかん社から出ている『山東京傳全集』の第一巻。小学生の頃に読んだ『江戸生艶気樺焼《ゑどむまれうはきのかばやき》』なども入っていて懐かしい。中に『手前勝手　御存商売物《ごぞんじのしやうばいもの》』というのがある。天明二年というから、今から二百三十年も前の作だ。流行遅れになりそうな本達が、売れている本達の足を引っ張ろう——と、あれこれ画策する。そういうと不思議だが、要するに《本》という存在が擬人化され、戦うわけだ。ワープロがパソコンに一矢報いようとする——ようなものだ。物語だけでなく、数学書の『塵劫記《じんこうき》』や、案内書の『吉原細見』なども出

て来る。

　地球のはるか遠くの地で、『ガリバー旅行記』でおなじみのジョナサン・スウィフトが、図書館の本達による『書物戦争』を書いたのは、それよりさらに前のことだ。奇才は東西に分かれ時を隔てても、似たアイデアを得る。

　京伝の作中では、争いの仲裁に『唐詩選』と『源氏物語』が乗り出す。双方をさとした後、日本の古典はいう。

「必ず、叱る源氏だと思うまいぞ」

　いやあ、やっぱり京伝の本だ――と嬉しくなってしまう。

　山東京伝とわたしが、その瞬間、確かに手を繋ぐ。しかし、書かなければこんな思いも一瞬に過ぎ去ってしまう。だから、《書く》というのは有効な手段だ。

　それをしなければ、わたし《は死んでゐるのではないか》と思うに違いない。


（「波」二〇一四年四月号）

# アンソロジストの楽しみ

夏葉社は、小さいが愛情を持って本を作る出版社のひとつだ。八十四人が原稿を寄せた『冬の本』――という一冊を出している。開くとまず、青山南先生がJ・フィニーについて語っている。わたしは、長谷川修の『舞踏会の手帖』のことを書いた。編集の方が早速、電話をくれた。《この作を、アンソロジーに……》と、食指が動いたようだ。

「いや、これは、わたしも入れたいんです」

牽制である。こういうやり取りをするのも、アンソロジストたちの楽しみのひとつだ。

以前、石川桂郎の作品を文庫で読める形にした時、あちらこちらで感謝の言葉をいただいた。お古い話では、三十年ほど前、『日本探偵小説全集』に、坂口安吾の『アンゴウ』を採った。その時、何でも読んでいる都筑道夫先生が《こんな名作があったのか》と驚かれた。これは自慢である。当時は、読まれぬ作品であった。探偵小説めいた構成だが、半藤一利によれば『捕物帖』を書評で《余技》と書いた雑誌を《廊下に叩きつけ踏みにじり、庭に蹴落して、吠えるように叫んだ。「オレはいつだって真剣だ。オレの仕事に余技なんてものはないんだ」》という安吾ならではの作だ。この時も、多くの感謝の声を聞いた。

で、『アンゴウ』を採れたのも、さらに昔の昭和四十六年、わたしが早稲田にいたからだ。当時、『坂口安吾作品集』（角川文庫）が次々と刊行されていた。今は神奈川で書店を経営している我々の仲間、安藤氏がその新しい一冊『ジロリの女』を読もうとしていた。すると、後輩の坂井嬢がいった。

「あ、それだと『アンゴウ』が傑作ですよ」

一読した安藤氏が驚嘆。すぐに走って、わたしに伝えに来た――というわけだ。

要するに当時、わたしの周りの早稲田の文系学生は、服を買うより旅行するより、金があればとにかくまず本を買って読んでいた。

さて、幸田文に始まり長谷川修で終わるアンソロジーはちくま文庫の二冊本（▼『読まずにいられぬ名短篇』『教えたくなる名短篇』）。五月、六月に出る。自作ではないから遠慮なく書ける。


（「早稲田学報」二〇一四年四月号）

# 走者を生む本

名著です。

――と、まず結論を書いておいて、さて食べ物の話。『長い長いお医者さんの話』の「ソリマンのお姫さま」について、《この話はそのストーリーではなく、おいしそうなチーズつきのパンがでてきた、で聞かれることが多いです》、また『小公女』のところに《子どもの心に残るものは食べるものが多かったんです。特に外国の話には当時の日本にはない、珍しいものが多かったので憧れも強かったのでしょう》と書かれています。まさにその通り。

赤木さんが、この本にもあげられている作に『クオレ』の「フィレンツェの少年筆耕」という短いお話があります。わたしは去年の夏、この短編のことを新聞に書きました。内容もさることながら、わたしの読んだ小野忠孝作（訳ではない！）とその元になったと思われる池田宣政訳では、最後の場面で、疲れて眠っている少年のために、お母さんが作ってくれた焼きリンゴの香りが流れるのです。そこが一番、印象的でした。しかし、原作にはそれが――ないようです。まことに残念。池田宣政は見事に子供の心をつかんでいたと思います。

訳書は原典そのものではありません。特に昔の翻訳は、ひとつの作品として魅力的な世界を創造していることがあります。《焼きリンゴ》を、日本の子供のため、勝手に焼くのは問題だ――と怒る方がいるかも知れません。現代の目から見れば、まあそうでしょう。それはそれとして、物語を構築するのは言葉なのですから、『十五少年漂流記』について、赤木さんが大人のために注記してくれた《一八九六年の森田思軒の明治の初訳を見てみてください。これがまあ、素晴らしい名訳なんです。朗々たる文体の……》などという部分は、非常にそそります。わたしが中学生で、ここを読んだら、必ず森田訳を探しますね。

しかし、赤木さんの目は古典の方を向いている――わけではないのです。ここが肝心。いいものは昔のものでもいい、ということです。タイトルの《今こそ読みたい》の《今こそ》はだてじゃない。その一点に立って、次々と本当のことをいっています。

これはガイドブックです。例えば、案内書を一冊持って旅に出たとします。行った先の路線が変わっていたりお店や道路がなかったりしたら怒るでしょう。情報をコピーして作ったり、抱いている過去の記憶（それが大事なものでも）を頼りに書いたら、使えるガイドにはなりません。当たり前じゃないか――といわれるかも知れません。しかし、それは揺るがぬ自分を持った人にしか出来ません。赤木さんは、実際に歩き、歩き続けている人で、その《今》の目で書いています。

だから、赤木さんは《「ツバメ号とアマゾン号」から始まる十二冊の〃アーサー・ランサム全集〃は私が一番愛している子どもの本です》といいながら、それに対し《今となっては積極的におすすめはできません》と付け加えることが出来るのです。《一番愛している》のに、ですよ。これは実は、非常に難しいことだと思います。

一方で、『リンバロストの乙女』はなぜ《いまだに現役！》なのかも納得出来るし、《たいていの人はちゃんと読んでない「指輪物語」》の実践的読み方を読み、「なるほどなあ」と思います。さらに、このガイドブックは、かなりの本好きも気づかなかった道の先に、豊かな野や湖、時には暗い沼を見せてくれます。そこが素晴らしい。

そのやり方も、例えばキャロル＝ジェイムズの《今まで私が読んだなかでも、一、二を争う高潔なラブロマンス》『マツの木の王子』を語る時、猿之助と玉三郎の「ぢいさんばあさん」が出て来たりします。よいものは確かによい、面白いものは確かに面白い、というのが赤木さんなのです。経験により育まれた赤木かん子という存在がそれを語っているのです。この『マツの木の王子』を、最初の刊行から三十年以上経っているのに《フェリシモ出版に復刊していただきました》というさりげない最後の言葉に、赤木さんの本への愛、そして本というものの命を感じます。

わたしはこのガイドを夜読み、次の日の午前中には児童図書館に走っていました。おそらく日本中に、わたしのような走者を生むでしょう。そういう本です。

ちくまプリマー新書『今こそ読みたい児童文学100』赤木かん子著

（「ちくま」二〇一四年六月号）

# 遠い日の「かき氷」

マルセル・プルーストの『失われた時を求めて』では、紅茶に浸したマドレーヌがかつての記憶を呼び起こす。そのように、甘味が思い出の扉を開く鍵になることも珍しくないのではないか。

夏とほし光悦茶屋の氷水《かきごほり》くづし残して発ち来しことも
苑翠子《そのみどりこ》の作である。京都の、遠い夏の輝きが、ここにある。蟬の声さえ聞こえてくるようだ。

わたしは以前、この歌のことをある雑誌に書いた。しかし鷹峯《たかがみね》にある光悦茶家では、もう「かき氷」はやっていないという。残念だった。京都の人に聞いてみたら、「細かくて、ふわふわの氷が、本当においしかった」という。唇にふと、それを感じる。

今回、調べていただいたら、——お客様の来訪が紅葉の時に片寄るようになった。少ないお客様のため、氷を長く冷凍庫で保管すると硬くなってしまう。昔のような舌触りのものがお出し出来ない。そこで残念ながら、やめることになった——そうだ。

宇治金時や宇治練乳などでは、本物の抹茶を溶き、シロップに混ぜて使っていたというのだから、ぜひ一度、口に運んでみたかった。

光悦茶家では今も、おいしい生そばや甘味が食べられる。だが「かき氷」は人々の記憶の中に眠っている。失われたふわふわの氷を思い浮かべるのもまた、夏の京都の、味わいのひとつではなかろうか。

（「なごみ」二〇一四年七月号）

# 唯一無二のエラリー・クイーン

江戸川乱歩は、作家として名をなす前、当時有名だった岩井三郎探偵事務所を訪ねた。推理力があるから雇ってくれないか――というわけである。現実の探偵は、推理などしてはいけない。調査した、確実な事実だけを示すものだ。根本的に間違っている。無論、採用されなかった。後年、岩井との対談で乱歩は、昔《弟子入りに行った》と話したそうだ。リップサービスだろう。むしろ、我こそ名探偵――と思ったのではないか。

というわけで乱歩は結局、岩井に《弟子入り》もせず、岩井事務所に勤務もしていない。うつし世は夢、夜の夢こそまこと――といった乱歩だ。現世の探偵業につかなくて、本当によかった。

さて、本誌の特集で扱うのは探偵小説中の名探偵――ということである。現実の名探偵の神業なら、様々な評論、随筆で、時にお目にかかる。鮮やかな作品解釈を読む時、まさに人間の頭の働きの偉大さにうたれる。文芸の解釈で大事なのは、真実をとらえたかどうかだ。凡庸な事実など三文の価値もない。そういう意味で、頭の働きがひとつの美しい、揺るがぬ結論を示す《かのよう》なときめきを感じさせてくれた作家であり探偵が、エラリー・クイーンだった。

出会いは小学生の頃だった。世評高いのは『Yの悲劇』だったが、むしろ『国名シリーズ』の持つ、論理こそ力――という《形》に興奮した。それは、図書館でエドガー・アラン・ポーの『黄金虫』を読んだ時の、わくわく感に繋がるものだった。

大事なのは《かのよう》ということであり、その姿勢だ。本当に《使える》論理かどうかは、いうまでもなく二の次三の次でしかない。小説は、科学の論文でも捜査の調書でもない。事実より真実に迫るものだ。仮にそれが、《いわゆる小説》とは全く違う方向を目指していても、時により紛れもなく《小説》になってしまう。そうなるところに、小説というジャンルの懐の深さがある。

中学生になり、クイーンの後期の作『緋文字』を読んだ。あまりに違う世界作りに驚き、本当に同じ作者かと、名前を見返した。

以後もクイーンを読み続けた。すると、初期クイーンの持つ力とは別に、変貌する姿そのものも、もうひとつの大きな魅力となって輝きだした。

本格ミステリという、《型》の小説が抱える行き詰まりそのものを作品にする凄さ。《小説》に擦り寄ることで事態を打開しようとしない潔さに、（お古い言葉でいえば）しびれた。

作家クイーンと探偵エラリー・クイーンは一体である。そして、ミステリ界の一段違うところに立つ、至高の存在なのだ。

好きな海外探偵小説

E・クイーン『シャム双子の謎』（創元推理文庫）／J・D・カー『三つの棺』（ハヤカワ・ミステリ文庫）／C・ブランド『ジェゼベルの死』（ハヤカワ・ミステリ文庫）

（「てんとう虫」二〇一四年十一月号）

# 醤油味でも甘い煎餅

人間ドックに行った。

ご承知の通り、直前に飲んだり食べたりは禁止。一時半受付で、その朝の七時までならいい。ただし、朝食は消化のいいものにしてくれという。六時頃、軽く食べた。七時を回ると、後は「飴《あめ》もなめるな」とのこと。小食だから平気だ——と、たかをくくっていたが、だんだん、お腹《なか》が心細くなってきた。

そんな空《す》き腹で、埼玉から東京まで行かねばならない。電車の中で思い出したのが、泉鏡花《いずみきようか》の短篇、「売色鴨《かも》南蛮」である。

明治の世の医学博士といえば、一般の読者からすれば雲の上の存在。留学から帰り、学問と手腕で知られる博士、秦宗吉《はたそうきち》がまだ将来のあてもなかった若き日——十七の頃の話である。同じくその日暮らしをしていた長屋の連中の世話になり、小僧扱いされていた。晴れ上がったある日、朝から食べるものがなく、《げつそりと落込むやう》だった宗吉。お茶うけを買って来いといわれる。それが《明神の石坂、開化楼裏の、あの切立《きつたて》の段を下りた宮本町の横小路に、相馬煎餅《そうませんべい》——塩煎餅の、焼方の、醤油《したじ》の斑《ふ》に何となく轡《くつわ》の形の浮出して見える名物》だった。

東北福島の相馬市にも《相馬煎餅》というのはあるようだが、作中のそれは明治の東京の醤《しよう》油《ゆ》煎餅。食べ盛りの宗吉が、ひもじさの限界で、焼き立ての煎餅を抱え、戻るのである。

さて、私の生まれ育ったのは、埼玉県東部だ。日光《にっこう》街道沿いの街々には、草加《そうか》煎餅で名高い草加を始めとして煎餅の店が何軒もある。しかし、煎餅の焼き立てを食べた人はあまりいないと思う。普通のものとは全く違う。まだ温かく、堅くなる前のうまさといったらない。わたしも一回しか口に入れたことがない。別格の味だった。

そういう煎餅の《香《こう》しさがコンガリと鼻を突いて、袋を持った手がガチ〳〵と震ふ》。宗吉は坂の途中で、かなり量のある中から、つい二枚を抜いて食べてしまう。花札をやっている連中のところに戻ると、皆、にやにやしている。窓から下の坂が見える。盗み食いするのを見られていたのだ。宗吉は真っ青になる。連中はいっそう激しく、転げ回って笑う。

――死のう。

恥にうちのめされ、半日を泣きくらした宗吉は、剃刀《かみそり》を取り、夜の社殿に向かう。あわやというところで止めてくれたのが、年上の美しいお千《せん》さんだった。煎餅を買ってくれ、《「弱虫だね」大通へ抜ける暗がりで、甘く、且《か》つ香《かんば》しく、皓歯《しらは》でこなしたのを、口移し。……》。

読んだのは学生の頃だ。思いがけないところで、物語がよみがえる。

人間ドックを終えたのが、ちょうど三時。遅い昼食にしたいところだったが、間近にあったのがカフェ。とりあえず、おやつタイムのミルクティーを飲み、煎餅ではなく、スコーンを食べた。

（「野性時代」二〇一五年四月号）

# 懐かしのメロディ

ホームセンターには洗剤など、日常の必要品を買いに行く。そのついでに覗くところもある。CDやDVDが置いてあるコーナーだ。時により、昔の映画が出ていたりもする。思いがけない掘り出し物に出会うことがあるから、油断ならない。

昨年末には、『CD・三枚組　名演奏家集』というのを九百八十円で売っていた。ヴァイオリン編には、ヤッシャ・ハイフェッツ、アドルフ・ブッシュ、そしてユージン・イザイが入っている。その中の、《イザイ》という名前にひかれた。どこかで耳にしたことがあり、しかし演奏を知らない人だ。買って帰って聴いたら、これが面白い。ブラームスの『ハンガリー舞曲第五番』から始まるのだが、全く現代的ではない。音楽のことをあれこれいう感性も知識もないわたしだが、遠い昔にどこかで鳴っていたような響きだと思った。武士道華やかなりし頃の武勇伝でも耳にするようで、その距離感がたまらない。

三種類売っていたので、次に行った時、ピアノ編を買った。それだけでも心を責め立てるのは、

――物を増やしてしまった。

という思いである。

東京に出ると、たいてい本やCDを買って来てしまう。うちが、どんどん狭くなる。今回の『名演奏家集』に値段の問題はない。だが、――三枚もある。罪悪感があるから、わざと最後

のひと組は残して来た。アルベルト・シュヴァイツァー博士のオルガン演奏などが入っているものだ。バッハのオルガン曲集だが、《買い控えよ》という声が、天から響いたのだ。

今から四十何年か前、東京創元社の編集者をしていた頃の戸川安宣氏（後に社長）のお宅にお邪魔し、ステレオを聴かせていただいたことがある。大音量でかけられたグリーグのピアノ協奏曲などが、胸に残った。

レコードコレクションも見せていただいた。その中に、シュヴァイツァー博士のバッハがあった。いわゆるオルガニストのものではない。

戸川さんが、

――一流の人物が弾くわけで、精神性が聴きどころだけれど、やはり技術的には……。

とおっしゃった……ような気がする。その記憶が、手を止めさせたのだ。

電話をして、お話をうかがった。

「ああ。あれは、中央公論社から出ていた、あらえびすの推薦レコードのシリーズでしたね」

あらえびすとは、銭形平次の生みの親、野村胡堂。戦前を代表するレコード評論家の一人だ。

「地味だが、これこそが本当のバッハだという……。しかし、もう寄付してしまいました。僕も持っていませんよ」

そう聞くと、たちまち欲しくなる。電話を切ってすぐ、ホームセンターに向かったのは、いうまでもない。


（「暮しの手帖」二〇一五年四-五月号）

# 表現する人

又吉直樹という人に注目したのは、たまたまテレビで『仕事ハッケン伝』という番組を観てからです。又吉さんが、コンビニ業界の広告販促企画部というところで働く――という内容でした。芸人でもない、もうひとつの人生、あり得たかも知れない時を生きるわけです。

まず又吉さんに与えられた課題は、パスタの新商品（二種類ある）のコピーを考えること。

又吉さんは苦しんだ末、ターゲットを三、四十代の女性と定め、このようなコピーを生み出しました。


末っ娘が生まれました。

かわいがってください。

双子です。


会議の席では、女性社員がどよめき、上司が三百点といいました。

自分のうちに浮かんだ、漠然としてはいるが確かにあるもの。それを言語化する過程のスリリングであることに、魅かれました。他の多くは消してしまっても、この番組の録画は今も残してあります。

その後、又吉さんが本と共に生きて来た人であることを知り、短い創作も幾つか読みました。

そこで、今回の『火花』です。わたしは、雑誌で読みました。今は単行本を手にしていますが、二人の主人公は、最初に「スパークスの徳永です」「あほんだらの神谷です」と名乗りあいます。

作者の胸の内にあることが、言葉として一行一行、形をなしていく過程をみつめる思いでした。又吉さんのライブの場にいるように、読み終えました。最後は小説ならではのものです。小説というステージに立てば、見事にこうなる。さまざまな場で、さまざまな形で必然の表現をするのが又吉さんだと改めて思いました。

全身小説家という言葉がありますが、又吉さんは違う。芸人であること、小説を書くこと、そしてコンビニのコピーを書くことも、又吉直樹という《表現する、せずにはいられない存在》の一部です。生き方を変えることはない。それが又吉さんらしいことでしょう。逆説的ですが、全身小説家にならず全身表現者であり続けることは、自己を通す、まさに小説家的生き方です。

この「ダ・ヴィンチ」が出る直前に、雑誌「すばる」に連載されていた『芸人と俳人』（集英社）が刊行されます。誰に頼まれたわけでもないけれど、書き添えます。楽しみにしていたものが一冊にまとまるのは嬉しい。

お読みになれば、又吉さんが、全身表現者であることが、よく見えて来ると思います。

（「ダ・ヴィンチ」二〇一五年七月号）

# 秋の夜長のミステリ小説のすすめ

ある日、外出先から戻ると妻がいない。「お星さまひとつ　ぷちんともいで〜」と意味不明なフレーズが書かれた紙が床一面に散らばっている。何があったのか？　主人公は、帰宅した妻に尋ねます。「あの、この紙、どうしたの？」。これは、歌人の穂村弘さんのエッセイ集『にょにょにょっ記』に収録されている掌篇のあらすじ。妻の口から語られる脱力系の答えはぜひ本書で。

名探偵が次々と人々が頭を抱える犯罪の謎を解いていく——。それが狭義のミステリ小説だとすれば、曖昧模糊《もこ》とした謎の前に主人公が立ち尽くすような作品も、広義のミステリ小説だと私は考えます。ミステリ小説とは、謎を解明する物語。謎とはつまり隠されたもの。それをdis-cover（カバーを外す）して、知的快感を得るのは、人間の根源的な欲求だと思うのです。なので、私にとっては、穂村さんのエッセイも珠玉のミステリといえます。

他にもいくつかミステリ入門といえる短篇をご紹介しましょう。

数年前まで早稲田大学で教壇に立っていた宮沢章夫さんの『考えない人』の一編に、ひょんなことからヤクルト・広島戦の消化試合のチケットを手に入れたOLのエピソードが出てきます。何の気なしにそれをヤフーオークションに出品してみると、八百円でスタートした価格が瞬く間に四万円以上に。いったい何が起こったのか？　そこには、野球好きなら思わず納得してしまう答えが軽妙に描かれています。

　また、私が大好きな短篇の一つに阿川弘之さんの『鮨』があります。出張帰りの体験談で、帰京すると会食の席が待っている。しかし、小腹がすいた阿川さんは出張先でもらった折り詰めの海苔《のり》巻きを一つ、上野行きの列車の中でつまんでしまいます。こうなると、残りを人にあげることもできないし、捨てるのもはばかられる。さあどうしたものか。上野公園のホームレスの人に差し上げたらどうか、いやそれは不遜なのでは…と妄想は膨らむばかり。ハラハラする読者を道連れにしたまま、物語は思いも寄らない着地をします。

　謎解きのスリルは、決して特別なものではなく、日常生活のいたるところで探せるのです。私の近著『太宰治の辞書』では、主人公の女性編集者が本の謎を追い求める旅に出ます。執筆の着想を得たのは、太宰治の代表作の一つ『女生徒』に出てくる辞書でした。

――ロココという言葉を、こないだ辞典でしらべてみたら、華麗のみにて内容空疎の装飾様式、と定義されていたので――　（太宰治『女生徒』より引用）

　これを見て、ずいぶんと斜に構えた解説をするな……と不思議に思った女性編集者は、太宰が愛用していた辞書を突き止め「ロココ」の項をこの目で確かめるために、国会図書館に当たり、最終的に群馬県の図書館まで出向きます。その一部始終を、「小説」として書きました。私にとって、それが表現の必然でした。評論やエッセイにはならないこと、それでは書けないことを書いたわけです。一方、評論も人が気付かない謎との向き合い方を教えてくれる。謎が解け心が動くという点では、優れた評論もミステリになり得るのです。人は年齢を重ね、経験を積むことで視野が広がりますが、本を味方に付ければ、読書を通じて他人の頭の中を覗き見ることができる。つまり、作家の目を借りて、違った角度から物を見る経験を積むことができるというわけです。

（「早稲田ウィークリー」１３８３号　二〇一五年十一月二十三日）

# 百万塔の誘惑

半世紀ほど前のこと――といえば大袈裟だが、高校教師だった父が、名著復刻全集のパンフレットを持って帰って来た。文学史の教科書で見たあの本この本が、発刊当時の形で復刻されるという。夢のようだった。

「働くようになったら返すから、買ってくれない？」

といったが、願いはかなわなかった。

就職した時、まずそれを飛びつくようにして買った。『月に吠える』や『測量船』を開き、詩の表現が文字の配置、ページの展開とかかわり、文庫本や全集本とは違った姿を見せることを知った。

今回、早稲田で出版について、話す機会をいただいた。文章を通してでなく、実際に学生と接するなら、出来る限り「本」そのものに触ってもらおうと思った。復刻本は、そのための教材として最適だ。時には学生数が百を越えることもある。回覧するには、同じ本が何冊も欲しい。古書店巡りの間に、教材になりそうな復刻本を探しては、四冊、五冊と揃えていくのは楽しい作業だった。

古典の復刻も行われている。近年、伝藤原公任筆という『古今和歌集』が一億五千万円で売りに出され、話題になった。別世界のことのようだが、公任のものはさておき、こういった歴史上の「本」や「巻物」にも、復刻の形でなら触れられる。

先日は、日本出版史上屈指の「美しい本」として知られる『光悦うたひ本』を、学生たちに手にしてもらった。自分一人で見ているのとは違った喜びがあった。「本が何かを伝えるものである」という思いを、わたしも味わうことが出来た。授業をする時には、必ず教師もまた何かを教わるものだ。

先日の、神田古本まつりの会場では、百万塔の復刻品を見た。製作年代の明らかな世界最古の印刷物——といわれる陀羅尼経を中に納めた小塔。学生には映像で見せた。

——これを回覧し、皆の掌の上に乗せてもらったらどうか。

と、わくわくした。値段は三万。個人では買う気にならない。しかし、資料なら経費で落とせる。有意義ではある。だが、ただ一度の回覧に、それだけのお金を出してもらうのもどうか……と迷った。

古本まつりには二度行った。その度に手に取ったが、結局、買わずに帰った。両日とも、秋晴れの好天だった。

(「WB　早稲田文学倶楽部Web会員特別版」第3号　二〇一五年十二月二十五日)

# あすへの話題

## 春原さん

テレビを見ていたら、明治の初めの号外というのが出て来た。西南戦争の終結を告げるものだ。「――西郷桐野村田戦死して平定春（中略）委《くわ》しくハ明日の本紙へ出しま春　明治十年九月廿《にじゅう》四日」

ここに便宜上「春」と書いたところが原文では、くずした変体仮名になっている。「春」の読みは「す」。「多」の「た」などと並んで、昔の印刷物にはよく出て来る。だから、はるか昔、「春原さん」と書いて「すのはらさん」と読む例を見た時、すんなり頭に入った。実生活で、その名の人に会った時、

「すのはらさん……ですね」

といい、

「そうです、そうです。なかなか、読んでもらえないんですよ」

と答えられ、ちょっと鼻が高くなった。おかげで、「人名で春原と書いた場合、読みは、すのはら」と刷り込まれてしまった。

時は流れ、この春、『うた合わせ　北村薫の百人一首』という本を出した。いろいろな歌集

を紹介している。東直子さんの『春原さんのリコーダー』（本阿弥書店）もそうだ。

——読みにくいかな？

と思って、わたしは何の迷いもなく、「すのはら」とルビを振ってしまった。ところが、これが、「はるはら」だった。まことに申し訳ないことをしてしまった。お詫《わ》びのしようもない。

古くは東海林太郎がいて、今は東海林さだおがいる。多くの人は、東海林を「しょうじ」と読んで、ほとんど疑いを持たないだろう。しかし、「とうかいりんさん」という方もいらっしゃる。読みは難しい。心しなければと、反省している。

〈２０１６・７・１〉

## 木の名前

『ドナルド・キーン著作集　第四巻』（新潮社）二百十一ページに、三島由紀夫を語った、こんな一節がある。

一緒に奈良に行った時、《自然をあれほど美しく書いた三島さんが、木や花や動物の名前をほとんど知らないことを発見して私は驚いた。神社の裏山で三島さんは年寄りの庭師に「何の木か」と尋ねた。男は驚いて「マツ」と答えたが、松の種類を問われたのだろうと思ったか「雌マツと呼んでいます」と言い直した。（中略）その晩にカエルのなき声が聞えると、三島さんは私に「あれは何」と聞いた。その後間もなく犬がほえたので「あれは犬ですよ」と私が言うと、三島さんは「それくらいは知っていますよ」と言って大笑いした。》

実は、この文章を初めて読んだのは、今から四十年以上前、『悼友紀行　三島由紀夫の作品風土』徳岡孝夫／ドナルド・キーン（中央公論社）を開いた時だ。その本でも、特に記憶に残る箇所だった。

さて、近頃、ウォーキングをしている。緑濃く、一部分だけ切り取ると山道かと思えるような素敵なコースを見つけた。そこに、白い花を豊かに咲かせる木があり、心に残った。何という木かな、と思っていたところ、書店でたまたま『ひと目で見分ける340種　日本の樹木ポケット図鑑』増村征夫（新潮文庫）を見つけた。花の色から調べられる。これはいい。

――アオダモかな……。

と見当をつけ、本を手にコースに向かったが残念、もう花時は終わっていた。それはまた来年の楽しみが出来たということでもある。これからの夏や秋、木々の季節の色から、その名を知ろうとも思う。


〈2016・7・8〉

## 模範解答

吉行理恵の『記憶のなかに』（講談社）を読んだのは、もう四十年以上前になる。だが、次のところは、今も鮮やかに覚えている。小学校でのことだ。


先生が質問します。

「上品な色とは　どんな色ですか」

「灰色です」

私は答えます。

「へえ　灰色が上品な色ですかね　鼠《ねずみ》のからだの色ですよ」

と先生は巾の広い肩をすぼめます。すると、教室が笑いの箱に変わってしまいます。――ここから逃げだしてしまいたい、とおもいながら、私は唇を噛《か》んで、俯《うつむ》いています。

これは、吉行淳之介、和子の妹であり、後に芥川賞を受ける理恵の心に残る、忘れることの出来ない何本かのとげのひとつだ。

灰色を上品と思うのは、頷ける。この文章には、一方の先生の心の動きは書かれていない。しかし、推測することは出来る。おそらく、先生の頭の中には、

上品な色＝紫

という、模範解答があったのではないか。

「別解こそ授業の宝だ」という先生は何人もいる。その通りなのだが、全ての教員にそれを求めることは難しい。そしてまた、授業時間も限られている。模範解答が頭にある時、先生はどうしても「急いで」しまうのだ。

一足す一は二——という場合もあるが、そうでない時もある。今、世の中全体が、「せっかち」になっている。そのことの怖さを思う。

〈２０１６・７・15〉

## びっくり、ピー

戸板康二は『思い出す顔』（講談社）の中で安藤鶴夫について語り、こう書いている。

どこの家にも、その家庭の中だけで通じる表現はあるが、安藤家には、「方言」がかなりあったようだ。散歩にゆこうを、「ちるほ」といったので、のちに故人を追福する冊子の表題が「ちるほ」になった。

うちの父は、何時に外出する、というのを「何時家出《いえで》」といった。おかげで、わたしもそういうことがある。

また我が家では、猫の爪とぎを「バリボリー」といっていた。

「今日は、バリボリー買って来なくちゃ」

などと使った。なかなか感じが出ていると思う。

テレビのリモコンは「棒」だ。棒状であることに異論はないだろう。しかし、うちの中では、

「棒、取って」

で通じるが、外ではそうはいかない。

驚いた時に使うのが「びっくり、ピー」である。小鳥が転げたイメージから来ていたと思う。ところが、NHKの、前の朝ドラで繰り返し「びっくり、ポン」といっていた。流行《はや》らせようという、あちらの意図を感じつつ、素直なものだから、つい、そう口走るようになった。そしてある時、ふと気が付いたら我が家の方言の方が、すらりと出て来ない。

「びっくり、……」

と、考えてしまった。これは、さみしい。

幸い、放送の終了と共に、言語生活は元に戻った。おそるべし朝ドラ、そしてまた、方言は大切にしなくちゃあね、とも思った。


〈2016・7・22〉

## 乱歩の論理

江戸川乱歩没後五十年という節目の年が過ぎ、集英社文庫では、全十二巻の『明智小五郎事件簿』シリーズが始まっている。しばらく前には、NHKテレビで短篇の映像化もあり、特に

「屋根裏の散歩者」は、乱歩ファンが二人そろうと、お天気の挨拶をするように話し出すほどの出来栄えだった。

五十年を経てなお、こうして現役であり続けているのは驚くべきことだ。

立教大学江戸川乱歩記念大衆文化研究センターの『センター通信　第10号』に、戸川安宣氏が、乱歩夫人の隆子《りゅうこ》さんから聞いた思い出話を書いている。あまりに面白いので、引かせていただく。

締切の朝、編集者が来ても、乱歩は書斎から出て来ない。
○○社の△△さんがいらしてますよ、と取り次ぐと、まだできていないから帰ってもらえ、という。しかたなくそう伝えて、ひとまず引き取ってもらうのだが、次の日もとなると、いやですよ、ご自分で出て、そうおっしゃってください、と言うと、それならおまえが書いてみろ、とこうなんでございますよ。
夫婦なのだから役割分担をするのは当然である。お前は応対、俺は執筆。俺に応対しろというなら選手交替だ。となれば、書くのはお前になる。——こういう論理だろう。

つじつまが合っているようで、しかし、どこかおかしい。理屈というより、駄々っ子の屁理《へり》屈《くつ》だ。腹にすえかねた隆子夫人が、それじゃあ——といって書き始め、名作が生まれたら、それも愉快なのだが。

〈2016・7・29〉

## 四十にして惑はず

江戸川乱歩の少年探偵物に、『怪奇四十面相』がある。かの怪人二十面相が、レベルアップしたぞと誇らしげに自称する名が、それだ。子供の頃から《よんじゅうめんそう》と読んで来た。しかし、ある時、《しじゅうめんそう》となっている文章に出会って、驚いた。原典の《四十》には、ルビがない。友達に電話したところ、

「《よんじゅうめんそう》でしょう」

と、皆が答えた。

その結果に力を得、この分野の権威、戸川安宣氏に聞いてみた。すると、

「その後の作、『塔上の奇術師』の中で、当人が名乗ってます。《ぼくはね、カイジン、シジュウメンソウです》と」

降参するしかなかった。

後日、戸板康二の『折口信夫《おりくちしのぶ》坐談』中に、ヨンジュウというのは俗な読み方で、《学問をするものは、そういう読み方をしてはいけない》という言葉があるのを見つけた。折口先生の言葉は重い。なるほど、そういわれてみれば、『論語』の《四十にして惑はず》も、読みは《しじゅう》だ。

そんなことを考えていて、ふと気が付いた。題名に《四十》のつく乱歩の著作なら、他にもある。回想録『探偵小説四十年』だ。決定版ともいうべき、光文社文庫の『江戸川乱歩全集』を見たら、何とこれには《よんじゅうねん》とルビがふってある。監修者の新保博久氏に電話したら、

「あれは当時の編集者に確認しました。乱歩さんは、そういっていたそうです」

こちらも当人、乱歩がいっていたのだ。

時の流れの中で《よんじゅう》の方が、より一般的になったということかも知れない。読み

手は、おおいに、惑ってしまう。〈2016・8・5〉

ごぶ　ゆるね

安藤鶴夫の本に、『ごぶ・ゆるね』がある。実は、背表紙は見ていたが手に取らなかった。戸板康二が『思い出す顔』の中で、これにふれ、《何という意味のラテン語かとはじめ思った》といっている。わたしも、そのようなことを考えた。ところがこれが《御無沙汰を許してね》のことだった。内容の方も、リラダンの翻訳者として名高い斎藤磯雄との往復書簡らしい。某氏に話したら、

「うちにあるから、お貸ししましょう」

という心強い返事。まことにありがたい。

それはそれとして、《ごぶ　ゆるね》が、《あけ　おめ》や《こと　よろ》の仲間だとは思わなかった。音の響きが何となくゆかしい。

ところで、戸板の師は折口信夫である。戸板の『折口信夫坐談』の中に、こう書かれている。

先生は、ものを何でも略すことの好きな現代人の傾向につよい反撥があり、「帝国劇場」「地下鉄道」「文学報国会」というふうにいい、帝劇、地下鉄、文報とはいわれなかった。ただし、歌舞伎の通言での略称は使われた。

つまり、『絵本太功記』十段目を「太十」というような例である。これはすでにひとつの名詞になっている、ということだろう。

折口の指導を受ける学生は、《卒論》というと、きつくたしなめられたらしい。《高等学校》といわずに《高校》といったら、どうなったのだろう。《現代人》としては、話し言葉の《卒論》や《高校》は、《許してね》と思ってしまう。

〈2016・8・12〉

## 円錐の頂点

絲山秋子さんが、日本近代文学館主催の夏の文学教室で話されるのを聴いた。その中で、絲山さんは、山村暮鳥の詩「風景　純銀もざいく」を読まれた。《いちめんのなのはな》という言葉が連なる作といえば、《ああ、あれか》とうなずく方も多いだろう。

わたしは、広い会場の後ろの方で聴いていた。それがよかった。《いちめんのなのはな　いちめんのなのはな……》という声とともに、前に並ぶ聴衆の頭が、菜の花の列に見えてきた。それが七回繰り返され、次に《かすかなるむぎぶえ》となる。菜の花畑の向こうから遠い笛の音が聞こえるようだ。そしてまた一行《いちめんのなのはな》。

二連に移ると、七行の繰り返しの後、今度は《ひばりのおしゃべり》となる。

――おや。

と、思った。平面に広がっていた世界が変わる。視点が上がる。その後に続く《いちめんのなのはな》の連なりに、それがまた凪《な》いだかのように落ち着く。

三連では、こうなる。《……いちめんのなのはな　いちめんのなのはな　やめるはひるのつき》――《病めるは昼の月》。

白い月の登場により、視線の先は、空の雲雀《ひばり》より、さらにさらに高く舞い上がる。世界は、銀の月を頂点とした円錐《えんすい》形になる。実にスリリングな瞬間だった。

今までこれを、典型的な、文字で味わうべき作品と思って来た。行の繰り返しが視覚的な効果をあげているからだ。

今回、本を見下ろして読むのではなく、演壇を見上げて聴き、《ひるのつき》の高さを実感できたのは、ありがたかった。

〈2016・8・19〉

## ハエを取る三船

子供の頃、夏休みの楽しみといえば、母の実家のある千葉県東金市に行くことだった。そこで、三船敏郎主演の『宮本武蔵』を観《み》た。母親が連れて行ってくれた。

映画は、一年に一回、観られるかどうかという贅沢《ぜいたく》な娯楽だった。

母は、

「鶴田浩二が綺麗《きれい》だった」

と、いっていた。佐々木小次郎を演《や》っていたのだ。わたしは、退屈していたようだ。もしかすると、寝ていたのかも知れない。ある場面しか覚えていない。

乱暴者に取り囲まれた武蔵が食事をしている。ハエが飛んで来てうるさい。武蔵はこともなげに、箸でそのハエをつまんでは捨てる。それを見た乱暴者達は仰天し、逃げ出す。

要するに、武芸の名人であることを示しているのだが、わたしは、

——汚いなあ！

と、思った。

秋になって、学校の帰り、町の通りに出ている映画館の看板を見たら、『宮本武蔵　完結篇』というのが来るらしい。うちに帰って、《行かないか》と母に訴えたが、首を横に振られた。

——『完結篇』を観なかったら、中途半端じゃないか。

と、大いに不満だったのを覚えている。

今年、その『完結篇』をテレビでやった。チャンネルを合わせたら、驚いたことに三船敏郎がハエを取っていた。

調べてみると、わたしが小学一年生の頃の映画だ。《巌流島の決闘》も印象に残っていなかったことになる。

母は、同じ映画だから「うん」といわなかったのだ。六十年の時を経て、やっと納得した。

〈2016・8・26〉

## お好み焼きと投手

ナイター中継を観ていたら、サターホワイトという投手が出て来た。放送が終わったところで、読みかけの本を開いた。

『米国人一家、おいしい東京を食べ尽くす』マシュー・アムスター＝バートン　関根光宏訳（エクスナレッジ）の途中まで来ていた。ページをめくると、二十章。その初めの引用句を見て、あっといった。

お店の人に「お好み焼きをお作りしましょうか」と聞かれたときには、素直に従っておいたほうがいい。お好み焼きを焼くのは、見た目から判断するよりもずっと難しい。

——ロブ・サターホワイト『日本料理店のすべて』

これが、スミスだったら驚かない。だが、サターホワイトというのは、佐藤や鈴木のようにポピュラーな名前ではなかろう。

食通の野球人もいないわけではない。当人である可能性も絶無ではない。(絶無だと思うけれど)。ともあれ、今、球場で投げていた外国人に、耳元で囁《ささや》かれたような、妙な気になった。

こういった偶然はあるものだ。はるか昔、ある本の《「よこはま・たそがれ」が聞こえて来た》という一節を読んでいる時、外を大音量で曲を流して行く車があった。それがまさに「よこはま・たそがれ」だった。

その本の、その箇所を読むのも、その車が通り過ぎるのも、一瞬だ。それが重なることの不思議さに、自分が非現実の世界にいるような気になった。

後世に残るような発明発見の多くも、おそらくこういった百万にひとつの偶然に手助けされているのだろう。

〈2016・9・2〉

## 庭に一本《ひともと》

芥川龍之介は、「好きな果物の話」という文章の中で、子供の頃、庭にその木があったから、いちじくが一番好きになった——といっている。

わたしが育った家の庭にも、いちじくの木があった。切られた幹の脇から、枝木が伸びた形になっていて、子供にも登りやすかった。「花火をやっていい」と、いわれた夏休みのある日、うれしくて、

——今日、花火大会をやります。

と紙に書き、木に登って掲示した。見てくれるのは鳥ぐらいだが、イベントに胸をおどらせる《ポスターごっこ》であった。

芥川は、中学の時、友達と隅田川で泳いでいる。その時、いちじくの実のついた枝が流れてきた。《友達はす早く泳ぎよつて、流れて来たいちゞくにかぶりつくと立ち泳ぎの儘《まま》うまさうに食べたことでした》という。先を越されたわけだ。しかし、その友はチブスになり、《幸ひにして喰損くなつた僕はちぶすを免れた》そうだ。

ところで芥川と違って、わたしは泳げない。さらにいえば、実は、いちじくが苦手だった。小さい頃、母がいちじくのジャムを作ってくれた。昔のことだから、貴重な甘味だったろう。ところがわたしは、味がどうこういう前に、その粒々が気味悪く、喜ばなかった。申し訳なかったと思う。

今はもう、口に入れられないということはない。つい先日も食べたので、ここまでのようなことが頭に浮かんだ。

――庭に一本、棗《なつめ》の木、

というのは、戦前の日本人なら、誰もが知っていた歌の一節だが、芥川の育った家の庭にも、わたしの思い出の家の庭にも、いちじくの木が立ち、葉が風に揺れている。〈2016・9・9〉

## 隠密剣士

テレビで、オーストラリアに存在する「新太郎ファンクラブ」について報じていた。

五十年ほど前、『隠密剣士』という番組があちらで放映され、大人気になった。そのファンクラブが、今も活動を続けているのだ。「新太郎」とは、大瀬康一の演じた主人公、秋草新太郎のことである。

わたしが中学生の頃の番組だ。日曜の夜にやっていた。第二部の「忍法甲賀衆」から見た。基本的には、主人公と、さまざまな忍法を繰り出す忍者群との戦いである。

以下は、その番組を知らない人には面白くも何ともないだろうが、しばし、懐かしさに浸ることを許されたい。

多くの人が『隠密剣士』の敵役といえば、天津《あまつ》敏《びん》を思い浮かべるはずだ。それはそうなのだけれど、わたしには第三部「忍法伊賀十忍」における勝木敏之の印象が鮮やかだ。『怪傑ハリマオ』を演じた人だ。彼が新太郎と一対一になる。さあ、決戦かと思ったら、勝負しない。

「剣で戦っても、お前には勝てない。忍者は、勝てない勝負はしないものだ」

と逃げてしまう。専門が違う、というのだ。このリアルでクールな姿勢にうなった。

ある回では、白髪の老人が屋根の上から、こういった――と記憶した。

「秋草新太郎、おごるまいぞ。あやつりあやつり、この世の糸は、天上天下動かぬものなし」

何十年も経って発売されたＤＶＤを見たら、「この世の糸は」が「あやつり糸は」という違いだけだった。

録画の機械などない時代だ。それだけに昔の子は、名台詞をよく記憶したのだ。

〈２０１６・９・16〉

## 買い戻された手紙

作家の書く日記は、心のどこかで、読者を意識しているといわれる。永井荷風のそれなど典型的な例だ。

では、手紙の方はどうか。差し出す先、語りかける相手があるだけに、それ以外の読者を想定していることは、まずないのではないか。

そういう意味では、手紙は日記以上に私的なものかも知れない。

『斎藤茂吉全集』（岩波書店）は、個人全集の中でも、最も大部なもののひとつだが、第三十巻「日記二」中、昭和九年十月二十六日のところに、こう書かれている。

東京堂ノ古本市ニ行キ22円70銭買フ。中ニ岩波泡鳴ニ与ヘタル予ノ手紙アリ、2円50銭ニテ買フ。

岩波泡鳴とあるが、正しくは岩野泡鳴。『耽溺』や、『放浪』以下のいわゆる泡鳴五部作で知られる。

それにしても、こういうひとこまが書かれているのは珍しい。自分の出した手紙を見つけた時、茂吉はどんな顔をしたのだろう。また、買われた業者はニヤリとしたのだろうか。

この手紙は、どうなったのか。ここを読んだら、多くの人がやることだろうが、わたしは第三十六巻「書簡四」を開き、書簡索引を見た。——残念、「岩野泡鳴」の名はそこになかった。

茂吉から泡鳴に行き、また茂吉に戻った。こんな経過を知ってしまうと、文学史的意味合いを越えて、回収された手紙の内容が気になる。ちらりと見た、釣り落とした魚のようだ。このことを題材に、茂吉が歌を作っていたら面白いのだが。

〈2016・9・23〉

# グレーの秋

うちの母が亡くなってから、早いもので、すでに二十年以上の年月が流れた。その母が生前、幼い頃の思い出を語ってくれた。

「あさぎ色の糸を買って来ておくれ」

と、お使いを頼まれた。黄色かと思って出かけたら、青だったので驚いたという。浅葱《あさぎ》色の《葱》は《ネギ》。薄い青を指す。

わたしはといえば、グレーという色が、秋、黄色に変わった木々の葉を指すように思えたことがある。五十年ほど前の、中学生の時だ。学校にあった、近代絵画入門といった感じの本を手に取った。口絵だけが、カラーだった。落葉を散らした印象的な木々が描かれていた。人の姿はない。静寂が辺りを包んでいる。絵の題と作者名は、

「グレーの秋」浅井忠
だった。

そこで、頭の中で《グレー》と《秋の木の葉の黄色》が、結び付いてしまった。グレーが灰色だというのは、知識としては分かるのだが、その文字を見ると同時に、あの色が浮かんでしまった。

太田治子さんの『夢さめみれば』（朝日新聞出版）の副題は「日本近代洋画の父・浅井忠」だ。浅井はそういう人であり、グレーは彼が愛したパリ郊外の村の名である。

太田さんの本は、三十五年ほど前、ブリヂストン美術館で出会った、浅井の「グレーの洗濯場」から始まる。《青く澄んだ川の水が、木々の間から射《さ》し込む光に包まれてきらきらと輝い

ていた。なんて、さやかな水だろう》と。その絵が、表紙になっている。

中学生の頃、手に取ったのが『夢さめみれば』だったら、わたしは、この水の色を《グレー》と思ったかも知れない。


〈2016・9・30〉

## 葉書の値段

必要があって、戦前の葉書《はがき》を読んでいる。いつ出されたものか、知りたい。消印が綺麗に付いているものはいい。《小石川　11・1・10　前8—12》などと、はっきり読み取れれば、

——ああ、昭和十一年の一月十日に出したのだな。

と分かる。

ところが時により、この消印が薄かったり、文字と重なっていたりして、判読できない。

この場合、ひとつの手掛かりになるのが郵便料金だ。一銭五厘で届いていれば、乃木大将の二銭切手が貼られている葉書より、前のものと分かる。

昭和十二年四月十二日に京都から出された葉書には、消印の上に《手紙は四銭、葉書は二銭》という注意書きもスタンプされている。

——この頃に、料金改定があったのだな。

と思い、『値段の明治大正昭和風俗史』週刊朝日編（朝日文庫）を開くと、正解！　まさに、その年その月に値上げされていた。

さて、葉書といえば、わたしにとっては《五円》という印象が強い。

《五円時代》は、昭和二十六年十一月から、昭和四十一年七月に七円となるまで、十五年も続いた。わたしの子供の頃が、すっぽり入る。

《七円時代》の六年、《十円時代》の四年と比べると、かなりの長期安定政権といえる（政権じゃないけど）。

それからの変遷はというと、残念、この本に記されているのは、昭和五十一年の《二十円》まで。まだ、メールなどなかった頃の本だった。

〈2016・10・7〉

会っている

世田谷美術館の展覧会「志村ふくみ―母衣《ぼろ》への回帰」に、行って来た。京都、沖縄に続いての東京展だ。

志村さんの草木染めについては、さまざまな形で紹介されている。今更、説明する必要もないだろう。素晴らしかった。

わたしの志村さんとの出会いは、まず文章だった。『一色一生』が最初だ。

今回の展覧会にあたっての言葉で、志村さんはいう。


貧しくて糸を買えない主婦が、夫や子供のためにのこり糸を繋《つな》いで、繋いで織ったものを屑《くず》織、ぼろ織という。（中略）襤褸《ぼろ》とは美しい文字だ。なぜこんな格調高い字を使ったのだろう。辞書をひいた。襤褸の意味は、ただ、ぼろ、くずとしか書いていない。私は拍子抜けしていると、すぐ傍に母衣という字があった。平安の頃か、戦場に大きくふくらませた袋のようなものを背につけて馬にのり、矢をふせぐためのものであったという。咄嗟《とっさ》に襤褸と母衣が結びついた。襤褸は母の衣ではないか。

疾駆する馬に乗った武者の背で、風にふくらむ母衣は、時代劇の戦闘シーンで見たことがある。そんな記憶が、志村さんの言葉に重なった。

遠い昔、群馬に車で出かける機会があった。志村さんの作品がそちらで観《み》られることを思い出し、向かったが、あいにく休館日だった。その日のことも、古い映画の一場面のようによみがえる。

今回の会場で作品と向かい合った時、湧いたのは《見ている》ではなく、《会えた、会っている》という思いだった。

〈2016・10・14〉

## 隠れんぼ

岡本綺堂の随筆は、旺文社文庫版を何冊か買っていた。今年の夏、ふと、

――岩波文庫の『岡本綺堂随筆集』も手元にないといけないな。

と思った。新刊書店にはないので、古書店まわりをする時、しばらく気をつけていた。探すとなると、なかなか見つからない。実はここに本捜しの醍醐味がある。急ぎの場合は別だが、

――あるかなあ、どうだろう？

と思うところに味がある。

だがしばらくして自分の書棚の奥を見たら、何と――その本があった。《2008年岩波文庫フェア》という帯がついている。その頃に買ったのだ。隠れんぼの相手を見つけたような気がした。

いかにも自分が手を伸ばしそうな一冊だ。あって当然とも思った。買った本をしまい込んでしまうのは、よくあることだ。包みも開かず、そのままになっているものさえある。だが今回

は、本を開いて驚いた。しおりを挟んであったのが「秋の修善寺」。

きょうも水の音に暮れてしまったので、電灯の下で夕飯をすませて、散歩がてら理髪店へゆく。大仁《おおひと》理髪組合の掲示をみると、理髪料十二銭、またその傍に附記して「ただし角刈とハイカラは二銭増しの事」とある。いわゆるハイカラなるものは、どこへ廻《まわ》っても余計に金の要ることと察せられた。


自分が修善寺に行った後、その地にゆかりのある綺堂の随筆を読もうと開き、確かに読み、しおりを挟んだところだ。

その本の存在を忘れてしまうとは……。いやはや、とんだ隠れんぼである。


〈2016・10・21〉

## 東京大歌舞伎大一座

わたしの父は大部の日記を遺した。それによると、昭和八年九月十日、父は《阪東橋》の近くで、『扇屋熊谷』という芝居を観ている。

住んでいたのが横浜だから、その橋が特定出来る。そうなると行ったのは、当時、末吉町にあった歌舞伎座ということになる。東京だけではない。横浜にも《歌舞伎座》は、あったのだ。

ところで先日、わたしはまさに昭和八年夏の、芝居のプログラムを古書店で買った。役者は、片岡我童、中村芝鶴、坂東秀調、松本幸四郎。演目に『扇屋熊谷』が入っている。題して、『東京大歌舞伎大一座』。

しかし普通、この手のプログラムには、『十四世市村羽左衛門五十回忌追善興行　歌舞伎座』や『九月興行大歌舞伎　明治座』、あるいは『尾上菊五郎　中村吉右衛門二座合同大歌舞伎東京劇場』などと、上演劇場名が入る。その公演で、売られるものなのだ。

ところが、わたしの手に入れたプログラムには、劇場名が記されていない。巻頭のご挨拶も《昭和八年夏》と漠然としている。

歌舞伎公演については不案内だが、こういうことではないか。わざわざ《東京大歌舞伎》と名乗っているのだ。これは客の入りの悪い炎暑の時期、七代目幸四郎を座頭として編成した旅公演用のプログラムではないか。だから、地方のどこでも使えるよう、劇場名を入れずに刷った。――筋が通ると思う。

そう考えるのも、このプログラムこそ、父の観た芝居小屋で売っていたものであってほしいからだ。先に結論がある。しかし、無理な推理ではないと思う。

〈2016・10・28〉

## 星を作る人

東京工業大学社会人アカデミー主催、蔵前工業会共催になる講演会『深海と宇宙』の最終回に行って来た。「地上最高の星作りを目指して」と題し、大平貴之氏が話された。子供の頃、プラネタリウムを観て感動し、《自分の手でこれを作ってみたい》と思い、それを実現された方だ。

わたしも少年時代、プラネタリウムに連れて行ってもらった。記憶に残るその会場は、大体育館のような広さだ。そんなはずはないのにそう思うことが、いかに強い印象を受けたかの証明だ。しかし、投影機を自分で作ろうとは思わない。なぜならそれは、すでにそこにあるものだからだ。

しかし、大平氏は、現実を超えようとする。より小型で、はるかに多くの星々を映すものを作ろうと考え、実現させる。大平氏の開発したMEGASTARは、従来の百倍以上の星を投影でき、世界十一か国に設置されているという。一方で氏は、家庭用のプラネタリウムまで作り出す。

その歩みを語るお話は実に魅力的だったが、講演後の質疑もまた素晴らしかった。

――近くにあったプラネタリウムが閉鎖されて久しい。今日、大平さんの機械の投影を見て、深い感銘を受けた。ドームがあっても上映されていないようなところに、営業活動というか、MEGASTAR利用の働きかけはなさらないのでしょうか？

という問いに、大平氏は、

――プラネタリウムよりも、介護施設の方が必要な自治体も多いでしょう。

と、答えられた。

愛することには、とらわれるものだ。即座にこういえる大平氏の判断力、人間的な大きさに感じ入った。

〈2016・11・4〉

## それぞれの形

谷崎の何作かを読み返した。

『卍』は、昔、河出書房の『現代日本小説大系』で読んだ。現在、刊行中の『谷崎潤一郎全集第十三巻』（中央公論新社）を開いたら、作品の前に谷崎の言葉が載っている。それがまことに面白い。谷崎は、これを《肚裡《とり》の産物》、つまり純然たる創作と断っている。わたしの読んだ版には、これがなかった。さらに初出時の文章が、かなり併載されていて、『卍』がいかに《作られた》かが、よく分かる。肝心なのは、長い注釈が付けられたような味気無さがなく、それにより、明らかに、読み物としての妙味が増していることだ。

一方『蓼喰《たでく》ふ虫』は、書棚にあるのをずっと宿題のように眺めていた、近代文学館の復刻版を開いた。

『蓼喰ふ虫』といえば、小出楢重《ならしげ》の挿絵が有名だ。わたしが学生時代に読んだ『現代日本文学館』（文藝春秋）にも、この絵が入っていたので懐かしい。これは、それを贅沢に入れた創元社の豪華本の復刻。しかも大判の十九図は、新聞連載時の画稿を元に楢重がわざわざ描き直したものだ。

楢重の絵は説明ではない。文は勿論、谷崎のものだが、本という形をとる以上、これもあり得る。浄瑠璃と人形があっての文楽という感じで、ひとつの世界を作る。読んでいる間わたしは、その中に入り込み、誰しも考えがちなモデル問題を忘れ、谷崎の《肚裡の産物》と対することが出来た。

この創元社版の挿絵を、改版に当たり全て収録したのが岩波文庫の『蓼喰う虫』。巻末の付記で、これぞ《近代挿絵史に残る傑作》と胸を張った。

本には、それぞれの個性がある。

〈2016・11・11〉

## 俳優楽屋話

戦前の人は、現代人がテレビを見るように、歌舞伎や文楽を観に行った。それが共通の話題となり、芝居の名文句が日常的に使われた。ちょうど今、流行語大賞をもらうフレーズを、子供から大人まで、つい口にしてしまうように。

古書店で、そういった昔の、公演プログラムを見かけることがある。演目、配役、筋書が載っているのは当然だが、この頃のそれは、後半が「俳優楽屋話」となっている。

――昔の役者の、生の声が聞けるのか。ありがたい！

と最初は思う。

しかし、多くは演目や役柄についての公式的な解説なのだ。しかも途中から《……と云《い》ふ浄瑠璃の文句は、実際を其儘《そのまま》なのだ想で御座います。此頃のお台所へ是非お勧め申し度《た》いのが、冷圧純粋のミツワ白胡麻《ごま》油で、本品は吸収性と同化性とに富で居りますので天ぷらを揚げても、サラダ用としても風味が宜《よろし》くて胃腸をいためず……》と、突然、話が飛び、胡麻油や石鹸、香水の宣伝になってしまう。《……初秋の御家庭に一入《ひとしお》爽《さわや》かさを齎《もたら》らしますのがミツワ花の雫《しずく》で、本品は肌着を初めシーツ、枕掛等へ振掛けたり……》となると、

――あなた、楽屋でそんなことといってるの？

と苦笑してしまう。ひいき役者の顔写真の下に、こう書かれていたら、使う気になるかも知れない。

おかげで、当人の言葉かどうか、全体的にあやしくなって来るが、そんなことにこだわるのは小さい小さい。おおらかに読むのが、大人というものだろう。

〈2016・11・18〉

## 愛すべき強引さ

前回、戦前の劇場の公演プログラムについて書いた。宇野信夫の『菊吉共演戯曲集』（青蛙

房）を読んでいたら、同じ話題が出て来た。

宇野は、昔の筋書には「俳優談話室」というページがあったという。わたしが見たのは全て「俳優楽屋話」になっていた。改題があったのかどうかは、分からない。ともあれ、幹部俳優の、演目についての語りが途中から突然、コマーシャルになる。宇野は事情通らしく、《勿論《もちろん》、役者の書いたものではありません》と断言している。

当時、ミツワ石鹼《せっけん》の丸見屋商店が歌舞伎座と提携していた。その丸見屋文芸部の某氏が書いていた――という。しかし、明治座や東京劇場も同様だから、《歌舞伎座と》というより、松竹と提携していたのだろう。

演目について語る部分は《作者が教えられる位に、登場人物の役職や、舞台となっているその土地のことなどをよく調べてあったものです》という。現代では《例え二三行の文章を書いても名前を出したがりますが、その頃はそういうことはなかったのです》と、無名の、職人気質の書き手を懐かしむ。

不自然、かつ強引に宣伝文になる書き方については、劇評家の岡鬼太郎が、「芸談から突如として白粉《おしろい》や石鹼の広告に入ってゆくところは、寧《むし》ろ哲理がある」そんな意味のことを、例の皮肉な筆で書かれていたことを覚えています。

という。昔の名人には敬服する。敬服といえば、ミツワ石鹼の泡立ちのよさ――などとつながるのだから面白い。

〈2016・11・25〉

東京の大手ＣＤ店に行くと、

――ないだろうな。

と思いつつ、探してしまう曲がある。

樋口覚《さとる》の『三絃の誘惑』（人文書院）を読んでからそうなった。

この本に、木下杢太郎の文章が引かれている。杢太郎は満州で、「対花《トエホワア》」という、花の名を並べた曲を聴き、《日本歌沢歌曲中の「花の名」といふのを想起した》と語る。歌沢とは『大辞林』によれば、幕末期の江戸から続く、三味線音楽の一種。

「花の名、花の名、ほうれん、ふうれん、南天、牡丹《ぼたん》、海棠《かいどう》、れんげう、うんじやんすんぺん、するぞいな」
「艸《くさ》の名、艸の名、水仙、てつせん、ふうせん、鶏頭、りうたん、くんじやん、すんぺん、するぞいな」

文句の筋から云つたならばまるで無意味であるが、二ちやうの三味線に合せて、三人の女が細い高い声で歌ふのを聴くと、歌といふよりは寧《むし》ろ物の響《ひびき》かと思はれて、耳には一種名状しがたき甘美深長の感を受けたことがあつた。

樋口氏は、ここに書かれた歌詞の「ん」の音の美しさを語りつつ、しかし、演奏されるのは一度も聴いたことがない――という。

この李太郎の文章を読み、耳にしたいと思わない人はいないだろう。歌沢のCDもいくつか買ったが、その中に「花の名」はない。ないとなれば、ますます秘曲めき、聴きたさがつのる。

さて、手にすることの出来る日は来るのだろうか。

〈2016・12・2〉

## ねねよ、かえれ

中学時代、戦国武将についての本を読んだ。秀吉の奥さんは《ねね》だった。NHK大河ドラマ『太閤記』でその《ねね》を演じた藤村志保の姿は目に焼き付いている。

ところが、ある年の大河から、それが変わった。とまどいを感じた人も多かったろう。誤っていたら申し訳ないが、文字に残っているのは《ね》だけだから――という理由だったような気がする。

今はなき翻訳家の浅羽《あさば》莢子《さやこ》さんは、言語に対し、なみなみならぬ感性を持った方だったが、これを嘆いておっしゃった。

「《々》のような記号が略されることならあったろう。《ね》と書いて《ねね》でもおかしくない。《おね》なら名前は《ね》になってしまう。そんな名前はなかろう」

かといって《ねい》も落ち着かない。現代にも《ネネ》さんや《寧々》さんがいる。この響きは、愛すべきものだ。おそらく大河ドラマの扱いも一年限りで、元に戻るだろう――と楽観していたら、その状態が延々と続いた。こういうことに諸説あるのは当たり前だが、耳慣れた名前を失うのは哀しい。《よほど強力な根拠があるのだろう》と自分にいい聞かせ、耐えてきた。

ところが『リポート笠間』の本年十一月号、『「ねね」から太閤記伝を考える』（堀新）を読んだら、《「ね」が実名のはずはない》ので《「ねい」が正しいとされていた》が《秀吉自身が「ねね」と呼んでいる一次史料》から「ねね」《が正しかったことが判明した》という。

まことに嬉しい。絶対的な正解など出ない問題だろうが、個人的な感想としては、曇天に日がさした思いだ。全国にいるネネさんや寧々さんも、ほっとしたろう。〈2016・12・9〉

昭和は遠く

北国の方にとって雪は、日常を妨げる敵ともいえるだろう。だが、古来それが人々の心に、様々な感情を呼び起こして来たのも事実だ。

降る雪や明治は遠くなりにけり

広く知られた中村草田男の句。白いものがちらつくのを見て胸をときめかせた子供の頃があったからか、雪に、過ぎ去った時を思う心の動きは、多くの人の共感を呼んで来た。この句を読む時、辺りは、しんしんと静かだ。

一方、中田水光の句集『櫛風沐雨《しっぷうもくう》』に、次のような一句がある。

ベルの鳴るああ上野駅雪催《ゆきもよ》ひ

けたたましいベルの音が鳴り響く。そして、短い詩形の中に、歌謡曲が取り込まれる。《上野は俺らの心の駅だ》と歌い上げた『あゝ上野駅』である。一転して視点は曇天に向かう。《雪催い》というのだから、まだ降ってはいない。

しかし、ここは上野駅だ。発車のベルが鳴っている。幾つもの線はあるが、《ああ上野駅》といわれてしまえば、かつて集団就職の子達を運んで来た列車が浮かぶ。時を越え、彼ら彼女らの故郷へと列車は帰る。上野が雪催いであれば、その進行と共に白いものが降り出す。そして、行き着く北は一面の銀世界だ。

作者は、動き出す列車に、やがて天地を覆う雪と、時の流れと、人々の哀歓を見ている。

この句を読む者の多くは、《昭和は遠くなりにけり》と思うのではないか。

〈2016・12・16〉

（「日本経済新聞」二〇一六年七月〜十二月　二十五回連載）

# 三つの箱

古書店回りの面白さは、思いがけない本と巡り合うことです。昭和十二年、日本中央蠶絲《さんし》會の刊行した『絹織物見本帖』とも、そのほぼ半世紀後、日本和装教育協会から出た『染織標本集』とも、そのようにして出会いました。

塩瀬《しおぜ》、精好《せいごう》、琥珀《こはく》といった布地の原色写真が並ぶ本なら、他にもあります。しかし、これらの『見本帖』『標本集』には、切り取られた布そのものが貼られています。

前者を開けば、「御召《おめし》　京都・桐生《きりゅう》・足利・八王子・米澤　反　12圓〜30圓　徳川十一代将軍家齊ガ好ンデ着用……」、また「経糸ニハ精練、染色シタ……」などという説明が読めます。しかし、それだけではない。指で触れられ、光によって輝きを変える布地が、まさにそこにあるのです。後者も同様です。

これらに魅かれる心の動きは、高校時代、現代教養文庫の『現代詩の鑑賞』に引かれた詩を、繰り返し繰り返し読み、解説の言葉に、あるいは頷き、あるいは反発した時のそれに似ているのです。

布地標本と着物のように、切り取られてそこにある詩は『詩集』で出会うものとは違います。例えば、三好達治の「春の岬」はまず、巻頭にそれだけが雄弁な空白に囲まれて刷られるはずのものです。指揮者のタクトは《そこで待て》といいます。ややあって頁をめくった時、「乳母車」が「母よ――」と現れる。

だが、それも本であり、これも本です。優れたアンソロジーの中の言葉たちは、写真ではなく生きて触れられるものとして我々の前に置かれるのです。単に『詩集』へと誘う小道ではありません。前後に何があるか、どのような判型で、どのような紙に、どのような活字で刷られていたかも含めて、選者の息遣いを伝えます。

人は、詩や短歌や俳句と、様々な形で出会い、また再会します。

わたしの場合、佐藤春夫の「海の若者」とは、中学校の階段を上がったところの黒板で出会いました。文芸部か何かの活動のひとつだったのでしょう。美しい文字で書かれていました。

——ああ……。

と、思いました。ついに会うことはないが、書いたのはきっと、文字のように美しい上級生だと思えました。

誰かが口ずさんだり、教えてくれたりする、そういう詩句は、刻まれたように心に残ります。この『近現代詩歌』は、その誰かのように、読み手の前に現れる本です。

わたしが出会った限り、従来の『文学全集』の、このような巻は、詩、短歌、俳句の《選の形式》が、統一されていました。三つの決められた箱に入れろ——というように。そんな先入観があったから、この巻の自由さに驚きました。箱の形が、それぞれに違う。

穂村弘氏が、短歌を始めた時のことを語るのを、聞いたことがあります。「小説、詩に比べて短歌は定型がある。あそこまで行けば倒れてもいいという定型にすがった。俳句はすがるにはきびしさがある。季語や切れ字の重圧がある。その点、短歌は甘えられる」そして、穂村氏は、原石鼎《はらせきてい》の次の句をあげました。

秋風や模様のちがふ皿二つ

これを読んだ時、その《強度》に、巨大な壁を見たそうです。あちらが真剣を構えているのに、こちらは大根をふりかぶっているようだった。

——こんな人と斬り合ったら、殺される。

遠くからは同じ短い詩と見えても、近くによれば短歌と俳句は、決定的に違う。穂村氏一流の表現で、それが端的に示されていました。

今回の小澤實氏の選では、石鼎の、別の秋風に吹かれることが出来ます。

秋風に殺すと来《きた》る人もがな

短歌が、歌謡曲の本歌になった例もあげられています。わたしは、そこで、今回採られている山川登美子の「後世《ごせ》は猶今生《こんじょう》だにも願はざるわがふところにさくら来てちる」と、山中智恵子の「うつしみに何の矜恃ぞあかあかと蝎座《さそり》は西に尾をしづめゆく」を思いました。半世紀ほど前に耳にした、藤田まさとの「明治一代女」が聞こえて来たからです。

——怨みますまい　この世の事は

そんな声を聞く人は、おそらく二人といないでしょう。読む人の数だけ、本が生まれる。受信機が違えば、スピーカーの響きは違う。となれば発信の——《選》という音を聞かせてくれる、それぞれの形式が同じでないのは、当然のことでしょう。特に詩の結び近くでは、《選》の形そのものに、詩を感じました。

（『日本文学全集29　近現代詩歌』河出書房新社　月報　二〇一六年九月）

# 谷崎を戦前に読む

わたしの父は、大部の日記を遺した。

すでに別の本にも引いたが、昭和七年、秋も終わる頃、学生だった父は慶應義塾の先生方と関西旅行に出かけた。十月三十日、東大寺から帝室博物館に行き、現在は興福寺にある、あの阿修羅像を見る。そして、三笠山に向かう。父は、こう書いている。

> 登りながら、下を見ると実によい。大和平野が一望の内にある。うす青く水の底のやうに見えて、畑が地をはつてゐる。三笠山のふもとのみ、森のやうな木立になつてゐる。大仏殿が、大きく見える。谷崎氏の『卍』で、ここをとり扱つたところを、読みなほして甘いあの気持ちにひたりたいと思つた。

『卍（まんじ）』の「その三」。今回の全集第13巻でいえば、二六五から六ページにかけての部分である。若草山の頂きから、光子が蜜柑を次々に転がす。父の、空想の中に、その蜜柑の色が踊ったことだろう。それから光子達は《日の暮れまでかゝつて、蕨やら、ぜんまいやら、土筆やら、たあんと採》る。空は次第に暗くなる。父達もまた、黄昏を迎える。生駒山の頂上に落ちる日を、そこで見たのだ。

父は横浜で生まれ育った。『卍』の舞台は距離的には遠い関西である。しかし、わたしが読むのと違い、現代の小説だ。時間的には隣り合っている。空間移動によって、谷崎の世界に入ったという実感があったろう。

父は帰宅後の十一月七日、図書館で借りて読んだ『卍』を、丸善で買い直す。《情景をひきくらべてみたい為也。卍を読んで、旅行の整理できず閉口》。

半月ほど経った十一月二十四日には、《卒業の写真をとる。それから上野図書館へ。車中、銀杏がへしの女と洋服の女が》いる。その様子が《丁度卍のやうで興あり》。

わたしにとって大事な谷崎作品は、『春琴抄』『細雪』『少将滋幹の母』『過酸化マンガン水の夢』『瘋癲老人日記』などだが、昭和七年の谷崎は、まだ、そのどれも書いてはいない。

夏目漱石が『明暗』を完成させていたら……というのは、不可能だからこそ思い描く読み手の夢だが、この時点での谷崎——を味わうこともまた、その時、生きていた人にしか出来ない。

今度の全集の『卍』冒頭に「緒言」が置かれているのは、まことに適切だし、掲載初出文を併載したのは、時を経ての読者に対しての、見事な編集だ。さて、関西人の読む『卍』は、関東人の読むそれとは、違ったものか——などと、さまざまなことを思わせる。

父が初めて読んだ谷崎作品は『アヹ・マリア』。神奈川中学にいた大正十五年十月三十日、友達から借りて読み、《それ程、汚くない、後半の唯美的な文は大変、気に入つた。それに随分うまいと思つた。唯美派の大将だものねえ。これから谷崎、ちよつと読んでみるつもり》と、感想を記している。

評価していたのは『蓼喰ふ虫』だ。これは、昭和六年十二月二十三日に、読んでいる。日記に、《谷崎、蓼食う虫、大いに感心》という記述があり、評価が戦後まで変わらなかったことが分かる。わたしは、学生の頃、父が褒めるのを聞き、読んでみた。印象に残ったのは文楽の場面で、

――だから、好きなのか。

と思った。今回、読み返して、心理のあやが、まことに面白かった。思うことはあるが語るべき枚数がない。

ありがたかったのは、『蓼喰ふ虫』と共に、今回の全集第14巻に、翻訳「カストロの尼」が収められていること。都筑道夫の指摘以来、久生十蘭「うすゆき抄」の原作として知られる作だ。まことに、もってまわった心を描いていたこの時期、谷崎が、もってまわらない恋情に心魅かれたのが面白い。

（『谷崎潤一郎全集第2巻』中央公論新社　月報　二〇一六年十二月）

# 懐かしくなんかないぞ

## 1

さて、突然ですが『サザエさん』。

朝日新聞社から出た『サザエさんをさがして　その2』（朝日新聞ｂｅ編集グループ編）巻頭に、こう書いてあります。《何せ今年は、長谷川町子さんが西日本新聞の夕刊フクニチに「サザエさん」の連載を始めて60年、朝日新聞の連載を終了してからも32年たった》。

――そうか、六十年か……。

思わず感慨にふけりそうになりますが、どっこい、この本が出たのは二〇〇六年。今はさらに十年を上乗せしなければなりません。まだ、テレビ放映が続いているというのは驚異的です。

ところで、この本によれば《02年5月放送の「ボクは女の子」では、クラスの女の子たちが、女装が似合うのは誰かという話で盛り上がる。おメガネにかなったカツオは、あれよという間にかつらに口紅、スカートという姿に仕立てられ、写真を撮られる。聞けば雑誌のコンテストに応募するという。／いやがっていたカツオだが、しまいには鏡をのぞいて、「家族の誰にも似ていない。ボクだけ美しい……」とつぶやく》。

テレビ版の話ですが、《じつはカツオの女装は、原作に何度も登場している》といいます。

そこで、『長谷川町子全集1〜23「サザエさん」』を、全巻読み返してみましたが、まさにその通りでした。

さて『サザエさん』のキャラクターは日本全国で老若《ろうにゃく》男女に広く知られています。カツオの《頭》を思い浮かべることの出来る人は多いでしょう。浮かんだら、新潮文庫ｎｅｘ江戸川乱歩シリーズの、前の巻『少年探偵団』一五五ページを開いてみましょう。

「ハハハ……、千代は少女ではありませんよ。君、その鬘《かづら》を取ってお目にかけなさい」

探偵が命じますと、少女はニコニコしながら、いきなり両手で頭の毛をつかんだかと思うと、それをスッポリと引きむしってしまいました。すると、その下から、青味がかった五分刈の頭が現れたのです。少女とばかり思っていたのは、その実可愛《かわい》らしい少年だったのです。

「皆さん、御紹介します。これは僕の片腕と頼む探偵助手の小林芳雄《よしお》君です」

戦前は勿論《もちろん》、『少年探偵団』の書き継がれた昭和三十年代まで、小学生の多くは坊主頭《ぼうず》でした。乱歩の感じる《可愛らしい少年》像もそこにあったのでしょう。文章をあたっていく余裕は、今ありませんが、光文社版『少年探偵団シリーズ』の表紙を見て行くと、二十二巻の『仮面の恐怖王』から坊ちゃん刈りになります。

小林少年の女装は印象的で、『魔法人形』（初出と初単行本は、この題。）では、《「だいじょうぶです。ぼく、なんどもやったことがあるんです。いつも、ばれたことはありません。ぼくのからだにあう女の子の洋服も和服も、いつでもつかえるように、事務所にちゃんと用意してあります」》といっています。

もしかしたら小林君も、鏡を見て、「美しい……」とつぶやいていたのかも知れません。

2

『サザエさん』は「夕刊フクニチ」に昭和二十一年四月から、『少年探偵団』は「少年倶楽部《くらぶ》」昭和十一年一月号から、連載が始まりました。

時を経て平成の今、長谷川作品の傑作選も新たに編まれ、乱歩作品もまた次々と刊行されました。懐かしいからではありません。それぞれ、今も生きている。問答無用に面白い。テレビの『サザエさん』にチャンネルを合わせると、カツオは今も坊主頭です。変えたらおかしいし、そこに味がある。これに対し、文章の呼び起こすイメージは様々です。そこに小説の強みもあるわけです。

実はわたしは、この新潮文庫ｎｅｘ版『怪人二十面相』『少年探偵団』の装丁を見た時、ワクワクしたのです。小説に書かれているのは《戦前の日本》です。しかし、乱歩世界はそんなに狭いものではない。現代の読者が読む時、そこに忽然《こつぜん》と、時を越えたワンダーランドが広がるのです。

背景となるのは、前の二巻は東京駅であり、服部《はっとり》時計店でした。さて、今度はどんな建物が選ばれるのか。そしてまた、そこに姿を見せるのは怪人二十面相であり、明智小五郎でした。となれば、今度の巻は小林少年ではないか。だとしたら、その頭はどう描かれるのか。多分、《可愛らしい》坊主頭ではないと思います。

――さて、先に知ってしまうとつまらないので、ここまで書いてから担当の方にうかがうと、わたしの推理はハズレ。表紙の建物は、蛭田《ひるた》博士の洋館。人物は、鍾乳洞を背景とした明智と二十面相だそうです。今、この本を手にしているあなたは、もう、知っていますね。

それでも、わたしのいいたいことは変わりません。小説に現れる《美女》が読者の脳中にどんな像を結ぶか。それは決して一つではない。そこにこそ小説の豊かさがあります。

3

まだ二十代の、素敵な乱歩読みの方の、お話を聞いたことがあります。大学一年で「芋虫」を読み、力強さに圧倒されたそうです。

今の日本では、人間のあらゆる下心に必死で蓋《ふた》をしようとあくせくしている。それに対して、ある意味での潔《いさぎよ》さが鮮烈であった。ひと言でいえば、

――強烈に格好よかったです。

乱歩作品で全文発売禁止になった唯一《ゆいいつ》の例が「芋虫」です。一方で左翼から称賛されたといいます。しかし乱歩は、右も左も関係ないといいます。この作にあるのはイデオロギーではない。《極端な苦痛と、快楽と、惨劇》《人間にひそむ獣性のみにくさと、怖さと、物のあわれ》だと。

この姿勢があるからこそ彼は、体制や時代の変化などにとらわれることのない、永遠を捕まえられた。まさに《強烈に格好》いい作家です。

『少年探偵団シリーズ』には、そんな乱歩が思う存分羽をのばし、自由に書いている豪華さ、幸福感があります。最初の三巻をまとめて出すのは、ここで一応の終結となるので、よい形でしょう。また、この『妖怪博士《ようかいはかせ》』の最後で二十面相が大コウモリの扮装《ふんそう》をします。これについて、濱中利信《はまなかとしのぶ》氏が『少年探偵団読本』（情報センター出版局）の中で、《「被《かぶ》りもの」嗜好《しこう》》への出発点と指摘しています。

乱歩の内なる変身願望が、ここを起点とし、やがて女装を越えて、後年の『青銅の魔人』から、果ては宇宙人や豹《ひょう》にまで発展して行くのです。ここには、そんな《種》まで含まれているのです。

『怪人二十面相』『少年探偵団』『妖怪博士』。これらは、懐かしいどころではない。江戸川乱歩という時代に遅れることのないシェフの作る、素敵においしい三つ星料理なのです。

（江戸川乱歩著『妖怪博士　私立探偵　明智小五郎』新潮文庫　解説　二〇一七年三月刊）

い。

『悪魔の紋章』『地獄の道化師』の内容について触れていますので、未読の方はご注意ください。

# 闇と光明

1

昭和十一（一九三六）年一月、日本政府は、《民間の通信社を併合し、準国家機関としての性格をもつものとして昭和11年1月、同盟通信社を設立》、日刊の「同盟通信社写真ニュース」が創刊されることになった。

——何とも大げさな出だしだが、それらを復刻しまとめた『戦時下写真ニュース1』（大空社）に、そう書いてある。その名の通りの、出来事を雄弁に語る大きな写真を見ているだけで、覗《のぞ》きからくりのレンズに目を当てているような気分になる。

昭和十二年二月十五日号のタイトルは「未怖《おそ》ろしき異名チンピラ六人組」。前年から上野《うえの》浅草《あさくさ》を荒らし回っていた少年窃盗《せっとう》団について、報じられている。

警察署内にいるらしい少年達が写っている。前列で火鉢に手を伸ばしているのがトンカツとホトケ様。その脇で、じっと掌《てのひら》を見ているのがデカ一。後列で腕組みしているのが、まぼろしのお化。左に砂利《じゃり》勝《かつ》。二人に挟まれているのが団長。その名も、ビルマ生れの国際児、——インド小僧。いかにも戦前の物語的だが、これが現実だったのだ。

この昭和十一年、江戸川乱歩が連載を始めた『少年探偵団』には、怪しいインド人が登場する。イギリスの小説でも、インドといえば、摩訶《まか》不思議な異界のように扱われていた。乱歩の『少年探偵団』には、その影響があるといわれる。

しかしこの一葉の写真により、小説の中だけでなく、当時の社会全体が《インド》という言葉に魔力を感じていたと分かる。言葉は、時代によって色を変える。現代のハイテクに強いインドではない。今、《インド小僧》と聞けば滑稽だろう。しかし当時は、その響きに闇の匂いがあったのだ。さもなければ、悪の一味の首魁《しゆかい》の名にならない。

別の例をあげる。わたしが子供の頃、『少年ジェット』という漫画がありテレビ化もされた。登場人物の一人に、ハリケーン博士というのがいた。彼が、「ハリケーン！」と叫ぶと、轟々《ごうごう》と空が鳴り地が震えるのである。

——何で？

といっても仕方がない。彼は《博士》なのだ。

今は、大学出など珍しくもないが、昔は《学士様》というだけで敬意の対象になった。ましてや、教授や博士ともなれば想像を絶する存在だった。だからこそ、《魔》を抱えることが出来た。戦前から、少なくとも昭和三十年代までは。

乱歩の使う《魔法博士》や《妖怪博士》などという言葉は、それだけで、

——どうだ、まいったろう。

といっている。

——はて、《妖怪博士》なんて、どういう勉強をして何の学位を取ったのだろう。

そんなことはどうだっていいわけで、とにかく、彼らは《博士》という問答無用の護符を身

に付けているのだ。

《インド》や《博士》が現実を超え、背後に巨大な闇を持てたのは、読者の日常にも具体的な闇があったからだろう。夜も八時を過ぎれば闇が、多くの日本人を覆った。今の蛍光灯の前に出したら色を失う百ワットの電球が、昔はとても明るいものの代名詞だった。漆黒の闇——は、単なる言葉ではなかった。

その黒は無論、情報の面にも広がっていた。普通の人間は、博士や華族様の姿など見ることがない。今はさまざまな光が、くまなくあちこちを照らす。テレビやネットで、様々なものが紹介されてしまう。

乱歩が描いたのは《黒い魔物》が気がねなく跳梁《ちょうりょう》出来た、時代そのものなのだ。

2

わたしが、明智小五郎と出会ったのは、小学校低学年の頃である。

学校の前の本屋に光文社の『少年探偵　江戸川乱歩全集』が七冊あり、お金を貯《た》めては買いに行った。『透明怪人』『宇宙怪人』『鉄塔の怪人』『魔法博士』『妖人ゴング』『魔法人形』『サーカスの怪人』だった。子供だから、ない本を注文するということは出来ない。巻末の、全巻紹介を繰り返し読み、欲しくてたまらなかった。小学校の図書館には、乱歩がなかったのである。

ちなみに、この中の『妖人ゴング』は何とも妙な作で、決して高い評価を受けるものではない。しかしながら、わたしには、雑誌『少年』連載中の一場面を、どこかで見た記憶もあり、懐かしい。そこでこの機会に『探偵小説四十年』中の、こんな一節を引いておこう。

『（前略）僕の土蔵のすぐ裏にはキリスト教の神学校があって、そこの礼拝堂の鐘が、朝昼晩の三度、ニコライの鐘のようにグワングワンと鳴るのである』。「この神学校も礼拝堂も、戦災で焼けてしまった。私の土蔵は残ったが」（光文社文庫版『江戸川乱歩全集』二十八巻六八二ページ）

乱歩が明け暮れ耳にした響きから、ひとつの物語が生まれたわけだ。

さて、これらの物語の明智は、《明》という名を持つ通り、闇（矛盾したいい方をすれば、彩り鮮やかな物語の闇）を払い、読者を日常へと連れ戻す役割を果たしていた。歌舞伎の、お家騒動物の最後に登場する裁き役という感じだった。

やがて中学校に入ると、何と図書館に、乱歩の大人物をリライトしたシリーズが、何冊か入っていた。これは、文句なしに面白かった。わたしだけではなく、何人もが順番待ちして借りていた。

『蜘蛛男《くもおとこ》』『赤い妖虫』『影男』『暗黒星』『人間豹《にんげんひょう》』などの様々な場面が記憶に残っている。これらに登場する明智もまた、名探偵という役割を果たす人形であった。

それは決して、悪いことではない。歌舞伎の筋立てを、近代劇を見る目で批評するのは、天上の果肉の味わいを知らぬ者のすることだろう。

小説的な明智と対面出来るようになったのは、次の段階として、春陽文庫の乱歩シリーズで短篇を読み出してからのことになる。

3

わたしは乱歩の、いわゆる通俗長篇を全て読んでいるわけではない。

今回、この文章を書くため、『悪魔の紋章』を開き、冒頭の《法医学界の一権威宗像《むなかた》隆一郎《りゅういちろう》博士が》を読み、まず、

——出たよ、《博士》だ！

と、滲《にじ》み出る時代の色を喜んだのはいうまでもない。

——やってる、やってる！

と、思いながら、既視感のある流れに身をまかせる。乱歩の長篇や少年物では、同じ趣向が繰り返し登場する。これを現代的な目で批判することは出来ない。

戦後しばらくのミステリ作家は、ひとつのトリックをまず大人物《おとな》で使い、次に捕物帖《とりものちょう》に回し、最後に少年物に下ろすのが常識だったという。ましてや、乱歩のように、読みどころが、その物語世界の手触りである場合、極端にいえば、かつての自作や海外作品の断片の積み木細工のようになっても許されてしまう。

そう思いつつ、読み進み、「異様な旅行者」の章の、列車から飛び降りる場面で、ふっと中学時代がよみがえった。

——ここ、読んだよ。

これの少年版が、『呪いの指紋』である。誰がリライトしたのか分からないが、ほぼ同じ運びで要領よくまとめていた。大きく違うのは、衛生展覧会のガラス箱の中に裸体で入れられている雪子が、少年物ではデパートの展覧会で菊人形にされていることぐらいだ。

《八幡《やわた》の藪知《やぶ》らず》という言葉にも、これで出会い、たまらない面白さを感じた。『悪魔の紋章』にも、この言葉がそのままある――いやいや、『呪いの指紋』の方が、それをそのまま使っていたのだ。こういう言葉が、乱歩らしさを伝える大切な部品なのだ。

さて、先ほどの《飛び降り》も強いイメージとなって残っていたが、『呪いの指紋』中にあったことを、すっかり忘れていた。減速する列車。時を逃さず、宙に飛ぶ！

『悪魔の紋章』には、《川手《かわて》氏は数十年来経験せぬ冒険に、腕白小僧の少年時代を思い出したのか、ひどく上機嫌であった》と書かれている。『呪いの指紋』を読んでから半世紀。わたしもまた上機嫌になった。

一方の『地獄の道化師』は、少年版を読んでいない。中学校の図書館になかったのだ。

大学時代、ワセダミステリクラブの信頼出来る先輩が、

――『地獄の道化師』なんかは、よく出来ている。

といった。クラブの機関誌を印刷するため、仲間の下宿に行ったら、ちょうどそれが置いてあった。仕事が終わった後、夜中の二時過ぎから読み始めた。空が白み出す頃に読み終えたのだろう。細かいことは忘れたが、

――なるほど。

と思ったのを覚えている。

今回、読み返して驚いたのは、前半のある部分がそのまま少年探偵団物の『魔法人形』に流用されていることだ。学生時代にも同じ感想を持ったろう。しかし、全く記憶になかった。

それはさておき、この作品冒頭の池袋の踏切の描写は、地元の乱歩ならではの生き生きとしたものだ。

だが、それ以上に《よく出来ている》のは、重要な要素である顔面の自己破壊が、ただのト

リックではないことだ。容易ならざるものであるそれが、物語全体を見た時、否定されて来た存在である自己の、自らの手による否定に繫がる。

　異分子である子の家族への復讐《ふくしゅう》という、乱歩作品に繰り返し現れるテーマは、多くの場合、意外性を用意するための無理なものとなっている。しかし、ここでは、地団太を踏み運命に復讐する子の妄執と、異様なトリックが、見事に結び付いているのだ。

　そう思う時、『地獄の道化師』という題が、一層、怖ろしい。

（江戸川乱歩著『明智小五郎事件簿』十二巻　集英社文庫　解説　二〇一七年四月刊）

# 歌舞伎はギリシャ神話

1

半世紀近く前、歌右衛門（六代目）と先の幸四郎（八代目）で『妹背山婦女庭訓《いもせやまおんなていきん》』の「山の段」を、または『蔦紅葉宇都谷峠《つたもみじうつのやとうげ》』の先の勘三郎（十七代目）の二役早変わりを、この目で観られた。その時代に生きていた者の幸せだと思う。

ところで、わたしと同世代の南伸坊さんと糸井重里さんが、あちらこちらを歩きながら、ひたすら話し続ける本『黄昏《たそがれ》』（東京糸井重里事務所）が、とても面白かった。

そのやり取りの中で、落語の話になると、「そりゃ、『寝床』だね」といった具合で、すぐに通じる。そこで、糸井さんが「つまり、落語って、オレたちにとって、ギリシャ神話みたいなもんなんだよ」。

名言ですね。西欧文化の故郷としてギリシャ神話がある。

東京の南さんは寄席に行けたかも知れない。では群馬の糸井さん、埼玉のわたしは無理だったかというと、育ったのがラジオ落語の全盛時代。自然に耳に入って来た。その落語には、歌舞伎のことが次から次へと出て来る。昔の人たちにとって、歌舞伎は、今のテレビと映画とディズニーランドと各種コンサートを合わせたようなものだから当然だ。となれば歌舞伎もまたひとつの、というより、故郷の故郷。これもまた、我々にとっては、文化の基盤、ギリシャ神話——ということになる。

中学生の頃、父が、三冊本の歌舞伎の名台詞集を買って来た。今の人には分からないだろうが、音盤はソノシート（ビニール製のレコード）だった。それを小さなレコードプレーヤーで聴いた。当時の、歌右衛門、團十郎、幸四郎、松緑《しょうろく》、勘三郎、梅幸《ばいこう》などの声が流れ出た。《月もおぼろに白魚《しらうお》の》などという心地よい響きが、すんなり胸に入って来た。

2

というわけで、歌舞伎は田舎にいても、比較的身近に感じられた。主な芝居についての知識は頭に入っていた。中学時代、現代教養文庫の歌舞伎入門書を愛読していたからだ。

しかしわたしは、思えばそれよりはるか以前に、例えば『菅原伝授手習鑑《すがわらでんじゅてならいかがみ》』「寺子屋」の場の粗筋が分かっていた。

歌舞伎を観に行って、《「寺子屋」の展開に驚いた》という人の話を聞いたことがある。

——まさか、ああなるとは！

聞いたわたしが驚いた。「寺子屋」の筋がどう運ぶかを知らずに観る、という状況など考えたこともなかった。

そこで考えた。自分がなぜ、小学生の頃には、それがどういう話か、知っていたのか。答えは長谷川町子である。サザエさんの作者は歌舞伎ファンで、そのパロディを描いていた。「寺子屋」なら、松王丸《まつおうまる》の子供を、源蔵が《向こうが義理で来るならこっちは人情だ》と助けてしまう。首を切らない。そのパロディから原典が見えたのだ。

しかし、《あの有名な「寺子屋」》としてではなく、新鮮な目で舞台を見られるのは、犯人を知らずにミステリを読むような、幸せな体験だろう。そう思うとうらやましい。

ところでこの長谷川町子の漫画だが、十五年前、『町子かぶき迷作集』が朝日文庫になった時、

「これこれ！」

と、喜んで買ったが載っていない。画面の記憶も鮮やかなので、記憶違いとも思えない。ずっと疑問だった。謎をかかえているのは、トゲが刺さっているようなものだ。

解決したのは、昨年の暮れ、『長谷川町子全集27』を読んでいた時。何とそこに「菅原伝授手習鑑　寺子屋」が出て来たのだ。わたしが覚えていた台詞は、正しくは《せんぽうが義理でくるならこっちも人情だ》だった。姉妹社版『エプロンおばさん』第5巻巻末に付けられたものだという。それでは、見つからない筈だ。おそらく、貸本屋さんで借りて読んだのだろう。長年の疑問が解決した。おおげさでなく、生きててよかったと思った。

ところでいうまでもなく、パロディは、その元が周知のものでなければ成立しない。要するに、歌舞伎についてのあれこれは、当時、多くの人に了解されていた。ビーナスといえば美の女神であると分かる程度に。そういう意味でも、ギリシャ神話だったのだ。

では、人々がテレビ番組の話をするようには歌舞伎を語らなくなった今、神話はその力を失ったのか。いやいや、あなどれないのが神様の力というものだ。

落語で《太宰の家が立ちませぬ》という言葉を聞き、出典が『妹背山』と分からなくても、《何らかの背景があるのだろう》という《厚み》は感じられる。文化とは、そういうものだ。

歌舞伎そのものでも、『恋飛脚《こいのたより》大和《やまと》往来《おうらい》』の忠兵衛《ちゅうべえ》が《梶原源太はおれかしらん》とうぬぼれる時、そこには《源太》が『ひらかな盛衰記』の二枚目という下敷きがある。要するに《木

村拓哉はおれかしらん》なのだが、そういってしまったら伝わるのは意味だけになってしまう。出しをとって、出し汁を捨てるようなことになる。

故郷を持つ表現、よって立つところを持つ表現の、ありがたさ、うれしさが、ここにあり、そう考える時やはり、

——歌舞伎は、我々にとってギリシャ神話だなあ。

と、思うのである。

（『乙女のための歌舞伎手帖』河出書房新社　二〇一七年六月刊）

# 頭で書いた「カルメン」

上

子供の頃、二宮金次郎像を見上げ、

「あの本には、何が書いてあるのだろう?」

と思った人の話を聞いた。

自分もそんなことを考えたような気がする。しかし、考えることと行動することは、別である。金次郎クンのところまでのぼるのは大変だ。手をかけて像が倒れ、下に落ちてしまったら、大問題になる。それ以前に、のぼろうとしているところを見つかったら、それだけでも怒られる。

だが、その人はのぼった。

本を見たら、数行、何か書いてある。論語の文句か何かだったのだろう。別の小学校に遠征したら、そちらには何も書かれていなかった。三校目で捕まり、大目玉をくらったそうだ。

金次郎像を見上げ、そんなことを考えない人たちもいる。考えて、のぼる人も(ごくごく、まれに)いる。

芥川龍之介はどうか。

考えるでしょうね。しかし、のぼらない。知の人であり、金次郎像めがけてカンダタのように必死でのぼる姿に、憧れを感じつつ、まず足をかけようとはしない。

そして思考する。

……言葉を書いてしまえば、それで限定されてしまう。風景画に木の葉の一枚一枚を描く必要はない。それは、むしろ愚かな方法だ。金次郎像が示すのは、その精神である。手にあるのは、決して一冊の本ではない。抽象的な《勉学》なのだ。ページに文字のある必要はない。

……などと。

答えは、台座の上にはない。自らの脳中にある。

下

わたしは中学生の頃、文庫本で芥川を読んだ。

ランドセルから肩掛け鞄にかわったが、手はあいている。家までのコースとして町の通りをとると無理だが、田圃の中を行けば、手本は二宮金次郎、歩きながら本が読める。

掌篇「カルメン」を、道のどの辺りで読み終えたか覚えている。

――うまいもんだなあ……。

と、ほれぼれした。

芥川の短篇で、どれかをあげるとするなら、選択肢は多すぎるほどだ。しかし、今回の依頼文に《作品が一万字を超える場合は抄録とさせていただく可能性もございます》とある。それは大変。ここで、わたしが短いのをあげれば、ページに余裕も生まれるだろう。気を遣う方なのである。というわけで――「カルメン」にした。

オペラの『カルメン』は、その前にテレビで観ていた。《密輸業者の頭目、ダンカイロ》などという説明や、『巌窟王』でおなじみの《メルセデス》という名前が、フラスキータと一緒に端役で出て来たのも印象深かった。

ロシアの亡命貴族というのも、講談社の『少年少女世界文学全集』で『ボリスの冒険』などを読んでいたから、すんなり頭に浮かんだ。

技巧ばかりの、頭で作った作品といわれるかもしれない。だから《いい》わけなんですよね。これぞ、芥川。まあ、より正確にいえば、これも芥川。

同じ頃読んだ、文庫本の泉鏡花の解説に、怪異の前には小さな怪異を見せておく——と書かれていたと思う。その通り、山場の前に、グラスの中でもがく黄金虫《こがねむし》を出す呼吸。一方からはわざとらしいといわれるに違いない、この露骨なまでの技。そして、最後の老給仕の頭の《白》と、皿の鮭の《サーモンピンク》の対比。

今から、半世紀前、肩掛け鞄の中学生は、これにしびれたのであります。

（「文藝別冊　芥川龍之介」河出書房新社　二〇一七年十一月刊）

# 随想

## 揚げ餅の雑煮

わたしが子供の頃、餅は今のように季節を問わず売っているものではありませんでした。ついてもらった餅が届く。それが正月到来のしるしでした。元日の朝、家族揃って雑煮を食べる。関東では、四角い切り餅を焼き、澄まし汁に入れる。雑煮とはそういうものだと思っていました。ところが、大きくなって聞くと、関西では丸餅を煮、汁は味噌汁だといいます。

十二月、大阪に行く機会があったので聞いてみると、まさにその通り。切り餅も売ってはいるが、やはり丸餅がよく、味噌は白味噌だ――という話でした。

ところで、小島政二郎といえば「食いしん坊」という本で食べ物のことを語っている人ですが、その「1」（朝日文庫）に、作家横光利一から教えられた雑煮の作り方が出て来ます。《まずお餅をそのままゴマの油でちょいと揚げて、それを雑煮汁の中で少し煮て食べる》。これが、小島が食べた《お雑煮中第一の美味》だといいます。

横光が生まれたのは福島県。しかし年譜を見ると各地を転々、六歳で三重県に移っている。これが横光にとって懐かしいものなのか、東京に一家を構えてから知ったやり方なのかは分かりません。

小島は横光に《殆《ほと》んど毎日のように食べている》と礼の手紙を書き、雑煮についてやり取りを交わしました。『定本横光利一全集』（河出書房新社）には、残念ながら小島宛ての書簡はありませんが、横光は、手紙の文末に、

紅梅や白毛もまじる頬ざはり

という俳句を書き添えて来たといいます。「全集」にあるのは、

紅梅や白髪まじりの二月盡《じん》

という句です。紅梅を見つつ、雑煮問答をしていたのでしょう。

〈2018・1・4〉

## 不思議な瞬間

各地の新成人がそれぞれの一月を送っています。

さて、昨年の「早稲田学報」十月号巻頭で、プロ野球で活躍、セ・リーグ新人王・ゴールデングラブ賞などの栄誉に輝いた仁志敏久氏が、一九九三年春の早慶第二戦について語っています。

この時、仁志氏は前日の第一戦4安打、この日も4打数3安打と「神懸かったかのように好調」。そして、九回裏2アウト満塁という劇的な場面で打席に立ちました。いうまでもなく球場は興奮のるつぼ。しかし、仁志氏は思ったそうです。

「何を騒いでるんだ？　打つに決まってるだろう」

結果は満塁サヨナラホームラン。その最高の瞬間が自分に、スポーツ選手にとって何より大事な「自信」を与えてくれたといいます。

わたしはこれを読んだ後、何かに導かれたように、集英社「すばる」編集長羽喰涼子さんに

ついてネットで検索していました。羽喰さんが大学時代、バドミントンをやっていたと聞いていたからです。

羽喰さんが思い出を語る記事が出てきました。一年生の五月、関東バドミントンサークル連盟大会で2セット目にマッチポイントを取られながら逆転勝ち。その時、どんな返し方をされても「絶対に取れるという、自分の手足がコートの隅々まで伸びているような不思議な感覚がありました」。

驚きました。こんなにぴったり符合する文章に出会えるとは、思いもしなかったからです。

ここにあるのは、若さに似合う感情です。多くの若い皆さんに、形や輝き方は違っても、このような瞬間が訪れ、それが、続く人生の自信に繋がりますように――と思います。

〈2018・1・22〉

## 忍者如月

二月。陰暦では「如月」と書いて「きさらぎ」。寒いので衣服すなわち「きぬ」をさらに重ね着するところからきたといいます。

しかしながら、わたしが「きさらぎ」と聞いてすぐに思い浮かべるのは忍者なのです。

子供の頃、面白くてたまらなかった漫画が、横山光輝の「伊賀の影丸」。中学生の時、第二部「由比正雪の巻」が始まりました。忍者チームの戦いです。そこに出て来たのが、火を操る如月文兵衛。

今の俳優でいうなら、生瀬勝久さんの頭頂部の髪をなくし、笑わないようにした感じ（個人の感想です）。爆薬を仕掛け破壊し、煙の中に立ち、つぶやく。

「忍法雷神……」

ちょうどその頃、山田風太郎の「忍法帖」シリーズが新書版全集の形で刊行され大ブームとなりました。わたしも当然、読んで、

――「伊賀の影丸」みたいだな。

と思いました。これは逆で、山田版の方が先。第一作「甲賀忍法帖」連載開始が、「影丸」登場以前の一九五八（昭和三十三）年です。世の中に面白い本というのは数多くあるでしょうが、「甲賀忍法帖」はそのコンテストをやったら、最終候補に残るような一冊です。

その中に、如月左衛門という忍者が出て来ました。使う忍法が、泥の死仮面。くわしく説明している余裕はありませんが、彼が倒される場面など強い印象となって残っています。

陰暦の月の名前は色々ありますが、一月睦月の「むつき」、三月弥生の「やよい」などでは、うまくない。弥生左衛門では可愛《かわい》らしくなってしまう。どうやら忍者には、「きさらぎ」という響きが似合うようです。


〈2018・2・6〉

## ミリさんと明治天皇

益田ミリさんの『今日の人生』（ミシマ社）を読んでいたら、「自分の手帳に自分の手で『タモリ』と書いてあり」、なんだっけ？　と思う場面が出て来ました。「あっ」と気づいた答えは
――「夕刊」。
うれしくなりました。わたしの『ひとがた流し』という長篇に、こういう一節があります。新潮文庫版でいうと76ページですが、「《夕刊》っていうの、急いで横書きすると、ほら《タモリ》に見えるよ」。きっと、この「タモリ事件」は、日本のほかのところでも起こっているこ

とでしょう。

そこで思い出すのが、明治天皇です。加藤秀俊の『一年諸事雑記帳　上』（文春文庫）を開くと、二月の項にこう書かれています。

明治二十二年二月二十二日――という実によく「二」の揃った日、明治天皇は、銀座通りを上野へと進んでいました。「馬車の窓からそとをみると、銀座の谷沢商店のまえに『鞄』という文字を書いた看板がかかっていた。天皇はさっそく侍従に、あの字はなんと読むのか、とご下問になったが誰も読めない。宮中に戻ってから、みなで額を寄せ合い、ありとあらゆる辞典にあたってみたのだが、こんな字はどこにも出ていない」

この時はまだ「鞄」という字はなかったのです。宮内庁から谷沢商店に問い合わせると、「カバン」を表すため二字で「革包」としたのだが、横書きにしたため、「あたかも、革ヘンに包をツクリにしたひと文字のように見えてしまった」という答えでした。

ここから和製漢字「鞄」が生まれたそうです。ちなみに、この看板は、惜しくも関東大震災で焼失してしまったといいます。

〈2018・2・22〉

## 一茶はどこへ行った

わたしが高校教師をしていた頃の同僚、石橋信夫氏が『プリズムの光から見えるキュリー夫妻』（悠光堂）という本を出しました。

鳥取県三朝《みささ》温泉で毎年キュリー祭が行われていることから書き起こし、キュリー家のことから、現代の教育、社会についての考察まで、幅広く書かれています。

その中に、昔、わたしが小林一茶の句「昼からはちと影もあり雲の峰」をあげ、中に「蛭《ひる》、蚊、蜂、蜥蜴《とかげ》、蟻《あり》、蜘蛛《くも》、蚤《のみ》」が隠されていると語った——と書かれていました。和歌や俳句の世界でこういう風に動物や植物の名を入れることを「物名《もののな》」といいます。最近もそれについて書く機会があり、『古今和歌集』の例をあげたところでした。しかし、一茶の句は記憶にない。

石橋氏に確認すると、四十年も前にわたしの作った、ことば遊びについてのプリントを探し出してくれました。ところが、それに一茶は引かれていませんでした。

石橋氏によれば、織田正吉氏の書いた『ジョークとトリック』(講談社現代新書)で読んだ一茶の句と、わたしについての記憶が混じり合ってしまった——とのことでした。

一茶の方が和歌より親しみやすい。「物名」の例として、これからはこちらを引かせていただこうかと思いました。それには、まず原典を確認しなければなりません。

埼玉県立図書館に行き、信濃毎日新聞社から出ている「一茶全集」を当たってみました。しかし、そういう句はないのですね。一茶の雑文の中に存在するのか、それとも誤伝なのか。

思わずつぶやいていました。

——一茶はどこへ行った?

〈2018・3・9〉

仕事中

春になります。

版画家の大野隆司さんは、独特の猫の版画をお作りになります。

「通販生活」その他で、作品をご覧になった方も多いでしょう。ご縁があって、何回か一緒に本も作っています。

その大野さんから版画をいただきました。麦畑の中で、猫が宙を見つめて立っています。まわりには赤トンボが舞っている。「作家さん　ボ〜としているようで　実は仕事中」という言葉が彫られています。

——北村薫さんがイメージモデルですので、進呈致します。

ということでした。なるほど作家は脳内で活動していても、外からは怠けているのかどうか分からない。そこで思い出したのが、有栖川有栖さん。

仰向けで手足を上にし、カタカナの「ヒ」の字を横にしたような形で、奥さんに、

「何もしてないように見えるけど働いているんだからね」

頭の中では、物語の展開が目まぐるしく回転していたのでしょう。

「……そんなことがあったと、おっしゃっていましたよね」

と聞いたら、

「北村さん、あんまり話を盛らないでください」

しかしながら、わたしの記憶の中ではそうなっている。作家の活動とはそういうものです。

大野さんに

「まさにその通り」

といい、続けて、

「でも最近は、ボ〜としているようで、やはりボ〜としていることが多いです」

といったら、

「僕もそうです」

うーむ。春眠暁を覚えず。

〈2018・3・27〉

# 君恋し

俳句界は本年二月、金子兜太《とうた》氏を失いました。『他流試合——俳句入門真剣勝負！』金子兜太＋いとうせいこう（講談社＋α文庫）は、著者二人が、共に選考委員をしていた伊藤園の新俳句大賞入選句を鑑賞し直す——という本です。時を越えて文庫化されたので、また手に取りました。心ひかれる顔合わせです。読んでいくと、忘れ難《がた》い（といいながら忘れていたのですが）話が出て来ました。

シャワー全開君をとられてなるものか　（広島県・藤川佐智子）

この大賞句を女の子三人組が見た。しかし、「君」が分からず、テレビ番組「探偵！ナイトスクープ」に「意味不明」といって来た。インタビューされた金子が「君」は彼氏だと答えたが、番組出演者が納得せず、結局、作者のところまで訪ねて行った——というのです。

分からない筈《はず》はないと、金子もいとうも首をひねっています。

それはそうでしょう。説明のいらない句です。そこをあえていうなら、「シャワー全開」によって、肌にはじける湯、裸身である作者が見え、そこから、戦う恋にすんなりつながっていきます。

テレビ番組だから面白くするため、わざと分からないふりをしたのではないか——とも思えてしまいます。

若い人は知らないでしょうが、関西漫才を代表するコンビに夢路いとし・喜味こいしがいました。歌謡曲「君恋し」もありました。

アニメ「君の名は。」が大ヒットする世なのに、文章語の「君」が「大事なあなた」を、そして多くの場合「恋しい人」を指すということが、今世紀には通じないのでしょうか。

〈2018・4・11〉

## 鳶《とび》に油揚げ

歌人の穂村弘さんは以前、外で何かを食べようとして、ちょっと手を脇にやったら、鳶に取られてしまったといいます。

これがたまらなく面白かった。

「鳶に油揚げさらわれる」といいます。昔、そういう人がいたかも知れない。しかしこれは決まり文句で、現実とはかけ離れたたとえと思っていました。そこで、二人でトークをした時、このことから始めました。わたしとしては、

――穂村さんは、こういう、世にも稀《まれ》な人なんですよ。

というつもりでした。しかし、会場の反応がにぶい。小人数の集まりでしたから、会場に向かって、

「それじゃあ、わたしも鳶に食べ物さらわれたという人、いますか」

と聞いたら、何と二、三人の手が上がった。鎌倉や京都の鴨川あたりで、よくさらわれるらしい。

おそるべし、鳶。

小島政二郎は『第3食いしん坊』に、昔の福井県敦賀は、鳶やカラスが多く、魚屋の若い衆が空に向かって口笛を吹くと、集まって来た――と書いています。

若い衆は、両手にサカナの頭やアラを幾つも持っていて、それを見事な腕力で一直線にピューッと空高く投げ上げてやる。

それを、鳶やカラスが入り乱れて片端から嘴《くちばし》に銜《くわ》え留《と》めて、スーッ、スーッと一羽ずつ思い思いにどこへか飛んで行く。

昔の、北陸の風景が目に浮かびます。こういうところなら、鳶に食べ物をさらわれる人もかなりいたのではないでしょうか。

戦後、小島が敦賀を訪れた時にはもう鳶の姿を見かけず、寂しかったといいます。

〈2018・4・26〉

(「神戸新聞」二〇一八年一月〜四月　八回連載)

# 宝の箱

## 1

今、わたしの前に一冊の本がある。

初めてこの本を手にした夕方、半世紀よりもっと経ってから、その時を思い返そうとは考えもしなかった。

わたしが生まれ育った田舎町の本屋さんより隣の市にある店の方が大きかった。中学生になると電車に乗って出掛け、その棚を眺めたりもした。

ある日の夕方、並んだ背表紙の中に、

人造美人　ショート・ミステリイ　星新一

という文字を読んだ。昭和三十六年のことである。

わたしの指は、その本にかかった。――おそらくは《ミステリイ》という言葉に魅かれたのだろう。新潮社の本だった。

多くの読者は《星新一》の本といえば、真鍋博の表紙を思い浮かべるだろう。これは違った。銅版画めいた線で描かれた六浦光雄の絵で、表には都会の路地に開いた《BAR》の入口、その右にヌードのポスター。そして裏表紙には、空に向かう魂を導く天使が描かれている。

六浦光雄の絵はその頃、新聞などでもよく見たから、

——ああ、あの人の絵だ。

と思った。

「人造美人」とは、「ボッコちゃん」の最初の題だ。後から思えば、この絵は説明的であり過ぎる気もする。

さて、わたしはその場で、目次に並んだ三十編のうち、まず最初の「人造美人」、続いて「おーい　でてこーい」を立ち読みし、すぐレジに向かった。

その頃のわたしには、表紙にヌードポスターが描かれていたら、買いやすくはなかったはずだ。それでも迷わなかった。「おーい　でてこーい」に、殴られたような衝撃を感じた。短い文字の列が、これほどの広がりをもって訴えてくる。そこにあるのは、単なる《落ち》といったものではなかった。

しかしながら、「人造美人」すなわち「ボッコちゃん」の結びから湧き出る不思議な詩情の方は、まだ中学生にはとらえにくいものだった。

この一冊が、読み終えてしまうのが惜しくてならない本だった。今の新潮文庫『ボッコちゃん』は、より手頃でありより多くの作を収めている。それを見たら、昔のわたしは、

——未来の読者は、何と贅沢なのだろう。

と、憤慨に近い羨望を覚えたろう。

五十年以上の時を越えて、あの時の『人造美人』は、今もわたしの書棚にあり、手にすれば遠い日、その本と共に帰った夕闇の道を思い出す。

2

それから十年。角川文庫、昭和四十六年の『きまぐれ星のメモ』も忘れ難い一冊だ。

わたしはこの本で、かつて観るのが楽しみだった『宇宙船シリカ』の原作者が、誰だったか知った。上のお嬢さんの命名について、いかにも星先生らしい思考の道筋が語られた後に、《また、ＮＨＫテレビで二年ほど私が原作をつづけた「宇宙船シリカ」の記念にもなる》と書かれていたのだ。

嬉しかった。

白黒の画面が、ふうっと頭に浮かんだ。

――星先生、わたしは実は『チロリン村とくるみの木』よりも、『ひょっこりひょうたん島』よりも、ずっとずっと『宇宙船シリカ』の方が好きだったんですよ！

と叫びたくなった。この番組の映像は、脳内に大切にしまってある。

お嬢さん――といえば、その後のエッセー集、新潮文庫の『きまぐれ暦』に収められた「意味の重圧」は、こう始まる。

うちの二番目の娘は小学三年だが、だじゃれをおぼえはじめた。「秋田さんが、秋田市にはあきたと、秋にやってきた。それみて子供が、あ来た、と言った」などと妙なことを考え出してしゃべっている。

さりげないが、しかし溢れる愛を感じる。わたしは今ふと、この文章を、ダジャレで閉じたくなってしまった。だが、あやうく踏みとどまった。

そして、思う。人はこの《秋田さん》のように、記憶の中に忘れられない場面や言葉や音楽や絵を持つ。

星先生の本は、わたしにとってそういうものを収める箱の中にあるのだ。

（星新一公式ホームページ　二〇一八年二月）

# 父に連れられ、国立へ――かぶき随想

子供の頃、父が見得を切るのを見た。格好のいいことをいったりやったりした――のとは違う。もののたとえの《見得を切る》ではない。文字通りなので、

「これが、元禄見得」

と、右手を上げながら、

「かっ、か、か、か……」

と歌舞伎の形を見せてくれた。

前後関係は覚えていない。機嫌がよかったのだろう。続けて、

「柱巻きの見得――というのもある」

と教えてくれた。こちらの実演はなかった。適当な柱がなかったし、さすがに手足をかけて見得を切ったら、あぶない人になってしまう。後年、『鳴神《なるかみ》』を見た時、

――やってる、やってる。

と、思ったものだ。

父の口から、歌舞伎の言葉がもれたこともある。

「やっとことっちゃ、うんとこな……」

何だか分からない。だが、口調がいい。小学生の頃までは、ちゃぶ台で食事をしていた。わたしは魚をつつきながら、それをもじって、

――いいとこ取っちゃ、食うとこねえ。

などと、いった。それが『暫《しばらく》』の掛け声と知るのは、無論、大きくなってからだ。

中学生の頃になると、父の買って来たソノシート（といっても現代では分からない。理屈はともかく、簡単な音盤である）付きの『歌舞伎名台詞集』三冊を繰り返し、聴いた。耳に心地よかった。

父は明治四十二年の生まれ。慶應義塾に通った昭和初期、十五代目市村羽左衛門、六代目尾上菊五郎、初代中村吉右衛門などの舞台を観て暮らす歌舞伎ファンだった。慶應で仲良くしていたのが後の国立劇場制作室長加賀山直三。好きな同士が一緒になり、互いの歌舞伎熱は高まる一方だった。二人の交友については、『いとま申して』というわたしの著作中に書いた。加賀山が、後に文藝春秋役員となる鷲尾洋三と喧嘩し頭を突いて逃げ出すような、学園生活のひとこまもある。過ぎてみれば微笑ましい。

父は自分の家が経済的に傾き、将来の不安にさいなまれ出すと、ひたすら舞台に没頭した。歌舞伎見物が父の青春だった。こういうと今の人は、父を特別なマニアと思うかも知れない。いやいや、昔は社会全体がそういう文化を共有していた。

戦前はいうに及ばず、わたしが小中学生を過ごした昭和三十年代でも、ラジオから流れる落語や漫才には、歌舞伎を下敷きにしたものが多かった。それが庶民の共通知識だったからだ。流行歌にも、お富さんや弁天小僧が登場した。「寺子屋」の筋は、長谷川町子の漫画で知った。テレビがうちに入って、娯楽番組を見ると、『暫』の鎌倉権五郎があの扮装で登場し、そこに背広の男がやって来て肩をポンと叩き「よっ、しばらく」。そこで皆がズッコケる――などというギャグをやっていた。

さて、国立劇場――という名は懐かしいものだ。開場が昭和四十一年十一月。二カ月にわたり、『菅原伝授手習鑑』第一部、第二部の通し公演を行った。うちには、双方のプログラムがあった。今は十二月公演第二部のものしか残していない。父がわたしを連れて行ってくれたのがこちらで、記念にとってある。わたしは高校生だった。

——若いうちに、これぐらいは観ておいた方がいい。

というわけだろう。半世紀も前のことだ。当時は地下鉄で行くと、丸ノ内線国会議事堂前から延々と歩くしかなかった。その道を共に歩いたのも、今となっては遠い思い出だ。

完成したばかりのあの頃、記憶では劇場の脇に、とんぼの練習をする砂場があったような気がする。

舞台は、たとえば寺子屋の場合、父が幕間に、《源蔵戻り》や《いろは送り》について教えてくれた。

今、プログラムを開くと、加賀山直三の「補綴演出ノート」が載っている。その頃のわたしが知る由もないが、大学時代、共に歌舞伎を語り合った加賀山君がそういう仕事をしていることに、父はほろ苦いうらやましさをも覚えたろう。

その後、国立には何度も足を運んだ。『蔦紅葉宇都谷峠』の十七代目勘三郎、八代目幸四郎が印象深い。

わたしはやがて高校の教師となり、国立劇場の歌舞伎教室の日にちを押さえる役をつとめた。最初の頃は、前日から並んで泊まりがけで順番を取った。劇場内に用意された場所で一夜を明かしたこともまた懐かしい。

国立劇場も、昭和、平成を経て、また新しい年を刻み始める。さまざまな人達が、この場所で、またそれぞれの思い出を作って行くことだろう。

（「十二月歌舞伎公演解説書」二〇一八年）

# 春風は吹いていたか

## 1

五十年近く前、ＮＨＫラジオで「国語研究」という番組をやっていた。井伏鱒二の『黒い雨』を語る回があり、ゲストは小沼丹だった。その録音テープを持っている者など、今となっては、まあ、いないだろう——と書き出せば見当がつくだろうが、わたしは持っている。

庄野潤三作『つむぎ唄』に登場する英文科の先生大原は、小沼丹に《どことなく似ている》そうだ。友人である阪田寛夫が、そういっている。なるほど、《大》は《小》に、《原》は《沼》に対応しなくもない。大原の口ぐせは《よけいなこと云うな》である。しかし、ラジオでフェリス女学院大学生にインタビューされる小沼丹は機嫌がいい。そんな失礼なことはいわない。

編んで小熊の人形を作るとよさそうな太めの茶色の毛糸がちょっと縮れたような、親しみやすい声で、小沼は敬愛する井伏鱒二について語る。内容の方は『清水町先生』で書き尽くされているが、こちらは生の語りだ。ちょっと話しては嬉しそうに笑う。

『清水町先生』といえば、小沼はその結びに、河上徹太郎の「井伏文学は悲しみの文学です」という言葉を引いた。古いテープから流れる、師を語る言葉は明るく楽しげだが、小沼の目は井伏作品という川の底に《悲しみ》という底を見ていたのだろう。

今、小沼の本領とされるのは《大寺さん》ものといわれる後期の私小説だ。だが、前期の、登場人物名がカタカナで書かれていた頃の作も、窓から魅惑的な空を見るような印象を残す。作られた物語に小沼はやがて興味を失うわけだが、例えば『黒いハンカチ』のヒロイン《ニシ・アヅマ》は、忘れ難い。それは彼女の像が悲しみに裏打ちされているからだろう。《ニシ・アヅマ》が仮に《西》と《東》だとしたら——それは《東》のうちに《吾妻》と呼ばれ得たかも知れない、という思いを含むようにも思える(一九五八年の単行本『黒いハンカチ』は新かなだが《アヅマ》となっている。創元推理文庫版が《アズマ》としたのは理解できる。だが、固有名詞であることを考えると、他の版と同じく《アヅマ》のままにしておくのも味がある)が——、直木賞候補作となった『二人の男』が《サカ》と《シマ》であるのも、偶然ではないかも知れない。ドッペルゲンガー的位置関係に置かれる彼の名を、続けて読めば《さかしま》——つまり、《さかさま》のゆかしい呼び方となる。

後期の作のみを愛する方は眉を寄せられるかも知れないが、こういった軽やかな遊戯性もまた、小沼の——といって悪ければ、若き小沼の本質のひとつなのだ。

とするとわたしの行き過ぎた妄想は、小沼丹という筆名にも及ぶ。それを《オヌマ・タン》ではなく、ふと《オヌ・マタン》と切りたくなる。《マタン》は、フランス語の《朝》である。そして、小沼が若き日愛読した作家の一人であるフィリップには、パリの新聞「ル・マタン」に発表された『朝のコント』がある。

勿論、わたしは筆名がここから来ているなどと無茶をいうわけではない。こういう響き合いの面白さを楽しんでいるのだ。フィリップは、昔広く読まれた。宇野重吉(も昔の人になってしまった。かつては何の説明もいらない劇界の重鎮だった。寺尾聰の父親である……)は、朗読の集まりでフィリップの短篇を読み、三巻の全集を買い、肖像を切り取って額にいれ、部屋にかけたという。

わたしはといえば、子供の本で読んだ印象深い短篇が彼のものであることを、大学生の頃、岩波文庫で読んだ『小さき町にて』で知った。

小沼の「懐中時計」の中には、《僕は、昔読んだフィリップの「手紙」のなかに、海泡石のパイプを自慢している箇所があったのを想い出した》という一節がある。ところが「手紙」という短篇は、フィリップの作品集『小さき町にて』や『朝のコント』を開いても見つからない。実は、このくだりは書簡集『若き日の手紙』の中にある。海泡石のそれで喫むと《とてもよくて僕は白耳義《ベルギー》煙草をふかしてゐるやうな気持になるのだ。しつくりと手に合ふそのパイプを握りながら夢想に耽るのはすてきな気持だ。吐き出す煙の一かたまりごとに、一つの思想が生れるかのやうな気がする。》（外山楢夫訳・岩波文庫）

後期の《大寺さん》が思い起こすには、小説よりもこちらの方がふさわしい。

一方、小沼の初期作品には、チェーホフやフィリップが新聞に書いていたコントに通ずるところがある。そしてまた『不思議なソオダ水』を読むと、理屈抜きに感じてしまう、いわゆる《モダン》な味がある。タイトルが作品であり、本文がその説明であるような、この物語のページをめくりつつ、読者は思うに違いない。

——『新青年』！

と。

前期と後期の感触の違いは明らかで、小澤書店版『小沼丹作品集』、未知谷版『小沼丹全集』が、短篇集『懐中時計』から昭和三十年、三十一年の作品「エヂプトの涙壺」「断崖」「砂丘」をはずし、初めの巻に移したのも、よく分かる。

ところで、『黒いハンカチ』に続く、小沼のミステリ短篇集が企画されるとしたら、推理小説専門誌『宝石』や『推理ストーリー』に発表された作を中心に、機械的にまとめてよいだろうか。それでは、小沼の作品集として、いかにも寂しいものになってしまう。坂口安吾の場合でも最も優れたミステリ短篇は、全集の、推理小説の巻以外にあった。

小沼なら、少なくともこれら「エヂプトの涙壺」「断崖」「砂丘」などから「村のエトランジェ」「二人の男」まで、編者の目に入っていなければならない。

守備範囲を決めた読書は貧しいものだ。宝貝は、それぞれの海に眠っている。

2

さて、小沼丹の未刊行小説が読めるようになった。まさに、生きててよかった――というところだ。本巻はその『推理篇』である。

小沼は「型録漫録」の中で、大学のテキストとして何がよいか悩んでいる。《ハアデイ》は読んで面白くても、《何とも廻り冗《くど》い表現》が授業に向かない。《マンスフィルド》も《ニュアンスが逃げてしま》う。《モオム》も《やはり教場向きじゃないだろう》。

そんな彼が、大学で使っていたテキストは何か。小澤書店の『小沼丹作品集』に寄せた三浦哲郎の「素顔・横顔」によれば、ブラウン神父ものだった。

文学部の近くの喫茶店で女子学生が話していたという。

「チェスタートンの先生、今月三つも書いてるでしょう。夏休み中、頑張ったのね」

三浦はそこで初めて、小沼救《はじめ》助教授が作家小沼丹だと知り、驚いたそうだ。

『黒いハンカチ』の、そして、この本に収められた作品の著者にふさわしいエピソードではないか。

読者としては、『春風コンビお手柄帳』などという題名を見ただけで、口元がゆるんでしまう。『モヤシ君殊勲ノオト』の第一話で、《ワダ・マモル》や《ヤジマ・タカオ》というカタカナ名前を見ると、

——やってる、やってる。

と、声をあげてしまう。

そしてこの短篇を読み進めば、「青い鳥を見ますか？」と声がかかる。ここなど、まさに小沼調のゾクリとするところである。

これ以上、内容について書くのは避けたい。それは、作品そのものが語る。ただ『春風コンビお手柄帳』の「消えた猫」だけには一言したい。（未読の方は、ご注意願いたい）

これはつらかった。

小沼には、猫が重要な役割を果たす小説がある。だが、いわゆる猫派ではなかったのだろう。ここでの《タマコさん》の運命は、わたしには耐えられない。だからこそ、通り一遍のミステリを越えたおそるべき作になっているともいえる。だがわたしには、二度は読めない。《ユキコさん》は推理を語るところで《少し気持ち悪いけど》という。その《少し》にぞっとする。《モリタさん》は勿論、《ユキコさん》も、そしてこう書く小沼も、やはりおそろしい。

《春風》ミステリならどう処理するところか。明らかなことだ。《女中さん》が過失で猫を殺したのである。食べさせてはいけないものを食べさせたか、タオルの下などで寝ていたのを誤って踏んだのか。そこで《モリタさん》が植木の穴を掘り始めた。この一手である。これでもつらい話だが、『お手柄帳』の世界は壊れない。

だが小沼は、そうしない。春風などここに吹いてはいない。《モリタさん》には、今も昔も

新聞の社会面を開けば会える。小沼は現実の暗い深淵を見せつける。やはり、ひと筋縄ではいかない書き手である。

《ユキコさん》の《少し》は、例えば『竹取物語』で、石上《いそのかみ》の中納言の、客観的には滑稽で主観的には悲惨極まる死を知ったかぐや姫の、《すこし》を思わせる。『竹取』ではそれが、《あはれとおぼしけり》の上に置かれる。

そう思えば、これは《モヤシ君》にはふさわしくない言葉だ。昭和三十年代に窓辺でマンドリンを鳴らしている、地上から少し浮いたところにいる、怜悧な少女の口にこそ似合う。

（『春風コンビお手柄帳――小沼丹未刊行少年少女小説集　推理篇』幻戯書房　二〇一八年七月刊）

## 回復期には新聞漫画

一昨年の十二月三十日。年も押し迫った夜、生まれて初めて救急車で運ばれた。激しいめまいと吐き気に襲われたのだ。

——脳をやられたのか？

と思ったが、幸い、そうではなかった。その後、いろいろな人に同様の事例があることを知った。年を取ると、決して珍しいことではないようだ。

年末年始を病院で過ごし、やっと家に戻ってきた。こたつの座椅子でしばらくは安静にしていた。

わたしにとっての《大切な作業》とは、《本を読むこと》だ。こんな状態になれば、嫌でもそれに打ち込めるはずだ。買ったまま書棚にある『魔の山』や『荒涼館』を読破する好機ではないか。ところが、あれほど好きな、大長篇のページをめくる気力がない。そこで、ふと思った。

——四コマ漫画なら、どうか？

いくら何でも、一コマ目を見て四コマ目まで行く途中で疲れ果ててしまうことはない。本の途中、どこでも休める。うちにあるそれらを見返し、傑作と思うものに付箋を貼る作業をした。実に楽しかった。

本は書店で買いたい方だが、この時ばかりはネットのお世話になった。娘に頼んで、かつて読売新聞に連載されていた『轟先生』の単行本を取り寄せてもらった。子供の頃、毎朝、読んでいたものだ。見ると当時がよみがえる。アイスキャンデー売りが来たりする。テレビなど一般人には高嶺の花だった。家の中にはハエが飛んでいる。日常が、これほど変わってしまったのかと思う。

そうこうしているうちに、かつての自分に戻り、普通の本も読めるようになった。『サザエさん』や『コボちゃん』などなど、自分が生きた時代をたどれる、新聞の四コマ漫画はいろいろとある。それらを読むのは、回復期にある病人にとって、心の慰む、何よりも楽しい作業だと思う。

（「作業療法ジャーナル」二〇一八年十二月号）

# 松本清張を読む小学生

昨年の冬の初め、岡山に行くことになった。そこで思い出した。何年か前、かの地の古書店巡りをする番組を録画した。

ＤＶＤの山を調べたら、見つかった。ＢＳ11「宮崎美子のすずらん本屋堂」。その中で、作家・古書収集家北原尚彦氏と「本の雑誌」編集長浜本茂氏が、岡山の古書店を訪ねる。

内容は、すっかり忘れていた。再生してみると、一刻堂というお店が出て来る。児童向けの本が多く、本好きの小学生が集まるという。その中の一人に、案内役のお二人が声をかけた。

「どんな本が好き？」

「松本清張とか」

目の前の棚に絵本が並んでいるのだから、意外な答えだ。十一歳の男の子だった。

一緒にいた、もう一人の子にも声がかかった。すると、

「僕も、松本清張です」

こちらは十二歳の小学六年生。最初の子の、お兄さんだった。流れとして、それでは清張作品の何が好きか——という話になる。六年生君は、口を開き、

「『黒い福音』」

「……渋いとこ、突いて来るね」

この《渋いとこ》は、大人の目から見て、子供がいいそうにない、という意味だろう。『黒

い福音』自体は、《渋い》どころか、生臭い暗黒を見せつける作品だ。今回の展示の分類でいえば《2．日常に潜む闇――社会派推理小説の誕生》《3．現代社会の〝わるいやつら〟》《4．昭和史の真実をさぐる》にまたがるところがある。

わたしも、この小学六年生君と同じ問いを投げかけられたことがある。清張作品から選ぶとなったら、どれをあげるか。真っ先に浮かんだのは『昭和史発掘』であり、この巨大な山脈に対峙して、傑作の森ともいうべき短篇群がある。これは迷わない。

さて、長篇小説では――と考えた時、

「一作となれば『黒い福音』かなあ……」

と、いっていた。

読んだのは五十年ほど前になる。細部は覚えていなかった。だがページをめくるにつれ、のしかかって来た、苦しいほどの闇の重さは、忘れ難い。そして今また、現代の小学生の口から出る、同じ題名を聞いた。若い心に食い込むところがあるのだ。

――これは、この冬の課題図書だな。

と思い、半世紀ぶりに手に取った。

単行本で読んだ時の圧倒的な読後感を、再び得ることは出来なかった。だが、なぜあれほど深く心に刻まれたかが分かった。解説を読み、素材となったスチュワーデス殺害事件が昭和三十四年の出来事と分かった。わたしは十歳頃だ。詳細は知らずとも、そんなことで世間が騒いでいた――という記憶はあった。

冒頭の、巨犬を飼う家と神父の取り合わせは、獣性と聖性の物語の入口としてまことに恐ろしい。詩篇の言葉を作中に引きつつ、《聖書の天国は彼の感情を揺すぶらなかったが、この愉しみは、彼の胸をときめかした》などと進む展開は、左右が切り立った崖の尾根を行くようで

あり、それが朧げな記憶の中の事件と重なり、

——どこまで本当なのだろう。ここまで書いていいのか。許されるのか。

という不安感をかき立てられたのだ。

今回、文藝春秋の『松本清張全集』で読み返したのだが、解説等で現実の事件について知ることが出来、どこまでが創作か明確になった。それだけ、得体の知れない闇を見る思いは薄れてしまった。

解説の樋口謹一氏が、この作品により清張はフィクションの限界を感じ、《ノンフィクションへの力点移動》を開始した——というのは明察だろう。

ところで、岡山の少年は、なぜ清張を読み始めたのかと問われ、

「母にすすめられて」

と答えた。その場に、お母さんもいた。松本清張や山崎豊子を読んでいるが、子供に向かって、

「これを読んでみなさい——といったつもりはない」

ということだった。

若者が人に向かって、自分の親のことを《うちのお母さん》などと平気でいう昨今、清張を読む小学生がごく自然に《母に》と口にするのを聞くのは、快いものだった。

（「特別展　巨星・松本清張　図録」神奈川近代文学館　二〇一九年三月）

# 『春の盗賊』――ロマンスの地獄に

河出書房新社の敏腕編集者N・Iさんが、「私の好きな太宰作品」を教えてくれないかというのである。「好き」とは何とよい言葉だろう。あばたもえくぼ。好きなら仕方がない。他者の介入する余地はない。

「だって、好きなんだもの」

太宰に当てるのに好適な物差しですね。

どうしたものかと思いつつ、昼は過ぎ夕べとなり、やがて深夜。一人、炬燵《こたつ》の座椅子の背を、これ以上倒したら水平になるほど寝かせ、録画したドラマを観ていたのであります。

ＢＳ12の再放送『向田邦子ドラマ傑作選』。はるか昔、久世《くぜ》光彦《てるひこ》先生の演出で作られたシリーズだ。ブラウン管時代の役者が懐かしい。「隣りの神様」という回だった。国生さゆり演じる笙子《しょうこ》という病身の娘が出て来る。二階から下の道を通る青年を見るうち、魅かれてしまう。文通をしたいと、書いた手紙が届くようにしたが返事は来ない。そこで田中裕子演じる姉の彦乃が、代わりに返信を書く。

おやおやおや、と思う。最後のテロップには、向田邦子の作品より――としか出て来ない。しかし、これはもう『葉桜と魔笛』ですね。太宰では結びの《父の仕業》か、となるところが、こちらでは母になる。無論、それなりに赤マントの都市伝説などをからめ、まとめている。向田邦子の語る世界と、太宰お得意の女性の一人称が溶け合っている。

向田邦子のシリーズとうたっているから、太宰治の名は出しにくかったのでありましょう。脚本は、金子成人《かねこなりと》――とあるが、無論、久世先生が知らない筈はない。それとこれを結び付けようとしたのは明らかだ。

「好き」

だからですね。

ネット時代の今であれば、放送終了と共に「いかがなものか」という書き込みが溢れたろう。考えようによっては、昔はおおらかで、今はせちがらい。人の恋路を邪魔する奴は馬に蹴られて死ぬがよい。

しかしながら事程左様に現実はきびしい。太宰治と向田邦子の手と手を握らせ、道行きさせた久世先生と金子氏を、世間は訳知り顔に、テロップから『葉桜と魔笛』の作者の名を奪った盗賊と罵りかねない。

――盗賊?

よろしい。そこでわたしは、勇気を振り絞らねば出られぬ二月深夜の炬燵を出、ワープロの前に座ったのであります。嘘じゃあない。ほら、この姿をご覧ください。

太宰には、こう書き出される短篇がある。

あまり期待してお読みになると、私は困るのである。これは、そんなに面白い物語で無いかも知れない。どろぼうに就《つ》いての物語には、違いないのだけれど、名の有る大どろぼうの生涯を書き記すわけでは無い。

そして、

私は、昨夜どろぼうに見舞われた。そうして、それは嘘であります。全部、嘘であります。また、

「やって来たのは、ガスコン兵。」

白い円い手が雨戸の端に現れる。

ふらふら立ち上って、雨戸に近寄り、矢庭《やにわ》にその手を、私の両手でひたと包み、しかも、心をこめて握りしめちゃった。

語りの結び。ついにリアリストに破れ去らんとして、太宰はいう。

いやだ。私ひとりでもよい。もういちど、あの野望と献身の、ロマンスの地獄に飛び込んで、くたばりたい！

この短篇には、まず《――わが獄中吟》と記されている。なるほどなるほど。わけがわからないとおっしゃいますか。その通り。小説というのは紹介されたって仕方がない。読まなければね。人には添うてみよ、馬には乗ってみよ。

『人間失格』でも、『きりぎりす』でも『待つ』でも、つまりは何でもいいわけですが、「好

き」とは身勝手なもの。しんしんと夜も更けわたる今は、《「やって来たのは、ガスコン兵。」》と、つぶやきつつ、『春の盗賊』の名をあげておきましょう。

（「文藝別冊　永遠の太宰治」河出書房新社　二〇一九年五月刊）

# 教科書が言葉を支える

テレビのバラエティ番組を見ていた時のことです。ある方が、

「（こういう例は）枚挙にいとまがない」

と、いいました。すると、一人が、

「そんな言葉、聞いたことがない」

といいました。お仲間のグループが、そうだそうだといい、《枚挙》さんは口をつぐむ形になりました。スタジオの人たちは、声をあげて笑っていましたが、見ていて釈然としません。

時代劇では、敵方の手ごわい剣客が主人公に切り捨てられ、観客は溜飲をさげます。しかし、敵役に対し、町人が、

「そんな剣法、無意味だ」

といったらどうでしょう。そこで、取り囲む皆が笑っても納得できない。《手ごわい剣客》さんも、

――何だ、こいつら？

と、思うばかりでしょう。

しかし、テレビ画面にあったのは、やっつけた―やっつけられた感でした。そこには、言葉に対する敬意がありませんでした。

時代と共に、かたいお菓子が敬遠されるようになり、柔らかいお菓子が好まれるようになっ

たそうです。口にとっては、その方が楽でしょう。楽をすると、体は弱くなります。

この場合の《枚挙にいとまがない》は、格別、かたいお煎餅でも、――いや、難しい言葉でもありません。スーパーで買物をする時にはいらなくても、何かを論じたりする時には、普通に出て来る言葉です。

意味は、聞いたことがなくても前後関係から、簡単に分かります。言葉を覚える道がここにあり、我々は赤ちゃんの頃からその道を通って、段々と話したり書いたりするようになって来たのです。

以前なら、《枚挙》が出たところで人は、知らなくても知っているような顔をし、内心、

――ひとつ、言葉を覚えた。

と、思った筈です。そうやって、将棋でいうなら、持ち駒を増やしていった。

簡単に、知らないことを切り捨て、しかも皆で笑うなら、手の駒はどんどん少なくなってしまいます。桂馬があれば詰められる、歩一枚あれば詰められる。そういった局面で、ただ盤の向こうの敵を見、ぽかんとしているしかなくなるのです。

この放送を観たすぐ後、たまたま『世界文学への招待』という、放送大学の授業にチャンネルを合わせました。UCLAのマイケル・エメリック氏が講師になり、世界の中の日本文学について語ります。

マイケル氏はいいました。

「……のようなケースは他に、実は枚挙にいとまがないのです」

昨日の今日といっていい、まさに絶妙のタイミングでしたから、思わず、

「おおっ！」

と、声をあげてしまいました。

外国人でも、使うじゃないか——というつもりはありません（正確にいうなら、なくもないのですが）。マイケル氏の日本語力は、並の日本人よりはるかに上でしょう。しかしながら、肝心なのは、この言葉がここでは打たれるべき《歩》だったということです。言葉とはそういうものです。

実用的な伝達手段としての言葉に対し、小説や詩の表現では、やさしく言い換えると、何かが失われます。

五月雨を集めて早し最上川

と、

五月雨を集めて早い最上川

は違います。二つの五七五は、等価ではない。

「早し、なんて聞いたことがない」

といって、芭蕉の作を切り捨ててしまうことができるでしょうか。現代人に分かりやすいのは後者です。しかし、明快そうに見えて、実はそちらの意味は揺らいでいます。

五月雨を集めて早い。最上川！

なのか、あるいは、

五月雨を集めて、早い最上川！

なのか分からないのです。一方、芭蕉の句ははっきりしている。《早し》が終止形だからです。《早き最上川》ではない。分かりやすいことが、分かりやすいとは限りません。

しかし大切なのはむしろ、二つを比べた時、ほとんどの人が、前者の方に、力と魂を感じるであろう——ということなのです。

我々は、言葉の歴史の中に生きている。だから、考えるより先に、感じることが出来るのです。

俵万智さんは、授業で短歌を《教える》ことは出来ないといいました。いいわねー、いいわねー、というしかないそうです。まず、全ての教員が《いいわねー》と思う力を持っているかどうかを考えると、確かに難しいところはある。ですが、わたしが俵先生の授業を受けたとしたら、おそらく短歌そのものを忘れても、先生の《いいわねー》は心に残った筈です。

「おいおい、教えることの出来ないものを、教材にしてはいかんだろう」

という人がいるかも知れません。

すぐに役立たない、全ての生徒に同じ答えを求められない、文学的部分は問題にできない——などといわれれば、頷くしかありません。しかし、それが教科書の中に置かれ、東や西、北から南の、多くの子供たちの目に触れることに、計り知れない意味がある。体育の授業が子供たちの体を作るように、それらが国の言葉の体力をつけるのです。

『山月記』は若い心に響きやすい教材ですが、わたしがその一連の授業を終えた時、廊下で待っていた生徒がいました。その子は、——先生、と、わたしをじっと見、

「僕は、『山月記』を全部、原稿用紙に書き写しました」

その顔を、今も鮮やかに覚えています。

授業で西脇順三郎を知り、詩集を買ったという人にも会いました。すると、

(覆《くつがへ》された宝石)のやうな朝
何人か戸口にて誰かとさゝやく
それは神の生誕の日。

という実用的でも論理的でもないけれど、輝きに満ちた詩句が、わたしの頭に浮かびます。

無論、そういった人たちは、教室にいる中の、ほんの一握りでしょう。

それはそうです。体育の授業でサッカーを習っても、その道に進む子は少ない。走らされても陸上競技までやる子は、ほとんどいない。それでも、体育が子供たちの体を作るように、実用的とはいえない言葉が、全ての子供たちの国語の体力をつけるのです。

サッカーといえば、昔、『赤き血のイレブン』というコミックがありました。西脇順三郎よりも広く読まれた。その愛読者に、

「『赤い血のイレブン』って題の方が、分かりやすくない？」

と、聞いたら、おそらく多くの子が首を横に振るでしょう。こういう例は――枚挙にいとまがないと思います。言葉が歴史の流れの中にあるとは、そういうことです。

言葉の問題に関しては、今すぐ役立つことだけが大切ではない。国語が大きな流れの中にあることを忘れ、実用性、即効性を求めれば、失うものもまた大きいでしょう。


（「文學界」二〇一九年九月号）

## 「二廃人」のはなし——わたしと有栖川有栖さん

### 起

有栖川有栖さんと初めてお会いした時のことは、すでに別のところに書いた。場所は豆腐料理専門店『笹乃雪』。すぐに、意気投合した。

同席していらしたのが奥様。世間一般の基準でいっても素敵なのだが、わたしのような人間にとっては、まことにありがたい方だ。

泡坂妻夫先生は、言葉遊びをごく自然にされた。謎や機知を愛する人間はそうなるものだ。この頭の遊びを、馬鹿馬鹿しいとかつまらないとかいわれたら、立つ瀬がない。有栖川さんの奥様は、わたしがそういう言語遊戯（世間一般には駄洒落という）を口にすると、見事にうけてくださる。ぽっと灯がともったようなお顔になり、アハハ、と笑ってくださるのだ。

わたしの方は、お客さまあっての芸人——とまでいえるレベルではないが、奥様の方は、実に得難い聞き手である。

鮎川哲也賞のごく初期、まだ中島河太郎先生が選考委員をなさっていた頃のことだ。授賞パーティが進み、司会の方がいった。

「では、このあたりで、そろそろ中締めを——」

洒落というのは、考えて口に出すものではない。閃くのだ。運よく（というべきかどうか）、その時、前に有栖川ご夫妻がいらした。わたしは瞬時に一歩踏み出し、有栖川夫人の耳元で囁いた。

「中締め河太郎先生にお願いしましょう……」

「アハハ！」

今では、時の彼方に行ってしまった、ある瞬間の出来事だ。

ところが、この四月に出た『泡坂妻夫引退公演　第一幕絡繰』泡坂妻夫　新保博久編（創元推理文庫）の解説を見て驚いた。新保さんはいう。《(前略）ここで中〆である。解説は中〆河太郎（駄洒落ｂｙ北村薫氏）――と言いたいところだが（後略)》。

この思い出を、心楽しく、新保さんに語ったことがあったのですね。しかし、ここだけ読んだら、

――北村は、どうしてそんな失礼なことをいうのか？

と、思われるだろう。中島河太郎先生といえば、わたしが中学生の時、現代教養文庫の『推理小説ノート』を愛読。肌身離さず――というのは、実際、バス旅行にまで持って行き、ちらちら見ていたほどの、導きの神である。とはいえ、突然、ふっと舞い降りて来た言葉遊びの誘惑には勝てなかった。

思いついても、独り言ならいわない。良き聞き手がいたので、口から出た。わたしの駄洒落にも、これだけ応えてくださるのだ。本格推理の名品には、目を大きく見開き、嬉しい反応を示してくださることだろう。

おそらく奥様は、有栖川作品の、最も身近の、よき読者に違いない。

有栖川さんとわたしのことなら、阪神タイガースの話題になるとお思いだろう。真剣なやり取りから、馬鹿馬鹿しい方では、吉本が不振の阪神を買い取り、吉本タイガースになる。めった打ちされたピッチャーが《今日は、これぐらいにしておいてやる》といって、マウンドから降りて来る――そんな話までした。

そちらに船のへさきを向けたら、たちまち原稿用紙が足りなくなる。で、方向をかえ、次は有栖川有栖ちょっといい話。直接、聞いたことである。

有栖川さんがデビューして間もない頃、東京に来た。ホテルをとってもらってあった。フロントに行き、

「有栖川です」

係の人は、ごく事務的に、

「――下のお名前は？」

佐藤や鈴木なら、別人と間違えることもある。ミスをなくすための確認だ。《しかしねえ……》と、有栖川さん。

「有栖川なんて人、一日に二人泊まってます？」

まあいないだろう。論理的には不必要と思う。しかし、聞かれてしまえば仕方がない。初々しい新人作家は、

「……有栖です」

と答えるのが、

「……羞ずかしかったですねえ」

表情が、その時を彷彿とさせ、実によかった。

転

そして、有栖川さんとわたしの間にあった、最も面白い事件が、次に語るものだ。嘘のようだが、本当の話である。

今世紀になってからだが、今となれば昔。とある午後、うちに電話がかかって来た。有栖川さんの声がいう。

「あのー、『ダ・ヴィンチ』に〈ミステリー・ツアー〉という連載をしてます」

「はい」

「面白そうなところ、あっちこっちに行って、あれこれ書いてるんです」

第一回は、肥前長崎港から南西へ五里、疾走する快速船で十三分ほどの海上、そこにわずか六町ばかりの小島があり、その名を軍艦島と呼ぶ――というのは横溝先生の『獄門島』にならって、今、わたしが書いたのだが、それはともかく、軍艦島を皮切りに、数々の地を訪ね、北ではオホーツク海まで見に行っている。

「――それで、今度、岐阜県の飛驒福来心理学研究所に行って来たんです」

一回聞いても、何のことかよく分からない。地元出身の念写発見者、福来友吉博士の業績を伝えるところらしい。

「――エッセイを書いた後、その回の内容に繫がるミステリなんかを紹介してるんです」

「ほうほう」

「今回だと、心霊写真を素材にしたものが、ぴったりなんですけど――」

「そうでしょうね」

「確かに読んだ気がするんです。だけど、思い出せない」

読んだ筈の本を忘れることなら、わたしにもある。これは困る。もどかしさが、よく分かる。ドラえもんを呼んで、助けてもらいたくなる。しかしながら、未来のロボットは近くにいない。

「待ってください。……そういわれれば、わたしも読んだ気がする」

二人で、しばらく、《うーん、うーん》と苦悶した。らちがあかないので、分かったら電話することにした。

わたしは、すぐに書庫に入り、並ぶ背表紙を目で追って行った。すると、――あっけなく答えが出た。

有栖川さんに、電話をかける。

「分かりました、分かりました」

「そうですか」

「作者は誰だと思います」

「分からないから聞いたわけで……」

「それがね、実は、――わたしだったんですよ」

「…………」

意外な犯人である。絶句する有栖川さん。

「有栖川さんの深層心理に、わたしだと残っていたのかも知れない。だから、こちらにかけて来た」

「うーん」

「しかしね、本当に恐ろしいのは、これから先です」

結

「その中篇は、やがて三作まとめて一冊本となり刊行され、文庫化もされているんです」

「ええ」

「その文庫の解説を、……有栖川さん、あなたが書いているんですよ」

物語なら、ここで外に落雷の音が響くところだ。

「…………」

この世に、まことにまれな出来事である。書いた作者のところに、解説者が電話をかけて来て、《こんなの、読んだ気がするんです》《わたしも、知ってる気がする》という、やり取りをするのは。

「気づいた瞬間、江戸川乱歩、最初期の短篇が、忽然と浮かびましたね」

「何です」

「――『二廃人』」

大正十三年、『新青年』六月号に載った。

《二人は湯からあがって、一局囲んだあとを煙草にして、渋い煎茶をすすりながら、いつものようにポツリポツリと世間話を取りかわしていた》と始まるが、内容の方は関係ない。朧な記憶を語る我々の様子が、日本ミステリ史上に残る短篇の題名と、妙にしっくり重なったのである。

わたしの方はおっちょこちょいで、うっかりや、もの忘れを盛んにするが、有栖川さんは大丈夫、この時を例外に、以後も緻密な頭脳の働きを、数々の作品で見せてくれる。

それはともかく、こういう《事件》に遭遇出来るのも、親しくやり取りをするお仲間なればこそで、思い返せば懐かしい。

有栖川さんは、飛騨福来心理学研究所探訪について語るエッセイの最後に、わたしのこの作『覆面作家の夢の家』中の「覆面作家と謎の写真」を取り上げ、コメントの最後を《日常に忍び込んだ怪異は、胸のすく推理で祓われる》と結んでくれた。こんなうれしいことはない。めでたしめでたし。

有栖川さんには優れた小説群に加え、『有栖川有栖の密室大図鑑』等々、われわれの心をわくわくさせる名著が多い。「ダ・ヴィンチ」のこの連載は、『作家の犯行現場』としてまとめられメディアファクトリーから刊行され、その後、新潮文庫に入った。

（『46番目の密室　限定愛蔵版』付録冊子　講談社　二〇一九年九月二十五日刊）

# 自選短篇ベスト12

水に眠る
表題作

1950年のバックトス
表題作

遠い唇
表題作

さばのみそ煮
『月の砂漠をさばさばと』所収
（CD収録朗読作品）

凱旋
『1950年のバックトス』所収

しりとり
『遠い唇』所収

白い本
『ヴェネツィア便り』所収
（CD収録朗読作品）

ものがたり
『水に眠る』所収

元気でいてよ、R2-D2。
表題作

誕生日
アニヴェルセール
『ヴェネツィア便り』所収

夏の日々
『語り女たち』所収

ヴェネツィア便り
表題作

それぞれの作品が語る以上の言葉は、すべて余分なものになるだろう。

ただ、朗読した二作についていう。

「白い本」に共感してくださった方がいらした。『うた合わせ』という本の巻末に、わたしは歌人藤野まり子の、《湯豆腐の鍋に豆腐を沈ませて夫呼び娘をよぶ吾は誰が呼ぶ》を引いた。《誰が読んでくれるのか》という書き手の不安は、《誰が呼んでくれるのか》という存在の不安に通じる。

「さばのみそ煮」を朗読したのは、作中に《父》のでたらめ歌があるからだ。メロディは、文章では伝えられない。それでいい。だが、この機会を得て、時の向こうに消え去るべき、その調べは、実はこういうものだったと、声にしたくなった。

## 自選短篇と朗読CDのこと

朗読は2019年6月18日、神楽坂ラカグでの30周年記念本刊行プレイベント「北村薫の声を聴く」にて収録

# 高校生のショートショート

# 宇宙の会見

歴史的な日に、なるはずだった。

地球人を乗せたロケットは、コサクーフ星へと急いでいた。

「しかし、驚いたね。われわれ以外の、文化を持つ宇宙人と、こんなにはやく会う事ができようとは」

「本当だ。しかし、どんな奴らだろうな？」

「さァてな。しかし目が四つあろうが五つあろうが、そんな事は関係ないよ。問題なのは、どんな特殊な文化を持っているかだ」

「とにかく、地球へ電波を送ってくる程だから、そうとう進んでいるんだろうな」

「我々と同じか、あるいはそれ以上だろうな」

「おい、もう一時間だ！　さァ、話はやめて、配置につけ！」

「しかし、どんな奴らかな？　気になるぞ、こいつは」

「なにを言ってるんだ！」

＊

「地球人、遅いでげすな」

「まもなく、来るでげしょう」

「早く、来ないでげすかな」

「信頼でげすよ、未知の人に接するには」

「しかし、なんでげすな。電波交換を経て、いよいよ対面とは、ろまんちっくでげすな」

「そうでげす。しかし、本当に遅いでげすな」

「そう言われれば――。まったく宇宙では、なにがあるかわからんでげすからな」

「まちがいがなければ、いいんでげすが――」

＊

用心深く、地球のロケットは、コサクーフ星へ降りたった。やがて宇宙服に身をかためた使節達が、気密ドアから出てきた。

「やァー。こりゃあ、広い。すごいところだ」

「ここが、指定場所に違いないだろうな。あの建物に入っていけばいいんだと思うが、もしまちがって、あれが民家だったりしたら、ちょっとおかしな事になるからな」

「いえ、確かです。電波はその建物から出ております」

「そうか。おい、コサクーフ星人に、やっと会えるぞ」

「あんまり、変な顔でなけりゃあいいですがね」

「鏡を見てから言えよ。さァ、静かにしろ。みんな、そろったな。行こう」

使節達は、重々しくビルの中へ入って行った。

＊

「本当に、遅いでげすな」

コサクーフ星人の一人は、ゆっくりとくり返すと、電波発信機をかかえた手をちょっと動かした。そして、今、口の中に入ってきた虫をかみくだくと直方体の大きな大きな体をゆらした。

# 世もすえ

今、最後の戦いがなされようとしていた。数億年間、続けられて来た善と悪との戦い。神と悪魔の決戦である。

34世紀の地球を青白い月の光がおおっていた。人々は、かたずをのみ、彫像と化して、超ルバイブル波テレビをみつめていた。ルバイブル波は宇宙のはてから、最後の決戦の映像を恐ろしいほど鮮明に送ってくる。

どことも知れぬ場所。果てしなく続く赤い砂。血のようなそれに黒い影が落ちた。怪しい叫びと共に、悪魔は立ち上がった。

この世にはありえない光が、その時、800タルズ前方からさした。

悪魔は、一瞬、かすかなあえぎをもらし、よろめいた。日をおおうと彼は闇の翼をざわめかせ、軽く150タルズがところ、とびのいた。地にふせると、歯をくいしばった。何かを考えるかのようにうずくまる。やがて、地の果てから何億とも知れぬ木の葉がふきよせてくる。黒い、死のように黒い木の葉は、赤い砂の上に落ちると、一匹一匹の小悪魔になった。

光の中から、その時、純白の羽毛の嵐がまきおこった。それは砂地について、一人一人のかわいらしい小天使となった。

……赤い砂のまきおこるたびに、小悪魔と小天使の数はへっていった。どす黒い血とミルク色の血が、無限砂丘を悲しく、すさまじくいろどった。

何時間たったか……。神は、一歩を踏み出した。悪魔は目をつむったまま、進み出た。

二人の他、誰もいなかった——。

雷鳴が轟いた。黒紫色の雨がぽつりと降りだした。

悪魔は目を開いた。その目の無限の憎悪に、神はよろめいた。

立ちつくしていた。二人共。

数時間が流れた。

光が突然、明るさをました。悪魔がかすかにふるえた瞬間、雨は突然あがった。

一歩を神は踏み出した。また一歩、また一歩。

その時、悪魔は全身の力をこめて憎しみの心を灼熱の火と燃えあがらせた。

神の足は、とまった。

狂ったような哄笑が、悪魔の口からもれた。

見よ！　雨！　雨だ！　今やそれは。まったくの暗黒色となって降りそそぐ。天地間を闇が覆う。雷鳴の轟き。

それにもまして耳をひきさくばかりの音がとどろいた。赤い砂はふるえ、雨は滝のごとくに落ちる。ああ！　見よ——光はゆれて、——それは、かすかな息をつく。——そして今、ついに、——光は消えた。

瞬間、地球人の大半は息をのんだ。彼らはまっさおになってテレビにかけよった。そのはずだった。次に悪魔の顔がアップになった時、彼らは歯がみして叫んだ。

「畜生！　俺も、あいつに賭ければよかった！」

# 概念マシン

「ついに、できたよ」

ファージング博士は、妻のミリンダに言った。

「何なの……」

ミリンダは読みさしの新聞から目も離さずに言った。——いつもこの調子だ。博士はいらだちと共に、彼女に近寄った。

「概念マシンさ」

「……?」

彼女がようやく顔をあげた。度の強い眼鏡の奥から針のような目が、彼を見ていた。

「君は、僕がなにをしていたって、かまわないんだね……。僕のやっている発明がなにか。初めて聞いてくれたね」

せいいっぱいの皮肉を言うと、彼は早口に続けた。

「難しいことは略そう。ようするに、概念を実際化する機械なんだ。来てごらん」

「ここから、ものを言うんだ」

博士は小さく、〝バラの花〟と言った。すると目の前の盤の上に、白いバラの花たばが現れた。

「今、僕は白いバラを考えながら言ったんだ。だから、同じ〝バラの花〟でも人によって、出て来るものは違う。〝バラの花〟という名前の競走馬を考えながら言えば、〝バラ〟ではなく〝馬〟が出てくるわけさ」

妻は、なにも言わなかった。博士は唇をかんだ。数秒がたった。

「何か、言ってごらん」

ミリンダは首を振り、〝いいわ〟と言った。そして夕陽のさす部屋から出て行った。

ファージング博士は、赤い光を浴びながら、じっと立っていた。彼は見た。〝いいわ〟と言った時、妻の唇がかすかに動いたのを。

なんだ、あれはなんの笑いだ。なんの！

両手をしっかりにぎった。怒りが腹の底からこみあげてきた。顔をゆがませ、博士は大声で妻を呼んだ。

「ミリンダ!!」

カチッと音がした。

ふりかえった博士は息をのんだ。概念マシンの盤上に白い煙が見えた。次の瞬間、夕陽の赤ペンキに塗られた光の中、現れた悪魔は、盤を降り、どぶからあがったねずみのような体に目だけをらんらんと輝かせ、近づいて来た。

# 密航者

　僕たちが学校で、養分ジュースとビタミン錠剤の給食をとっている時だった。今まで電子頭脳８４７号の作曲した、交響曲５６７８番をやっていた立体テレビが、奇妙な音をたてはじめた。重大事がおこった時だけの非常警報だ。

　たちまち、ロボット楽団は消え、緊張した顔のアナウンサーが現れた。

「――ただいま、20世紀初期、もしくは中期から、一人の男が密航してきたことが判明しました。事もあろうに、タイムパトロールのマシンにのりこみ、この世界に忍びこんできたということです。その手口の大胆さから、戦争と混乱のあの時期の人類中でも、特におそるべき男と思われます」

　次の時間は世界史だったが、その話でもちきりで、とてもうるさかった。そのはずである。どうやら、密航者はこの学校の方に逃走しているらしい。

　僕たちの大騒ぎに、先生もさじをなげた。

「じゃあ。特別に、その時期の復習をしてみよう」

　僕が指された。

「その頃、欧州ではどういうことがあったのだね」

「鍵十字のマークをつけた宗教団体が、大きな騒乱を引きおこしました。この時期の資料の大半は、最初の核戦争でなくなったので、確実なところは分かりません。ですが、首謀者についてでは、旧式な平面写真が残っています。その名は——」

その時、ドアが開いた。

皆がそちらを見た。僕は目がくらくらした。僕を驚かせたのは、男のちょび髭だった。教室中に、異様な静けさが広がった。先生は、それでもさすがにしっかりしていた。一歩踏みだすと、おびえる自分を叱りつけるようにどなった。

「き、君は！」

男は答えた。

「チャップリンです」

# 完璧

世界に名高いSF作家、フレドリック・ブラック氏は考えた。――俺の才能の泉はかれてしまったのか！

かつて彼の頭脳は、他の作家たちの驚きのまとだった。誰も考えつかないアイデア、あふれる詩情、意外な結末。その彼への、雑誌からの注文もお義理でくるほどのものになっていた。金には困らない。それがいっそう彼をいらだたせた。なぜなら、彼が暮らしていけるのも、以前の作品のおかげだったから。

ああ、どうしたっていうんだ。アイデアが、出て来ない。これだけ書いて来たんだ。人間ならネタがなくなってあたりまえかもしれん。ええい。

やけになって立ち上がった。しかし、

「待て」

彼は、じっと前の壁を見つめた。

「人間なら――、そうだ、人間だからだ。俺が人間だからだ。――よし！」

ブラックの姿は、それから一時間とたたぬうち、友人の発明家の家にあった。

「よし、説明はわかった。……悪いけど、ちょっと一人にしてくれないか」

「なんだい、いったい。いきなり飛びこんできて、電子計算機を貸してくれって言ったかと思うと、今度は出て行けか」

友人は肩をすくめた。

「いいさ。ちょうど、出かけるところだったんだ」

足音が消えて、しばらく時が流れた。

「よし、やるぞ」

ブラックは計算機の方へ、ゆっくりと近づいた。ＳＦに必要な条件を覚えさせ、今までに発表された傑作のストーリーを組み込んだ。

そして、ブラックはマシンをオンにした。

半時間もたった頃、青いランプが点滅した。ブラックは飛びつくようにして、刷り出された紙をもぎとった。題名だった。ああ、なんという美しい響きをもっているのか。ブラックはため息をついた。ああ、どうして俺は、これを思いつかなかったのだろう。

続いて、二枚目、三枚目がうちだされた。ブラックは我を忘れて読みふけった。

すばらしい。ああ、こんな作品ができるなんて。

ブラックは完全に魅せられていた。


……時計が何時かを打った。

静寂と月の光が部屋を満たしていた。仕事を終えた計算機は、もうなにも言わない。青白い光はその肌に反射され、ますます金属的になっている。

月は、最後の一行を読み、あまりの意外さにショック死した男の顔を冷たく照らしていた。

# 忠実

エルは神経衰弱になりそうだった。

「おじさん、とんでもないものを送ってきたな」

ことのおこりは、エルの誕生日だった。おじさんから大きな箱が運びこまれてきた時、こんなことになろうとは思いもしなかった。

「やァ、なんだろう。〝開けごま〟ってな具合にあけば、すぐわかるんだがな」

と、箱は開いたのである。中から、銀色の真新しいロボットが出てきた。

ロボットは無言で、箱の中を指さした。そこに書きつけがあった。

「説明書だ。なになに。〝このロボットは、お前の言うことを忠実に実行する。お前の声にあわせて、電子頭脳回路をこしらえてあるからだ。これを誕生日の贈り物にする〟。――なるほど、ただ言えばいいのか。これは気がきいてる。――あ、そうか。さっき〝開け〟って言ったから、中から出てきたんだな。よし、やってみるか」

エルは、面白ずくでいろいろな用を言いつけた。ロボットは忠実だった。彼の言うことは全て聞いた。

その日の午後だ。ばらの手入れをしていたエルは手にとげをさした。

「畜生。こんな花、枯れちまえ！」

花は枯れた。後ろにロボットが立っていた。

それからというもの、エルがなんの気もなく言ったこと、悪口、でまかせ、そのすべてが忠実に実行された。おかげで、家中、めちゃくちゃになってしまった。一度なぞ、人を呪いかけて、口をおさえ、あぶら汗を流したこともあった。

〝帰れ、出ていけ！〟という命令だけには答えなかった。電子頭脳に、まず、彼の言うことをきくため側にいるという条件が組み込んであるようだった。

ポンと、エルの背中をケイがたたいた。

「どうした。うかない顔、してるじゃないか」

「あ、ああ…」

エルは顔をあげた。家に帰るのが嫌で、公園のベンチに寝ころがり、秋の空をみつめていたのである。問われるままに、一部始終を話した。金色のいちょうの葉が地面に落ちたのをきっかけのように、ケイは笑いだした。

「よしてくれ。本人には、笑いごとじゃないんだ」

「失礼、失礼。そんなの簡単じゃないか」

「簡単？」

「そうさ。そのロボットからのがれる方法さ」

「なんだって。お、教えてくれ、頼むよ」

「ハハハ。よく聞けよ。たったひとこと言うんだ。こわれろ!!」

どうしてこんなことに気づかなかったんだろう。エルはロボットの前に立ち、満足そうに笑った。そして、口を開いた。

「こわせ!!」

# ストップマシン

リトリート博士は、人のよい顔を静かにあげた。

「――以上の理論によって完成されたこの機械を、ストップマシンと名づけます」

まばらな拍手が、会場からおこった。

「え、これで――」

彼は、原稿に目を落とした。

「人類はタイムマシンの完成に、確実に一歩近づいたわけです。時間を自由に動かせる時が来るのも、ま近でしょう」

博士は後ろを向くと、銀白色の機械に近づいた。開け放たれた窓から、さわやかな風が入ってきた。

「では、ストップマシンの初実験を行います。さきほどから説明しました通り、この機械は時間を止めることができるのです。操作もごく簡単。このボタンを押してい――」

## 高校生のショートショート

中学生の時、隣の市の本屋さんで、星新一の新書の一冊『人造美人』を発見。後の「ボッコちゃん」ですね。きらきらした才能に、たちまち、ノックアウトされました。高校生になると友だちを読者にし、大学ノートにショートショートを書いては見せていました。

さて、一昨年（二〇一七年）のこと。山口雅也さんの『奇想天外21世紀版アンソロジー』に、若書き作品再録のコーナーがありました。そこで、古いノートを引っ張り出し、「宇宙の会見」「世もすえ」の二編を載せていただきました。書くことの面白さは、オチにはないんだ――というところが見えたからです。無論、星先生もオチの作家ではないわけです。前者は、宇宙人の口調が、後者は、題と物語の響きが、それぞれポイントになっています。

今回は、高校生がこんなの書いてて嫌だなあ――という「概念マシン」、映画『独裁者』についての記事を読んでの「密航者」、オチについての皮肉が語られている「完璧」、動詞「こわす」への恐れから書かれた「忠実」を加え、掲載させていただきました。

時は流れ、

――若書きをお見せしても、笑って許していただけるかなあ。

と思える年になったわけです。

# 北村薫 全著作リスト（1989〜2019）

1989年3月 『空飛ぶ馬』（東京創元社） 創元推理文庫
1990年1月 『夜の蟬』（東京創元社） 創元推理文庫
◎第44回日本推理作家協会賞短編および連作短編集部門受賞
1991年2月 『秋の花』（東京創元社） 創元推理文庫
1991年11月 『覆面作家は二人いる』（角川書店） 角川文庫／中央公論新社C★NOVELS／角川文庫新装版
1992年4月 『六の宮の姫君』（東京創元社） 創元推理文庫
1993年9月 『冬のオペラ』（中央公論社） 中公文庫／角川文庫／中央公論新社C★NOVELS
1994年10月 『水に眠る』（文藝春秋） 文春文庫
1995年8月 『スキップ』（新潮社） 新潮文庫
1995年9月 『覆面作家の愛の歌』（角川書店） 角川文庫／中央公論新社C★NOVELS／角川文庫新装版
1996年5月 『謎物語―あるいは物語の謎』（中央公論社） 中公文庫／角川文庫／創元推理文庫
1997年1月 『覆面作家の夢の家』（角川書店） 角川文庫／中央公論新社C★NOVELS／角川文庫新装版
1997年8月 『ターン』（新潮社） 新潮文庫
1998年4月 『朝霧』（東京創元社） 創元推理文庫
1998年7月 『謎のギャラリー』（マガジンハウス）

＊2002年2月増補し『謎のギャラリー　名作博本館』として新潮文庫化
1999年5月　『ミステリは万華鏡』（集英社）　集英社文庫／角川文庫
1999年8月　『月の砂漠をさばさばと』（新潮社）　新潮文庫
1999年9月　『盤上の敵』（講談社）　講談社ノベルス／講談社文庫
2001年1月　『リセット』（新潮社）　新潮文庫
2002年6月　『詩歌の待ち伏せ　上』（文藝春秋）　文春文庫（『詩歌の待ち伏せ1』）
2003年1月　『街の灯』（文藝春秋）　文春文庫
2003年10月　『詩歌の待ち伏せ　下』（文藝春秋）　文春文庫（『詩歌の待ち伏せ2』）
2004年4月　『語り女たち』（新潮社）　新潮文庫
2004年10月　『ミステリ十二か月』（中央公論新社）　中公文庫
2005年2月　『ふしぎな笛ふき猫―民話・「かげゆどんのねこ」より』　山口マオ・絵（教育画劇）
2005年4月　『続・詩歌の待ち伏せ』（文藝春秋）　文春文庫（『詩歌の待ち伏せ3』）
2005年6月　『ニッポン硬貨の謎―エラリー・クイーン最後の事件』（東京創元社）　創元推理文庫
◎第6回本格ミステリ大賞（評論・研究部門）受賞
2006年3月　『紙魚家崩壊―九つの謎』（講談社）　講談社ノベルス／講談社文庫
2006年7月　『ひとがた流し』（朝日新聞社）　新潮文庫
2007年4月　『玻璃の天』（文藝春秋）　文春文庫
2007年8月　『1950年のバックトス』（新潮社）　新潮文庫
2007年11月　『北村薫のミステリびっくり箱』（角川書店）　角川文庫
2008年5月　『北村薫の創作表現講義―あなたを読む、わたしを書く』（新潮選書）
2008年8月　『野球の国のアリス』（講談社）　講談社文庫

２００９年４月　『鷺と雪』（文藝春秋）　文春文庫
　◎第１４１回直木賞受賞
２００９年８月　『元気でいてよ、Ｒ２-Ｄ２。』（集英社）　集英社文庫／角川文庫
２０１０年１月　『自分だけの一冊―北村薫のアンソロジー教室』（新潮新書）
２０１１年２月　『いとま申して――「童話」の人びと』（文藝春秋）
２０１１年５月　『飲めば都』（新潮社）　新潮文庫
２０１４年５月　『八月の六日間』（角川書店）　角川文庫
２０１４年11月　『いとま申して２―慶應本科と折口信夫』（文藝春秋）
２０１５年３月　『太宰治の辞書』（新潮社）
２０１５年９月　『中野のお父さん』（文藝春秋）　文春文庫
２０１６年４月　『うた合わせ　北村薫の百人一首』（新潮社）　新潮文庫（『北村薫のうた合わせ百人一首』）
２０１６年９月　『遠い唇』（角川書店）角川文庫
２０１７年10月　『ヴェネツィア便り』（新潮社）
２０１９年３月　『中野のお父さんは謎を解くか』（文藝春秋）

## アンソロジー

１９９８年７月　『謎のギャラリー　特別室』（マガジンハウス）
１９９８年11月　『謎のギャラリー　特別室Ⅱ』（マガジンハウス）
１９９９年５月　『謎のギャラリー　特別室Ⅲ』『謎のギャラリー　最後の部屋』（マガジンハウス）
＊２００２年２月『謎の部屋』、２００２年３月『愛の部屋』『こわい部屋』として増補し新潮文庫化、さらに２０１２年７月『謎の部屋』８月『こわい部屋』は増補の上、ちくま文庫化

2001年8月　『北村薫の本格ミステリ・ライブラリー』（角川文庫）
2005年10月　『北村薫のミステリー館』（新潮文庫）

## 宮部みゆき氏との共編アンソロジー（ちくま文庫）

2008年1月　『名短篇、ここにあり』（本文）
2008年2月　『名短篇、さらにあり』（本文）
2009年5月　『読んで、「半七」！　―半七捕物帳傑作選1』
2009年6月　『もっと、「半七」！　―半七捕物帳傑作選2』
2011年1月　『とっておき名短篇』
2011年1月　『名短篇ほりだしもの』
2014年5月　『読まずにいられぬ名短篇』
2014年6月　『教えたくなる名短篇』

## エッセイ

2012年12月　『読まずにはいられない　北村薫のエッセイ』（新潮社）
2014年3月　『書かずにはいられない　北村薫のエッセイ』（新潮社）
2017年3月　『愛さずにいられない　北村薫のエッセイ』（新潮社）

## ガイド・ブック

2004年6月　『静かなる謎　北村薫』（別冊宝島1023）
2013年3月　『北村薫と日常の謎』（宝島社文庫）
2016年6月　◎日本ミステリー文学大賞受賞

# あとがき

種明かしをひとつ。本扉に、

短歌合わせる村　遠き星

と、書かれていたでしょう。これが実は、わたしの最も新しい作品です。日本の言葉の伝統の中でも、古くから、人々の心を乗せる舟として、さまざまな色合いを見せて来た短歌という形式。一首一首が、短く、深い、物語を秘めています。

ある村で、人々が集い、さまざまな題の短歌を作り、それを合わせては、響き合う思いの不思議にうたれている。その人々の営みを見守るかのように、天空高く星が輝いている。

そんな情景が浮かびませんか。

『本と幸せ』北村薫——ほんとしあわせきたむらかおる

その文字を見つめていると、文字たちが子供のように動き出し、手を繋ぎなおし

——たんかあわせるむらとおきほし　となりました。

この本と一緒に、『うた合わせ』が文庫化されます。そういう時を迎えるわたしだから、今、文字が、自然にこう並んだのです。童話めいていますが、言葉とはそういうものなのです。

作家生活三十年――とは、信じられません。つい、この間、初めて買ったワープロで、最初の一作を書き始めたというのに。

それはそれとして、もっともっと早く、周りから流れて来る理解の出来ない声たちにくるまれていた赤ん坊の頃から今まで、言葉が――そして、文字というものを知った頃から、本が、わたしの身近にあり、わたしを世界と結び付けてくれました。

そして今、この世の、無数の本に加わる、新しい一冊が、また生まれました。『本と幸せ』は、《ほんと、幸せ》を祈る声でもあります。この本が、みなさんの喜びとなりますように。

二〇一九年九月

北村　薫

**北村薫**（きたむら・かおる）
一九四九年、埼玉県生まれ。早稲田大学ではミステリ・クラブに所属。母校埼玉県立春日部高校で国語を教えるかたわら、八九年、「覆面作家」として『空飛ぶ馬』でデビュー。九一年『夜の蟬』で日本推理作家協会賞を受賞。小説に『秋の花』『六の宮の姫君』『朝霧』『スキップ』『ターン』『リセット』『盤上の敵』『ニッポン硬貨の謎』（本格ミステリ大賞評論・研究部門受賞）『月の砂漠をさばさばと』『ひとがた流し』『鷺と雪』（直木三十五賞受賞）『語り女たち』『1950年のバックトス』『いとま申して』三部作『飲めば都』『八月の六日間』『太宰治の辞書』『ヴェネツィア便り』『遠い唇』『中野のお父さん』『中野のお父さんは謎を解くか』などがある。読書家として知られ、『詩歌の待ち伏せ』『謎物語』『うた合わせ　北村薫の百人一首』など評論やエッセイ、『名短篇、ここにあり』『名短篇、さらにあり』『とっておき名短篇』『名短篇ほりだしもの』（宮部みゆきさんとともに選）などのアンソロジー、新潮選書『北村薫の創作表現講義』、新潮新書『自分だけの一冊――北村薫のアンソロジー教室』など創作や編集についての著書もある。
二〇一六年、日本ミステリー文学大賞受賞。
二〇一九年、作家生活三十周年を迎えた。

# 本《ほん》と幸《しあわ》せ

著者
北村薫《きたむらかおる》

発行　2019.9.25

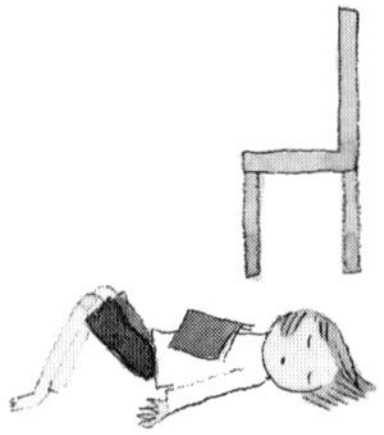

発行者　佐藤隆信
発行所　株式会社新潮社
〒162-8711
東京都新宿区矢来町71
電話 編集部03(3266)5411
読者係03(3266)5111
https://www.shinchosha.co.jp

装画　おーなり由子
(新潮文庫版『月の砂漠をさばさばと』より)
装幀　新潮社装幀室

印刷所　大日本印刷株式会社
製本所　加藤製本株式会社


ISBN978-4-10-406614-8 C0095